文春文庫

夜の底は柔らかな幻

上

恩田　陸

文藝春秋

上巻／目次

章扉写真　近藤篤
初出「オール讀物」二〇〇六年九月号～二〇〇九年十二月号
単行本　二〇一三年一月　文藝春秋刊
DTP制作　萩原印刷

夜の底は柔らかな幻

上

第一部　招かれざる客たち

後ろのドアの開く気配を感じた実邦《みくに》は、反射的にハンドバッグに手を滑り込ませ口紅ケースを取り出していた。

口紅ケースを開け、蓋の裏の鏡を覗き込む。

切れ長の、若さを失いつつある女の目が映る。細長い長方形の鏡は、独房の覗き窓のようだ。

なんて冷たい目。人殺しの目だ。

他人事のような感想を持った。

鏡をそっと傾ける。開いたドアの暗がりから入ってくる小柄な老人が見えた。糊の利いた開襟シャツが目に涼しい。

違った。

安堵と落胆とを同時に感じたが、指先を唇に当て、化粧を直すふりをして車内を窺う。

明るい昼下がりの特急列車。

列車特有の、眠気を誘う小刻みなリズム。そのリズムに身を委ね、抵抗することなく運ばれていく人々。

座席はほどほどに混んでいるが、満席というほどではない。車両は古めかしいものの、よく掃除されていた。実邦の座っている四人掛けのブースは、風呂敷包みを抱えてうつらうつらしている老女と彼女のみ。老女は窓辺に寄りかかり、実邦は通路側に座っている。

心もとない足取りでよちよちと通路を進んでくる小柄な老人は、列車が大きく揺れる都度バランスを崩すので、危なっかしいことこの上ない。実邦は彼が後方の席に着くのを確かめてから、口紅ケースの蓋を閉め、窓の外に目をやった。

外は眩《まばゆ》いほどに明るく、車窓が切り取る濃い緑の中を、木洩れ日がストロボのように輝いて後ろに流れてゆく。渓谷を縫うように走るこの路線は、景勝地を抜けることでも知られている。

車窓から車内に目を移すと、やけに暗く感じられる。その暗がりで、誰もが押し黙って席を埋めていた。

斜め向かいに座っている老女をちらりと見る。

国境を越える前に途中の駅から乗り込んできた彼女は、腰を下ろした瞬間から目を閉じたまま動かない。全身がなんとなくくすんでいて、長いこと野外にいたのではないかという気がした。膝の上の大きな風呂敷包みを抱いたまま、浅黒い顔を歪め、歳月の刻み込まれた放射線状の皺を顔の中心に集めて、置物のように座っている。

実邦は、老女が時折びくっと身体を震わせ、低い唸り声を上げることに気付いていた。具合でも悪いのだろうか。それとも――

ふと、老女の顔が揺れた。

あれ。

揺れた顔の輪郭が震えるように赤と青の線に分かれ、二重にぶれる。そのぶれた線の隙間から、滲《にじ》むように紫色の煙が昇り始めた。じわじわと煙が左右に広がり、老女の姿を覆い隠していく。

煙の中に、ちらりと誰かの顔が見えた――小さな顔――苦しげな、おかっぱ頭の――

パチパチと何かが爆《は》ぜ、火花が散り、木片が四方にぶわっと飛び散った。

ピィーッ、と甲高く尾を引いて警笛が鳴る。

実邦はハッと瞬きをした。

目の前には、固く目を閉じたままの老女が座っている。

いけない、こんなところで。とうに国境は越えたというのに。

反射的に周囲を見回したが、影絵のような車内の乗客たちは誰も動かない。

ガーッ、という鈍い音がして、ぎくっとする。

今度は前方の自動ドアが開くところだった。車内販売の台車を、背の高い男が押してくる。重い台車が床の継ぎ目を乗り越えるゴトン、というくぐもった音が響く。

実邦は声にならない溜息をついた。

かなり神経質になっている。コーヒーでも飲もう。

小銭入れを取り出そうと身体を動かすと、周囲の客も動き出す気配がした。半分眠ったようだった車内が覚醒する。

実邦は動きを止めた。

背の高い男の後ろに、影のように佇《たたず》む中年女の姿があった。


来た。

どことい って目立ったところのない女だ。紺の帽子に制服。ぽっちゃりしているがきびきびした動き。人の良さそうな小さな丸い目。健康そうな、どこにでもいる働き者の中年女。

しかし、見た目に騙されてはいけない。彼女たち入国管理官は途鎖国《とさこく》よりすぐりのエリートであり、この路線に配属されているのは、厳しい訓練を受けたベテランばかりなのだ。

女は会釈をして、台車と少し距離を置き、にこやかに車両の中に入ってきて、さりげなく足を止めた。

用心するにこしたことはない。

実邦は目を細め、静かに全身から息を吐き出した。同時に肩から腰、爪先へと全身の力が抜けていき、自分が無色透明になるところをイメージする。

この時、いつも目に浮かぶのは、冷蔵庫のポケットに逆さに立ててある、残り少なくなったマヨネーズだ。プラスチック容器の上部四分の三が綺麗に透き通っている。

ああ、あともう少しで使い切れる——調味料をまるまる綺麗に使い終えるのは、ある種の快感だ——さあ、残りをいっぺんに搾り出そう——強く容器を握って、いっぺんに。満足感を覚えた刹那、空気がずしりと重くなった。

抜けた。

傍目《はため》には分からないほど低く呼吸する。

実邦の目が薄く開かれた。

ヌキをすると、世界は少し違ったように見える。風景が書割のように平べったく——言い換えると、ニセモノ臭く感じられるのだ。

見える——女の周りに。

それをどう説明すればよいのだろう——雨上がりの水溜りで渦を描く油のように、重い波が、ゆったりと上下左右に広がっていく——均一の速度で、均一の密度で、室内に満ちていく——車内の空気を重い質量を持った触手に変えていく——触手は乗客たちを包み、撫で回し、異質なものがないか確かめる。

もちろん、実邦もその対象の一人だが、この程度で見破られることはないだろう。

女は親しげな笑みを崩さない。感じのよい、安心感を与える笑顔。

確かに当たりは柔らかだが、彼女たちには強い権限が与えられている——腰に携行している重たげな黒い革のケースを見ればそれは明らかだ。何かあれば、彼女たちはためらいなく、正確に眉間を射抜く――そう、ここはもうあの途鎖国なのだから。

女は、車内販売の男の後ろから車内を見つめていた。笑みは絶やさないが、ゆっくりと触手を張り巡らし、順番に乗客を検分していくのが分かる。

車内販売の男は、そんなことにはお構いなしに、のんびりと通路を進み、コーヒーやお茶を売っていた。

実邦もコーヒーを頼む。ヌキをしていても、立居振舞に影響はない。

ただ、中身を目一杯搾り出そうとマヨネーズの容器を握り締めた状態なので、ゆるめるとまた中身が戻ってきてしまうのだ――そこさえ気をつけていれば、しばらくは持つ。

紙コップを受け取る彼女を、女が注目していることにも気付いているが、気にしないふりをする。

台車がゆっくりと通り過ぎ、車両の後半に差し掛かってから、ようやく女は帽子を取り、軽く頭を下げて「身分証明書及びビザを拝見いたします」と声を上げた。

空気の密度を上げていた波がすうっと引いていき、彼女の身体の中に収まるのが分かった。なんとなく、車内が明るくなり、身体が軽くなったように思える。

実邦はコーヒーをひと口飲んでから、ハンドバッグを探った。

彼女たちはどんな時に人がぼろを出すかよく承知している。後ろめたいことのある者は、意味ありげにじっと見つめられるだけで動揺する。

女はにこやかに礼儀正しく乗客と言葉を交わし、少しずつこちらに近づいてくる。かざしている端末から、ピッ、ピッ、と無機質な電子音が鳴っている。本人の提出及び承諾なしにＩＤチップの情報をチェックするのは違法だが、ここでは例外のようだ。

順番に検札しているだけなのに、車内には不思議な威圧感が漂っていた。

実邦のブースの前までやってきた。帽子のつばに軽く手を触れると、「拝見いたします」と実邦の差し出したＩＤカードとビザを受け取り、じっくりと眺める。

女は目を上げ、正面から実邦の顔を見た。交錯する視線。

大きな瞳は何の感情も顕しておらず、鍛え抜かれた職業意識だけがあった。

実邦も女から目を逸らさない。女は口角を上げたまま口を開いた。

「お仕事で。二週間。大変ですね」

「ええ」

頷くのみにとどめた。余計なことは言わないに限る。

女はすぐにＩＤカードとビザを返して寄越した。実邦が受け取った瞬間も、すぐには手を離さず、ほんの短い時間、二人が同じものを手にしていた。

接触がいちばん危険だ。

一瞬緊張したが、平静を装う。

まだマヨネーズの容器を握ったまま放さない――

次の瞬間、女は実邦から興味を失ったようだった。無表情になり、くるりと向きを変える。

「お客様。お客様、お休みのところすみません」

女は窓に寄りかかっている老女に声を掛けた。

老女の身体がぴくっと動き、何かを避けるように振り回した手が、実邦の手元にあった紙コップにぶつかった。

「あっ」

コーヒーの飛沫《しぶき》が紙コップから飛び出し、ぴしゃりと老女の頬を打った。
(アツイ)
そう叫んだように聞こえたのは、気のせいだろうか。

しかし、今のは子供の声だったような——

突如、老女が激しい唸り声のようなものを上げて腰を浮かせたのでギョッとした。

ずっと硬く閉じられていた目が大きく見開かれている。

闇。

そこには何もなかった。底無しの、吸い込まれそうな虚空。

空っぽだ。

実邦はそう思った。

(アツイヨォォ)

老女は両手を振り回した。

コーヒーの飛沫がきらきらと輝き、ゆっくりと渦巻き状にうねり、やがて、それは炎の形になり、褐色に燃え上がった。

(アツイヨォ、オバァチャン)

獣のような悲鳴が上がった。

紺色の帽子の下で、女の目に冷たい光が宿る。

「下がって」

立ち上がった周囲の乗客に鋭く叫ぶと、女は素早く端末をかざし、データを読み取った。

「うぁうおおっ」

獣の咆哮《ほうこう》。

老女は真っ青な顔で立ち上がり、女を突き飛ばして通路を駆け出した。風呂敷包みが床に落ち、何か硬いものがぶつかる音を立てる。

「待ちなさい」

不意を突かれた女が鋭く叫ぶが、老女は気が動転しているらしく、転がるように走り続ける。女はすぐに体勢を立て直し、野太い声で叫んだ。

「御厨《みくりや》タエ。第一級殺人容疑で全国指名手配中」

機械のように抑揚のない声。

「止まらないと撃つ」

周囲の乗客が、一斉に身体を丸めて座席に伏せた。

女は流れるような手つきで腰の黒革から銃を取り出し、老女の背中に向ける。

赤い点が、遠ざかる背中の真ん中にポッと点《とも》った。

引き金を引く。

鈍い音を立て、老女の背中が弾けた。

白い煙が上がり、音もなく床にくずれおちる。

誰も頭を上げない。

列車の震動音に満たされていたものの、痛いような沈黙が車内に落ちたのが分かった。

実邦がおずおずと女の顔を見ると、女は無表情に実邦を見下ろし、誰にともなく呟いた。

「息子夫婦と折り合いが悪くてね。二人が仕事に出かけている間に、学校から帰ってきた孫二人を納屋に閉じ込めて、火を掛けて焼き殺した。姉と妹」

頭の中で、何かが揺れた。

紫の煙。おかっぱ頭の少女。

なるほど、さっきのあれは、そういう意味だったのだ。

女はトランシーバーを取り出し、早口でどこかに連絡をし始めた。

周囲の乗客が、恐る恐る座席から身を乗り出して床に倒れている老女を見つめている。

たちまちどこからともなく他の入国管理官が現れた。屈強な女たちが、老女の両脇を抱えると、ずるずると無造作に連れ出していく。

実邦がそれを見送っていると、女は彼女の耳に囁《ささや》きかけるように呟いた。

「死んじゃいない。生き残って裁きを受けて、うんと苦しんでもらわないと」

実邦は怪訝《けげん》な目で女の顔を見た。なぜこの女が自分にこんな台詞を囁くのか理解できなかったのだ。

近くで見ると、思ったよりも年嵩《としかさ》のようだった。

女がかすかに笑ったように見えたのは気のせいだろうか。憐れむような、警告するような、この不可解な表情。

乗客は何も言わない。無言で、その様子を見るともなしに見守っている。

ふと、実邦は床に転がっている風呂敷包みに目をやった。老女がずっと抱えていた、汚れた紫の風呂敷。

包みがほどけて、何かが飛び出している。何か異様なものの気配があった。

実邦は目をやってゾッとした。

焦げた、子供の運動靴だった。片方しかなく、思いがけないほど小さかった。

あの老女は、自分が焼き殺した孫の靴を持ち歩いていたのだ。

実邦は息苦しさを感じ、紙コップに残っていたわずかなコーヒーを飲み干した。思わず紙コップを握りつぶす。

久しぶりに見る入国管理官。

彼らの官吏としての有能さ、冷酷さは承知しているつもりだったが、改めて目の前でその実態を見せ付けられると、身体のどこかに残っていた甘さが消し飛んだ。しばらく忘れていた感覚が蘇る。

そうだ。彼らはこういう人種だった。普段の生活ではほとんど目にすることはないが、ふとした拍子に自分たちが檻《おり》の中にいることを実感させる檻の番人。

女は帽子を目深《まぶか》にかぶり直すと、その風呂敷包みをさっさと持ち上げて運び出していった。実邦にはもう目もくれない。

「物騒だねえ――」

「てっきりウラかと――」

「シッ――」

ボソボソと囁き合う声が低く聞こえてくる。

「ウラ」という言葉に身体が神経質に反応する。胸の奥底で何かがざわめく。戻ってきてしまった、途鎖に。

深い絶望が、さらさらと身体の底に湧いてくる。音だけは爽やかだが、この絶望の泉は全身を満たすまで止まらない。

考えるのはよそう。とりあえず、検札は終わった。

小さく溜息をつき、座り直す。

検札はクリアした。見たところ、他に摘発された者もいないようだ。もっとも、こんなところで引っ掛かっているようではお話にならないけれど。

バッグから取り出した本を開いてみるが、床に転がっていた黒こげの運動靴の残像がなかなか頭から離れなかった。

祖母が孫娘を焼き殺す。ショッキングな事件だが、記憶にない。かなり前の事件なのではないか。しかし、人々の記憶から忘れ去られても、逃亡を始めてからこのかた、あの老女はひとときも心の休まる暇はなかったのだ。あの様子では、自分が今どこにいるのか、何から逃げているのかも分かっていなかったのではないだろうか。入国管理官に声を掛けられた時も、誰に話し掛けられているのか全く理解していない様子だった。彼女はあのまま、紅蓮《ぐれん》の炎に包まれた孫娘たちと共に、生きながら燃え続けているのだ――

あの時、彼女の夢に入らなくてよかった。

実邦は今更ながらにヒヤリとする。

もし、あの夢に入っていたらどうなっていたことか。

二重の顔。紫の煙。ほんの少し垣間見ただけだが、すさまじい吸引力だった。もしかすると、夢から出られず、あのまま一緒に撃たれて仮死状態に陥っていたかもしれないのだ。在色者《ざいしょくしゃ》ではなかったけれど、既に心は破綻していた。途鎖行きの列車に乗ったのは、どういうつもりだったのか。無意識のうちに罰せられることを望んでいたのかもしれないし、あるいは途鎖という国の噂が記憶の片隅に残っていたのかもしれない。

本をぱたんと閉じ、運動靴の残像を打ち消すと、実邦は勢いよく立ち上がった。ラウンジに行って、もう一度コーヒーを頼もう。さっきのコーヒーは、ほとんど零《こぼ》れてしまったし。

検札の緊張から逃れたせいか、他にも動き出す客は多かった。途鎖の一般国民でも、やはり入国管理官にはプレッシャーを感じているものらしい。

特急列車はかなりのスピードを出して走っていた。

通路は歩きにくく、さっきの老人が時々足を止めていたのも頷ける。

思ったよりもラウンジは空いていた。七、八人の男たちがカウンターにもたれ、弛緩した表情で煙草やコーヒーを味わっている。

隅のほうに、若い母親と小さな男の子がいて、男の子はしきりに母親にまとわりついて「オレンジジュース」と繰り返していた。聡明そうな、可愛らしい顔立ちの男の子だ。

ふと、その顔に見覚えがあるような気がした。

誰だったろう。まさか、藤代《ふじしろ》家の関係者ではないと思うが。

母親は「さっき飲んだでしょう」と首を左右に振っているが、なかなか男の子はあきらめない。「飲んだのは電車乗る前だもん、喉渇いちゃった。ずうっと眠ってたんだもん。今日はまだ一杯しか飲んでないよう」と、口を尖らせたが、実邦が見ているのに気付くと、はにかんだ顔で母親の後ろに隠れた。

実邦は親子に微笑んでみせてから、コーヒーを注文しに行った。

大きな窓の外では、急峻な斜面にゴツゴツした岩が目立つようになっていた。この先、有名な景勝地である大渓谷を抜けるのである。

実邦は紙コップを持ったまま、じっと窓の外の谷を見下ろした。

深いV字形をした谷の底に、エメラルド色の水が湛《たた》えられていて、午後の陽射しにキラキラと輝いていた。

途鎖に入ること自体はそんなに難しくはない。簡単だ。山を越えてくればいいのだ。深い山々に囲まれている途鎖の国境を全部見張ることなど、実質上不可能だからだ。

問題は、入ってからである。

実邦は紙コップの蓋を開けてから、砂糖とミルクを貰い忘れたことを思い出した。なんとなく周囲を見回す。

「よろしかったらどうぞ。僕は使わないので」

不意に、小さいビニール袋に入った砂糖とミルクの包みが差し出された。

顔を上げると、ひとつ席をおいて隣に、カウンターに肘を突いている男がいた。

三十代はじめというところか。淡いグリーンのシャツに黒のスーツ姿だが、ネクタイはしていない。だが、シャツもスーツも高級品らしく、きちんとした雰囲気が漂っている。

掛けている眼鏡に薄い色が入っているので表情はよく見えないが、整った顔をした男だった。

「ありがとうございます。では、遠慮なく」

実邦は愛想をこめるでもなく、そっけなくもない微妙な表情で会釈をすると、砂糖を手に取った。

「若い女性はコーヒーに砂糖なんか入れないものだと思ってましたよ」

男も、なれなれしくない程度の距離感を保ったまま軽口を叩く。

「砂糖を入れたい時もあります。検札の緊張から解放された時とかね」

実邦が切り返すと、男は鷹揚に頷いてみせた。

「確かに」

男はちらっと客室に目をやった。

「噂には聞いていたけれど、本当に凄腕のお姐《ねえ》さんばかりだ。驚きましたよ」

「途鎖は初めて？」

実邦は男のほうに身体を向けた。単に会話をしたいだけだという男のサインを受け取ったからだった。男は両手を広げてみせる。

「ええ。実は、子供の頃に海外に出ているんで、日本に戻ってくるのも久しぶりです」

「お仕事で？」

「まあね。あなたは？」

「仕事です」

「でしょうね」

男は当然、というように頷いてから、ふと、声を低めた。

「でも、実はちょっとワクワクしてるんです。なにしろ、今は闇月《やみづき》——なんでしょう？」

男はその言葉を口にすることに興奮しているようだった。

「今も、自分が乗っているこの電車の中に、途鎖に潜入しようとしている人間が紛れ込んでいるかもしれないなんて」

実邦は冷ややかな視線を向ける。

「途鎖行きの特急列車の中でする話じゃないわね」

男は小さく笑った。

「僕は密入国者じゃない。ちゃんとビザもある。誰にも咎《とが》められるいわれはありません
し、神秘に満ちたこの国の風習にはあなたと同様、非常に興味がある」
「あたしは別に興味なんかないわ。ビジネスで来ただけ」
「そうですかね。あなたはどんな噂をご存知ですか」
「噂はしないことにしてるの」
「どうして」
「裏が取れてない情報は嫌いだから」
男は肩をすくめ、続けた。
「僕も詳しいことは知りません。聞いているのは、一般人が山に入れるのはこのひと月
だけだということ。それも墓参り目的の者だけ。しかし、同じくこのひと月には裏の墓
参りの客も来る。裏の客の目的はこの時期、密入国してでも途鎖に目指したい場所があ
るからだとか——そこに辿り着ければ、究極の快楽を得られるクスリが手に入るとか」
「馬鹿馬鹿しい」
「ただし、目的地に辿り着けるのは一人だけ。正真正銘のゼロ・サム・ゲームだ。命を
落とす者も少なくないとか。これでも馬鹿馬鹿しいですか」
「馬鹿馬鹿しいわ。命まで懸けて手に入るのが身体に悪いものだなんて」
「それはそうですが、究極のドラッグというのはいつの世も羨望の対象で、存在すると
いう噂が絶えない」
「単なる噂でしょう」

「そう、噂です」

男は皮肉っぽい声で答えたが、ふと窓に目をやって歓声を上げた。

「凄い。これが水晶谷か」

周囲の乗客も景色に声を上げ始めていた。

若い母親も、「ほら、ごらんなさい」と男の子の注意を外に向けた。男の子は、目を丸くして窓に飛びつく。ようやく彼の意識はオレンジジュースから離れたらしい。

それは太古の地殻変動の名残りで、圧縮された岩盤が地上に露出した場所であるとのことだった。押し潰された岩々の縦、横、斜めの直線が、切り立った渓谷いっぱいに複雑な抽象画のような模様を描いている。

異形《いぎょう》の景色。

透明であれば水晶そっくりの岩に一面を埋め尽くされた壁がえんえんと続く。それは、巨大な屏風にも見えた。

壮大な眺めに、誰もが言葉を失い、窓に張り付いたまま目を凝らしていた。

「不思議な眺めよね。自然界の中にこんなに幾何学的な直線があるなんて」

実邦が呟くと、男は再び身を乗り出した。

「この水晶谷にも噂が」

実邦は苦笑した。

「噂好きなのね」

男は悪びれた様子もなく大きく頷く。

「ええ。噂が流れるのには、それなりの理由がある。隠された意図がある。そこを推理するのが面白いんですよ」

　実邦は、あきらめて男の話につきあうことにした。

「で、この水晶谷の噂は?」

「年に一度、ここは本物の水晶の谷になるとか。特別な満月の晩だけ、全ての岩が透き通って見えるんだそうです。その時だけ、水晶の中に埋まっている仏様を拝むことができると」

「仏様?」

「ええ。この谷のどこかに、黄金の仏像が中に埋め込まれている岩があると」

「密入国者はそれを探しているのかしら?」

「どうなんでしょう」

　水晶谷に埋もれている仏像。そんな話を聞くのは初めてだった。子供の頃にも聞いた覚えがない。谷を埋める水晶の風景から、旅人が勝手にそんな話を作り上げたのかもしれない。

　しかし、実邦はそのイメージがなんとなく気に入った。月明かりの渓谷に、人知れずほのかに輝きながら浮かび上がる仏像。

　――そして、それを崖の上から眺めている人影。

「あなたは、イロがあるんですか？」

質問されているのだと気付き、ハッとする。

「なんですって？」

「あなたは在色者かと聞いているんです」

「まさか」

実邦はひきつった笑みを浮かべた。

「すみません、ぶしつけな質問を。なんとなく、そんな雰囲気があったものですから」

男は頭を掻いてみせる。

いろいろと率直な男だ。常識的にいって、ぶしつけどころか初対面の女性にできる質問ではない。しかし、彼にはなんとなくそれが許される雰囲気があるのは認める。

「初めて言われたわ」

実邦は軽くいなす。

在色者かと言われても、うろたえたりはしない。検札は終わったのだ。

この男は、在色者ではない。それは触れてみるまでもなく、一目で分かる。だから、この男に在色者を見分けることはできない。

「その——聞いたことがあるんです。かなりの在色者でないと途鎖には入れないと」

「在色者自体入国を禁じられてるのに？」

「だから、自分のイロを隠せるほどの在色者でないと無理だと」

「あら、あたしがそんなふうに見えた？」

内心ひやりとしつつも、実邦は軽く男を睨みつけた。

「いや、これは本当に馬鹿馬鹿しいんですが――そうだったらいいな、と」

思いがけず、男がはにかんだ表情を見せたので、実邦はあっけに取られた。男はそれを侮蔑と取ったのか、慌てて手を振る。

「怒らないでくださいよ。なにしろ、途鎖どころか、日本国内を旅行するのもほとんど初めてで、頭の中に勝手な日本や途鎖のイメージが出来上がっていたし――さっきは、子供の頃に観た昔の戦争映画を思い出しましたよ。映画の場合は、侵入するよりも国外に逃亡しようとする話がほとんどでしたけど。列車の中で、何気なくかわした挨拶で外国人だと見破られてしまう場面がありましたっけ――その――ちょうどあなたが、映画のヒロインみたいに見えて」

「密入国は重罪よ、知っていると思うけど。公に発表されているだけでも、ここ十年で密入国を理由に三十人以上が死刑判決を受けている――執行されたかどうかは分かっていないけどね」

実邦は冷ややかな口調で答える。

「詳しいですね」

「あたしはビジネスをしに行く時に、現地の情報がないのは嫌なの。噂は聞かないけれど、とりあえずデータは調べるわ」

「さっき、一人密入国者が見つかったようですね」

「逃亡中の殺人犯だったようよ。お姐さんの腕は確かだわ。麻酔銃で撃たれて、ずだ袋みたいにひきずられていった」

「闇月とは関係なかったということですか」

「のようよ」

「じゃあ、あれは？　あれは誰を見張っているんです？」

男は窓のほうを向いたまま低く囁いた。

実邦はそっと後ろを振り返る。

見覚えのある女が、ラウンジカーの入口に佇んでいた。

さっき耳元で囁いた女。紺の帽子に制服。いつのまにか、そこに影のように立って、ラウンジカーの中を窺っている。漫然と見回りをしているのではなく、誰かを意識しているのは明らかだ。

実邦は、背中がざらつくのを感じた。

まさかあたしを？

「さあね。喉が渇いただけかもしれないわ」

実邦は努めて気のない声を出し、コーヒーを飲んだ。

しかし、頭の中では先ほどの一連のやりとりを繰り返し思い浮かべている。何か尻尾をつかまれるようなことをしただろうか？　いや、ヌキは完璧だったはずだ。彼女は気付かなかった。

紙コップを唇に当てる。

その時だった。

（アケガラスハトビタッタ／アメハフラナイ）

あっ。

頭の中に、鮮明なオレンジ色でその文章が飛び込んできた。

脳味噌にジュッと焼印を押されたような衝撃。

一瞬、息が詰まり、動けなくなった。

が、まだヌキの効果があり、身体が反応しなかったことが幸運だった。

実邦は必死にその衝撃に耐え、コーヒーを飲んでいるふりをした。全身からどっと冷や汗が噴き出す。

密入国者だ。

必死に窓の外の風景に目をやる。

やはり、まだ乗っていた。いったいなんで今になってカケラを飛ばしたのだ？　こんなに監視がうろうろしている途鎖行きの列車の中で。せっかく検札も終わったというのに。しかも、あの老女がつかまって、入国管理官の目も逸らせたところだったのに。

紺の帽子をかぶった入国管理官は素早く反応した。彼女がびくんと身体を震わせ、周匝をきょろきょろ見回すのが分かった。

背中が冷たくなる。

当然だ。気付かれないはずがない。これだけはっきりと飛ばされたのだ。恐らく、文章も読み取れたろう。

アケガラスハトビタッタ。アメハフラナイ。

何かのメッセージだ。警告だろうか。誰かに向けて、危険を承知で飛ばしたことは間違いない。つまり、密入国者は一人ではない。

突然、隅にいた男の子がワアッと泣き叫んだ。

みんなが男の子を注目する。

入国管理官がハッとした目で男の子を見た。

「痛い、痛い。頭が痛いよ」

母親が真っ青になって、男の子の口を塞ごうとする。

「誰かが頭の中に入ってきたよお」

しかし、男の子は頭を押さえて身体をくねらせ、床に倒れこんだ。

「痛い、痛いよ」

「マーくん、どうしたの。何かぶつかったのね。ごめん、ママの手だったかしら」

母親は必死に男の子の頭を撫で、「よしよし」と叫ぶが、その目は恐怖に満ちており、明らかに入国管理官のほうを意識していた。

「誰か、入ってきた。オレンジ色。痛い。何も見えない」

男の子は泣き叫ぶ。

実邦は愕然とした。

この子は、在色者だ。しかも、相当なレベルの。今の誰かが飛ばしたカケラをもろに受け止めてしまった。実邦だって不意を突かれたのだ。あの小さな頭にいきなり不意打ちされたら、相当な衝撃だろう。つまり彼は――

「どうしました」

入国管理官は、猫なで声を出して親子を見た。母親がびくっとして入国管理官の顔を見る。その顔は、真っ青なのを通り越して白かった。

周囲のお客が後退《あとずさ》り、親子の周りがぽっかり空く。

「ぼく、頭痛いの？　車掌室に行こうか。頭の中に何か聞こえた？」

入国管理官は、ゆっくりと親子のほうに向き直った。

分かっている。聞こえている。彼女は同じものを読み取ったのだ。そして、この子がかなりのレベルの在色者であり、検札をくぐりぬけたこと――つまりは、密入国者であることを発見してしまった。

しかし、なぜこんな子供が？　なんのために？　どうして検札を突破できたのだろう。

実邦は記憶を探った。

そういえば、あの子は列車内でずっと寝ていたと言っていた。もしかすると、入眠剤を服用していたのかもしれない。子供なら、ある種の入眠剤でヌキができると聞いたことがある。

入国管理官が歩き出そうとした時、誰かがよろけて彼女にぶつかり、彼女もよろけた。

「おお、申し訳ない」

見ると、さっきの小柄な老人が入国管理官のシャツにつかまっていた。糊の利いた開襟シャツから細い首と柔和な顔が覗いている。

「大丈夫ですか」

入国管理官はかすかな苛立ちを押し隠しながらも、老人を支えた。

「いやはや、随分揺れますな、この電車は。あいすみません。めっきり足が弱くなってしまって」

老人はおろおろしながら頭を下げる。そして、泣いている子供に気付くと、優しく話し掛けた。

「どうした、坊主。電車に酔ったかな？」

老人が目の前に立ち塞がる形になったので、入国管理官の顔色がかすかに変わった。

「坊やは頭痛がするようなので、今から車掌室に連れて行くところなんですよ。ちょっとそこをどいていただけますか」

声に威圧的な響きがこもった。

が、老人はニコニコしながら女の前に立ち尽くしたままだ。

「お客様」

女が身体を乗り出そうとした刹那、老人はいきなり振り向き、女の差し出した腕をぎゅっとつかんだ。

その瞬間、老人の腕が白く発光した。

「ぎゃあっ」

電流のようなものが迸《ほとばし》り、女が飛び上がったように見えた。

実邦は、女の全身を、何かが走り抜けたのを見た。文字通り、女のかぶっていた帽子が吹っ飛び、頬の肉が痙攣した。

女が頭を押さえてよろついたのを見て、老人はそれまでの動きとは別人のように機敏に前に飛び出し、男の子の身体を抱えた。

「こっちへ、マサ坊」

少年を抱きかかえるようにして、老人はラウンジカーの中を駆け抜けた。

「ううっ……待ちなさい……誰か……」

あれだけの衝撃波をくらっても、入国管理官は頑強だった。よろめきながらも銃を抜き、老人を追う。帽子が落ちて、豊かな髪の毛が肩に落ちかかっていた。

「お父さんっ」

取り残された母親が、老人と入国管理官の間に割って入る。

「どいて。どきなさい」

入国管理官が叫ぶ。

老人はほとんど少年を脇に抱えるようにしてラウンジカーを飛び出し、デッキで立ち止まった。

何をしようとしているの？

他の乗客は彼らの行方を恐怖と好奇心に駆られて見つめている。

バン、という音がして、デッキのドアのガラスが吹き飛んだ。

叩き割ったのではない。老人が言葉通り吹き飛ばしたのだ。

「まさか」

誰かが恐怖の叫び声を上げた。

「やめれ」

老人が何をしようとしているのか気付き、客たちが悲鳴を上げる。

外は水晶の谷。

特急列車はスピードを落とさずに、直線模様の壁の間を縫うように走る。

穴の開いた窓から、強い風が吹き込んでくる。

「止まりなさい」

入国管理官が銃を構え、彼女に必死の形相《ぎようそう》の母親がすがりつく。

「密入国者め」

女は舌打ちし、業を煮やしたように、母親の太股に麻酔銃を押し当てると力を込めて引き金を引いた。

母親の目が大きく見開かれた。身体を弓なりにのけぞらせて「ぐっ」と喉からくぐもった声を上げる。

「うわあ」

周囲の客が、母親の動きにつられて、同時に身体を震わせ、顔を覆った。

床の上で身体を震わせ、腕を伸ばす母親を押しのけ、入国管理官は恐ろしい形相でデッキに出て行った。

「やった」

誰かが泣きそうな声を出した。

窓から、二つの影が飛び出したのだ。

「飛び込みよった」

乗客たちは凍りついたような顔で、窓の外を見下ろしていた。

入国管理官も、今や長い髪をなびかせ、青い顔でデッキの素通しになった窓から谷間を覗き込んでいる。

列車は鉄橋を渡っていた。

ガーッという凄まじい轟音で、何も聞こえない。

遥か下のほうに、コバルト色の淵が見える。その淵に向かって、白い影が飛んでいた。

「いや、飛んどる――飛んどるよ」

誰かが間の抜けた声を出す。

確かに、影は飛んでいた。老人の着ていたシャツが、風に煽《あお》られはためいているのが分かる――スカイダイビングのように、少年と手を繋ぎ、ゆっくりと回りながら落ちていくのだ。

「助かるんか」

「んな、無茶な」

パニックに陥った声が叫んでいる。

鉄橋を渡り終え、何も見えなくなった。ピーッという警笛の音に、叫び声も掻き消される。列車は暗いトンネルに吸い込まれていった。


列車は次の駅で緊急停車をした。

乗客は着席してなりゆきを見守っている。

もっとも、山間の小さな駅なので、できることは何もない。デッキのガラスの破れたドアにビニールを張っただけで再び発車した。

車内には重苦しい空気が漂っている。

座席に戻った実邦はブースに一人きりになり、これまでの出来事を反芻していた。しかし、不穏な雰囲気に、たびたび思考は破られる。

こんなに乗り込んでいたのか、と思うほどの入国管理官が、険しい顔で通路を行き来していたからだ。検札の頃に見せていた親しみやすい表情をかなぐり捨てて、探るような目つきで乗客を見回している。乗客たちは、彼女たちの視線を避けて、うつむきかげんに席を暖めている。席を立つ時も、おどおどした表情だ。ラウンジでの出来事を目の当たりにしていれば無理もない。

どうするつもりだろう。

実邦はじっと入国管理官たちの様子を窺っていた。彼らは頻繁に連絡を取り合い、当然当局にも指示を仰いでいるはずだ。

　さっき、カケラが飛んだ件で、飛ばしたほうと受け取るほうの、少なくともあと二人は密入国者が紛れ込んでいることが明らかなのだ。彼らはその二人を途鎖駅に着くまでに見つけだしたいはず。

　面倒なことになった。

　実邦は腕時計を見た。終点まであと一時間半。

　それにしても、あの強烈なカケラを飛ばしたのは誰なのか。あの男の子が泣き出してしまったのは偶然のことで、老人と母親ではない。

　己も含め、あれだけの危険に晒《さら》したというのは、よほど緊急の連絡だったに違いない。

　あれはどういう意味だったのだろう。

　アケガラスハトビタッタ——アメハフラナイ。

「ここ、よろしいですか」

　顔を上げると、さっきラウンジで話をしていた男だった。

　実邦は冷ややかに答える。

「私のことを密告しないでいただけるのであれば」

「それはもう言わないでください。僕が悪かった。さっきのあれを見て、冗談にしても無神経なことを言ったと反省しています」

　男は悄然《しょうぜん》とうなだれ、実邦の前に腰を降ろした。

　実邦は首を少し傾けてみせただけで何も言わなかった。

「改めて自己紹介させてください。僕は黒塚《くろつか》。黒塚弦《げん》と言います。弦は弦楽器の弦」

「有元《ありもと》です」

「下のお名前は」

「みくにです。果実の実に連邦の邦」

「珍しい名前だ」

なんとなく、二人は黙り込んだ。

「乗客の中には、まだ密入国者がいるんでしょうか」

黒塚が改まった口調で尋ねる。

「さあどうなんでしょう。彼らは『いる』と考えているようね、あの警戒ぶりを見た限りでは。まるで囚人護送列車だわ」

「確かに」

黒塚は入国管理官の背中に目をやった。

「どうやって見つけ出すんです？　さっきのお年寄りなんか、完璧な演技でしたよ」

「あたしが思うに」

実邦は慎重な声を出した。

「彼らの上官が来ると思います」

「どこに？」

「たぶん、終点の途鎖駅か、その前の駅に」

そう、それしか考えられない。本来ならば、今のレベルの入国管理官でもじゅうぶんだったはずだ——しかし、今や、想定外の事態になった。彼女たちに見つけられなかった在色者を見つけ出すには、より強い腕を持つ上官に応援を頼むしかない――たとえ、それが彼女たちにとって屈辱的な行為だとしても。それでも、彼女たちの職業モラルは高い。どうしても、密入国者――特に在色者は――捕らえなければならない。

どのくらいのレベルの者が来るのか。

ふと、ひとつの顔が脳裏を過《よぎ》り、実邦はぞくっとした。

まさか――いや、そんなはずはない。彼は左遷されて転出したはずだ。

「あんなの初めて見ましたよ――いや、正直、びっくりしました。あんな、電気ショックみたいなパワーを出せるなんて」

黒塚は視線を泳がせた。

これは、単に外国暮らしが長いせいなのだろうか。実邦は不思議に思った。

在色者の存在は、近年の潮流として、個々のプライベートな問題になりつつある。そうであるかないかは、同じ職場でも知らないのが普通だ。なのに、この男の無邪気で明けっぴろげな反応はなんだろう。

「あんな力が使えたら――使えるのって、どんな気分なんだろう」

「そうね――あたしは恐ろしいんじゃないかって思うけど」

「有元さんはとことん現実的な人ですね。夢想するぶんには構わないじゃないですか」

黒塚は不思議そうな顔をした。

あんたのほうがよっぽど不思議だ。実邦は内心そう呟いていた。

「ご存知だと思うけど、イロには反動がある。力が強ければ強いほど、この反動は強くなる。それは精神を蝕《むしば》み、日常生活に支障をきたす。だから反動を恐れて、ほとんどの人が均質化手術を受ける——結局、イロがあっても使わないように自主規制する人がほとんどよ」

一部の例外を除いては。

黒塚は「ふうん」と熱心に聞いている。

「親しい人に在色者がいるんですね。それとも、あなたは医者ですか」

「あたしはただのサラリーマンだけど、子供の頃の親友にいたわ」

親友と、あたし自身もだけどね。

「途鎖は在色者の割合が高いと聞いています。うまく溶け込むコツはありますか」

「あるわ」

「なんでしょう」

実邦は真顔でじっと黒塚を見て言った。

「そんなふうに詮索しないことよ」

車内の張り詰めた空気をよそに、渓谷を抜けて平地に入ってからも、空は明るく晴れ上がっていた。

終点が近いとあって、入国管理官たちの動きも慌しくなる。

黒塚は、向かい側でいつのまにかうつらうつら居眠りをしていた。

やはり、奇妙な男だ。いったい何をやっている人間なのだろう。

実邦は何か手掛かりがないかじっと男を観察していたが、スーツや靴を見ても、使いこまれた高級品のボストンバッグを見ても、何も伝わってこなかった。

入国管理官がピリピリしているところで夢に入るわけにもいかないし。

窓の外は、いつしか田園風景になっている。

滴《したた》るような緑と、その上にぽっかりと開けた空。

実邦は、歳月が巻き戻されていくような、強烈なデジャ・ビュを覚えた。胸の中の白い箱がどこまでも下降してゆき、なかなか着地しようとしない。

なぜやってきてしまったのか。

突然、苦い後悔が湧いてきた。

仕事だから、と誰かが答える。嘘だ、と別の誰かが非難する。二度と足を踏み入れないと決めたはずではないか。一生途鎖とは関わるまい、これまでの自分は忘れ、新たな人生を始めるのだ、と。

青々とした稲の海に、波が起こっている。緑のグラデーションが揺れ、うねり、緑の波が打ち寄せられていく。

視界が揺れた。実邦は目を細める。

畦道《あぜみち》の交差するところに彼女は立っている――見上げると、黒い幟《のぼり》がはためいていた――はためく幟の向こう側に太陽が輝いている――そこに一人の男がいる。唇が動いている――

理解したいという欲望は不幸だな。

がくん、と身体が揺れ、ターミナル駅へと入っていくポイントを通過したことが分かる。向かいの黒塚が目を覚ました。

乗客がざわざわし始める。ようやく終点に着いた、という安堵と、これから何かがある、という不安が混在したざわめき。

雑音混じりの放送が入った。

「乗客の皆さんは、乗務員の指示に従ってください。途鎖駅到着後、入国審査があります。乗務員の誘導に従い、許可が下りた方から順次下車願います。それまでは、到着しても着席していてください」

腰を浮かせていた乗客が、怪訝そうに席に座りなおす。

入国審査。この状況では、いったいどういうものになるのか見当もつかない。なにしろ、国境を跨《また》いだのは十六年も前のことなのだ。

十六年。あれから十六年。

実邦はそう繰り返してみる。大昔のことのようでもあり、昨日のことのようでもあった。

ぼんやりしていると、車両ごとに乗客が隣の広いホームに整列させられているのが目に入った。入国管理官が彼らを囲み、もう一度全員で念入りに触手を伸ばし、密入国者を探しているのが分かる。ホームの上の空気が澱《よど》み、なんとなく赤黒くなっていた。入国管理官たちは殺気立っている。

あの程度なら大丈夫だ。人数が多くても、あたしが見破られることはない。

実邦はそう分析する。

前方の扉が開き、入国管理官が声を張り上げた。

「では、皆さん順序良く下車の上、誘導にしたがって隣のホームに移動してください」

みんながぞろぞろと立ちあがり、外に出始めた。長時間車内にいたせいか、日の光がやけに眩《まぶ》しい。

二列になって歩きながら、実邦はホームに整列した乗客を眺めていた。

妙だな。

そう気付いたのは、入国管理官が伸ばした触手が皆を包んでいるところを見た瞬間である。

いない——あの中には、密入国者はいない。あんな強烈なカケラを飛ばせる人間は、あの中には含まれていない。

アケガラスハトビタッタ。アメハフラナイ。

実邦は首をひねった。

あの列車の中には、確かに密入国が可能なレベルの在色者がいた——けれど、今目の前に並んでいる乗客の中にはいない。

このことは、何を意味しているのか？

心の中にもやもやした割り切れないものを感じながら、実邦は黒塚と共に列の後ろに並んだ。触手が空気の密度を濃密にし、身体が重くなっていく。実邦は静かにそれらをやり過ごした。

遠くで車の停まる音がし、ドアがばたんと開閉するのが聞こえてきた。

入国管理官たちが背筋を伸ばし、緊張した面持ちで身体の向きを変えた。

上官が到着したらしい。

実邦も緊張し、ちらっと黒塚に視線を走らせた。黒塚もそのことに気付いたのか、小さく頷き返した。

ひとかたまりの、灰色の制服を着たグループが足早にこちらにやってくる。

中に、頭ひとつ抜け出た影がある。

実邦は、自分の喉からひきつった音が出たことに気付いた。

全身が硬直している。

まさか、あれは。そんなはずは――

バラバラと入国管理官たちが乗客を囲むように整列し、遠くからも確認できた長身の影は、スッと前に進み出て乗客たちの正面に立った。

逆光になり、その顔がよく見えない。

影は口を開いた。

「皆様、途鎖へようこそ」

低いが、よく通る声だ。

「本日は、予期せぬトラブルが発生したために、お時間を余計に頂戴することになってしまって大変申し訳なく思っております。今しばらくご協力ください――おお、失礼。ご挨拶が後回しになってしまった」

声はおどけた調子になった。

「入国管理局局次長の葛城《かつらぎ》と申します――すぐに済ませますので」

その声は礼儀正しく、知性に溢れていたものの、どこかに恫喝《どうかつ》の響きがあった。

やっぱり。

実邦は自分が顔面蒼白になっているのを意識した。文字通り、血の気が引いていくのも。

葛城晃《あきら》。

二度とまみえることはあるまいと確信していた人物の一人だった。

整列した乗客たちは、目の前に立つ男の発する異様な迫力に圧倒されていた。まるで、痛い注射をすることが分かっている医者の注意を聞いている小学生みたいに。

葛城は少し身体を動かして、顔に光が当たるようにした。

彫りの深い面長の顔が、明るい光に浮かび上がる。

恐らく、計算された演出だったろう――彼の眼帯が見えるように。彼が隻眼《せきがん》であることが分かるように。

その顔を見た瞬間、ずきんと胸のどこかが痛んだ。

隻眼。やはり、あの時の。

「歓迎の挨拶として、皆様一人一人と握手させていただきたく存じます。その後は、通常の入国審査をお願いします。それですべて終了です」

葛城はにっこりと笑ったが、その笑みにほだされる人は皆無だろう。むしろ、冷水を浴びせられたような心地になることは間違いない。

握手。

実邦は再び全身を強張《こわば》らせた。

ダメだ。あいつと接触したら、あたしの素性がバレてしまう。

一瞬、胸が苦しくなった。呼吸ができない。

あれから十六年経っている。あたしの見かけは変わっているだろうか。彼があたしに気付かないということはあるだろうか。

こめかみに汗が噴き出てきた。

既に乗客たちは動き始めていた。一列になって葛城の前に並び、がっちりと握手を交わして、逃げるように駅舎のほうに吸い込まれていく。

葛城は、一人一人にしっかりと微笑みかけ、言葉を掛けていた。乗客たちは、皆中途半端な笑みを浮かべ、怯えたように葛城を見る。

列は着実に進み、見る間に残りの乗客が少なくなっていく。

実邦は俯き加減にのろのろと進んだ。

どうすればいい。どうすれば。こんなに入国管理官のいるところで逃げ出すわけにもいかないし。仮病でも装うか？ お腹を抱えて苦しむふりをすれば、あの男と顔を合わせずにここから出られるかもしれない。

ふと、実邦は、乗客たちを囲んでいた入国管理官たちが異様に緊張していることに気付いた。

空気の澱み。恐怖。緊張。そのせいだ。

実邦はちらっとすぐ脇に立っている入国管理官を見て驚いた。

震えている。あの、眉毛ひとつ動かさずに乗客を撃った連中が。

彼女たちも葛城が怖いのだろうか？ 確かに、あの男は他人に恐怖を感じさせるのがうまい。恐怖で他人を支配するのが、彼のやり方なのだ。

が、次の瞬間、何かが頭の中で閃《ひらめ》いた。

アケガラスハトビタッタ。アメハフラナイ。

列車の中にはいた。乗客の中にはいない。

分かった。

そう思った瞬間、いっぺんにいろいろなことが起きた。

入国管理官たちが一斉に銃を構え（それはどれも葛城に向けられており）彼女たちは一斉に発砲した――彼女たちの上官に向かって――実邦は地面に身体を投げ出していた（隣の黒塚もついでに引きずり倒して）――他の乗客たちもあるものは伏せ、あるものは衝撃波に巻き込まれ――白昼のホームには赤い波頭のような衝撃波がうねり（地面が揺れ、駅舎が震動する）、宙を裂き、彼女たちをもなぎ倒し——

　そして、集中砲火を浴びたはずの葛城の姿はどこにもなかった。


「どこに行った！」

　入国管理官たちが色をなして叫ぶと、どこかから高笑いが降ってきた。

「なるほど、俺に造反か——話としては面白いが、現実の結末は違う」

　地面にはいつくばっている面々の視線が天に向かう。

　葛城は、宙に浮いていた。

　十メートルくらい、上だろうか。そこに涼しい顔で軽々と立ち、女たちを見下ろしている。

「くそ。撃て。撃て！」

　体勢を立て直した女たちは宙に向け、続けざまに撃った。爆竹のような凄まじい音。

　実邦は身体を丸め、今目の前で起きていることを理解した。

　アケガラスハトビタッタ。アメハフラナイ。

　あれこそは造反のサイン。あのレベルのカケラを飛ばせるのは、それこそベテランの入国管理官くらいのもの。あれは、乗客の中に密入国者がいることを見越しての仕掛けだった。あのカケラでボロを出す密入国者を見つけ、更にあのカケラを送った密入国者がいると上官に報告するための賭けだったのだ。葛城をこの場所に引きずり出すには、彼女たちよりも上の密入国者がいるという事実を証明する必要があった——もし密入国者がいなければ、彼女たちの賭けは空振りである。しかし、密入国者がいて反応すれば、送られたサインはがぜん意味を持つ。案の定密入国者が見つかった。上官に報告すべき重大事態。賽《さい》は投げられた。

だから、ホームに降り立った乗客たちの中に、密入国者は見当たらなかったのだ。あれは、入国管理官自身が出していた仲間へのサインだったのだから。

そこまで考えた時、突然、ずしんと地面に押し付けられたかのような重力が身体を襲い、頭の中が真っ白になった。

凄まじい風。息もできない。かろうじて薄く目を開け、天を見上げる。

奇妙なことに、実邦はその光景にクリスマスツリーを連想した。

宙の高い一点にある円錐のてっぺんに向かって、ツリーに飾られたオーナメントのように女たちが巻き上げられていく。

「うわあっ」

「ぎゃっ」

辺りは真空状態のようだった。

竜巻のような空気が、根こそぎ女たちを宙に舞い上げたのだ。が、次の瞬間、バラバラと落ちてきて、容赦なく地面に叩きつけられる。骨の折れる嫌な音が鈍くコンクリートに響き渡った。

「十年早い。もう少しマシな粗筋を書いてこい」

葛城の声が、天から降ってくる。

更にずしんと重力が掛かり、身体が地面に押し付けられる。隣の黒塚が「ぐっ」と喉の奥からくぐもった声を出した。


唐突に呼吸が楽になった。

同時に、身体を地面に縫い付けていた重力も消えている。

恐る恐る頭を上げてみると、どうやら起き上がれそうだった。

倒れていた乗客たちがよろよろと身体を起こしている。

が、彼らの周りに円を描くようにして倒れている制服姿の女たちは、気絶したままだ。コンクリートの上に赤黒い染みがじわじわと広がっていく。不自然な首の角度からいって、絶命している者もいるようだ。

実邦は青ざめた顔で立ち上がった。黒塚も、混乱した表情で地面に膝を突く。

そこに、涼しい顔をした葛城が、後ろで手を組み、優雅にすうっと下りてきた。

コツン、とブーツが澄んだ音を立て、地面に着地する。

葛城は小さく肩をすくめ、爪先でコツコツと地面を叩き、鼻を鳴らした。

「大変失礼いたしました——とんだ内輪もめで、お恥ずかしいところをお見せして。こんな猿芝居じゃ木戸銭も取れない」

葛城は、全く呼吸も乱さず、丁寧にお辞儀をした。誰もがあっけに取られ、初めて見る珍獣のように彼を見つめている。

「片付けろ」

葛城は大声で叫んだ。

駅舎の表で待機していたらしく、バラバラと別の入国管理官の集団が銃を構えて飛び込んでくると、倒れている女たちに駆け寄った。

「それでは、続きを済ませましょうか。お待たせして申し訳なかった」

葛城はもう興味を失ったようにそう言い放つと、起き上がった乗客たちに続きを促した。

誰もが顔を見合わせ、周囲に倒れている入国管理官たちをおどおどと見回す。

乗客たちは、いよいよ怯えて葛城と目を合わせようとしないが、彼は何もなかったかのように平然と握手を続ける。

造反グループでも、外で待機していたグループでもない数人の入国管理官が、凍りついたように立ち尽くしていた。

「何人か息のある奴がいる」

葛城は笑みを浮かべたまま、棒立ちになっている入国管理官に声を掛けた。

「そいつらには査問と裁判を受けてもらわなきゃならん。病院に連れていけ」

「は、はい」

滑稽なほど慌てて、残ったメンバーが倒れている者に駆け寄る。

逃げるように駅舎に入っていく乗客たち。

いつのまにか辺りはがらんとして、弛緩した静寂に覆われている。

残っている乗客は、黒塚と実邦の二人だけになった。

黒塚が、蒼ざめた顔で葛城と握手をし、葛城がぎゅっと強く握ったので反射的に身体を引いた。

「ようこそ」

葛城は、面白がるように黒塚の顔を覗き込んでから、握っていた手を放した。

黒塚は、葛城に背を向けたら最後、後ろから嚙み付かれるのではないかというように、振り返りつつ歩いていく。

実邦はその様子を少し離れたところから見守っていた。

壁のような威圧感。冷ややかな恫喝。この男はちっとも変わっていない。いや、むしろ今のほうがずっと凄味を増している。

いったい途鎖はどうなっているのだろう。

まだ混乱と動揺が心の大部分を占めていたが、とにかくこの場を切り抜けて入国するのが最優先だ、と覚悟を固めた。

葛城は、最後の乗客を捜し、ぽつんと立っている実邦に気付いた。

不思議そうに実邦を見、やがてハッとしたように隻眼の焦点を合わせた。

「有元——実邦——?」

灰色がかった目が大きく見開かれる。

実邦は冷ややかに、努めて内心の不安を出さぬようにその目をじっと見返した。

葛城の目に、一瞬複雑な混乱が表れた。驚き、屈辱、怒り、憎悪、怨嗟、欲望。それらが異様な光を放ち、やがて抑え込まれた。

芝居がかった様子で、大袈裟に両手を広げてみせる。

「こいつは驚いた」

葛城は笑みを取り戻すと、ゆっくりと大きな掌を差し出した。

「ようこそ、途鎖へ」

実邦はその手を見下ろしたが、自分の手を出そうとはしなかった。

殺気にも似た沈黙。

葛城は無表情になり、更に手を突き出した。

「身分証とビザを拝見」

実邦は無言のままハンドバッグを開け、書類を取り出す。

葛城は実邦の手から書類をむしり取るようにすると、舐めるように隅々まで目を走らせた。

それから、怒りと嘲笑の混じった表情で歯を見せると、実邦の目の前でゆっくりと書類を振った。

「――ビジネスだと？　おまえが？　途鎖で？」

実邦は無言のままだ。

「本当は何が目的だ？　答えろ」

不意に、葛城は怒りを爆発させると、実邦の顎をつかんで引き寄せた。

万力で挟まれたような痛みに実邦は顔をしかめたが、まず頭を過ったのは、まだヌキが続いているかどうかということだった。が、葛城はその点に反応した様子はないので密かに安堵する。実邦は努めて乾いた声で答えた。

「そこに書かれている通りです。全国会議に出ます」

「ふざけるな」

葛城のギラギラした灰色の目がすぐそこにあった。実邦は目をつむる。この男の暗黒に飲み込まれてはいけない。

顔を締め上げられ、あまりの痛みに爪先立ちにならざるを得なかった。

苦しい。

ずっと前を歩いていた黒塚が、その様子を見て慌てて引き返してきた。

「どうしたんです？　何か問題でも？」

葛城は、ジロリと黒塚を見返してから、実邦の顔を見て、顎をしゃくった。

「おまえの連れか？」

実邦はつかまれた顔を左右に振ろうとしたが、凄まじい握力に動けなかった。

「違います」

「だそうだ。向こうでおとなしく入国審査を受けろ」

葛城は冷たく黒塚にそう言うと、実邦の顔を突き放し、今度はぐいっと二の腕をつかんだ。

「その人をどうするんです？」

黒塚は非難の色を滲ませて葛城に尋ねた。

「警察に連れていく。文書偽造の疑いがあるんでね」

「そんな馬鹿な」

「始末は任せたぞ。局長のところには俺が後から報告に行く」

葛城は黒塚が何か言おうとするのを無視すると、倒れている女たちを回収している入国管理官に向かって叫んだ。

「さっさと歩け」そう叱咤《しった》すると、黒塚を残してずんずんと実邦を連れていく。

「待ってください」

黒塚がついてくるが、葛城は足早に駅舎の裏に回った。黒塚は管理官に押しとどめられる。

葛城は黒塚を一瞥して鼻を鳴らすと、黒塗りの車に近寄り、運転手に合図するとドアを開け、実邦を後部座席に押し込んだ。

「弁護士に電話する！　横暴だ！」

黒塚の声を背中に聞きながらばたんとドアが閉まり、運転手は車を出した。

バックミラーの中の黒塚の姿が、見る見るうちに小さくなっていく。

気密性の高い車の中は、異様なほどに静かだった。

むろん、防弾ガラスの入った特別仕様車だ。重心が低く安定性が高い。

運転手の首筋が強張っている。葛城は低い声で手短に何箇所かに電話を掛けた。

気の毒に。駅のホームで起きた出来事に動揺しているのだろう。後ろにこの男を乗せているだけでも生きた心地がしないだろうに、造反後とあっては余計に命の縮む思いをしているはずだ。

「本当に、連れじゃないのか」

葛城が受話器を置き、前を見たまま尋ねた。

「ラウンジで話し掛けられただけです」

実邦も前を見たまま答える。

「男をたらし込む手腕は相変わらずだな」

悪意に満ちた皮肉を無視し、実邦は車窓の外に目をやった。

警察に向かっているのは本当らしかった。さすがにあの造反の直後では、入国管理局に連れていけないのだ、と気付く。これはある意味でラッキーだった。

車はまっすぐ市街地に入った。

こんな形で、この男と同じ車に乗ってここに戻ってくることになろうとは。

実邦は夢心地で車窓の風景に見入った。夢は夢でも悪夢のほうかもしれない。

懐かしい町。忌まわしい町。遠かった町。

玩具のような市電が、薄く色の入ったガラスの向こうを行き交っている。

ガラス一枚を隔てて日常が広がっていた。

人々の営みはいつも通りだった。忙しく、あるいはのんびりと、歩道を歩き、買い物をし、仕事をしている。

あまりにも普通なので、まるで映画でも見ているみたいだった。本当は、この窓の向こうに焼け爛《ただ》れた原野が広がっているのかもしれない。

駅で起きた出来事は、国民には報道されるのだろうか。たぶんされないだろう。途鎖の報道規制は傍目には分かりにくい形で徹底している。この国には、二重、三重に重なりあわない世界が同時に存在しているのだ。

実邦は伸ばしていた背筋を緩め、バックシートにもたれかかった。

護送されているとはいえ、とにかく途鎖には入れたわけだ。考えようによっては、最強の護衛を連れての、最も安全な入国といえないこともない。

しかし、いきなり入国管理官の造反とは。

隣の男の存在の重さを感じながら考える。

まあ、恐怖で支配するこの男に部下が憎悪と不満を募《つの》らせるのは無理もないが、前々から準備され、かなりの人数が参加した、組織的なものだったことは確かだ。

ホームにいびつなポーズで横たわっていた姿が目に浮かぶ。

あまりにあっというまの出来事で、恐怖を感じる暇もなかったが、あのうちの何人かは命を落としたはず。彼女らはちゃんと葬られるのだろうか。

外から見ている限りではよく分からないが、途鎖の内情はかつてとは激変しているとみえる。第一、返り咲き不能と思われる形で更迭《こうてつ》されたこの男が今この地位にあること自体、全く予想していなかった。

やはり無言で前を向いたままであるが、隣の男もなぜ今ごろ実邦がここに舞い戻ってきたのかさぞかし不審に思っていることだろう。さまざまな可能性を吟味しているはずだ。

ふと、見覚えのある制服を目にして背筋が伸びる。

白い夏服の衿が揺れ、屈託のない笑顔で少女たちが通り過ぎていく。

思わず振り返り、その後ろ姿を見送っていた。

歳月が巻き戻されたような気がした。

かつて自分も着た制服だった。

胸の奥が重苦しく沈み込んでいく。かつて感じていた閉塞感と絶望が、時を超えてじわじわと蘇ってくる。

蔵のある家／楠の影。

玄関に揃えられた黒い革靴。

「桂子《けいこ》おばさん？　誰もいないの？」

障子を開ける／

フラッシュバックのように、藤代の家が脳裏に浮かび、実邦は吐き気を覚えた。今でもあの家を思い出すと、怒りと屈辱に身体が震える心地がする。

「今は空家だ」

それが葛城の声だと気付き、実邦はハッとした。

読まれたのか？　いや、違う。彼女が高校生たちを見送ったことに気付いていたのだ。

「え？」

葛城の横顔を見ると、彼は前を向いたままだった。

「藤代の家には、今は誰もいない」

なぜ、という質問を飲み込む。この男に弱味を見せたくなかったからだが、頭の中ではその事実を反芻していた。

空家？　あの屋敷が？　どうして誰もいないのだろう。伯父と伯母はどこに行ったのか。

「おまえが逃げたあと、後始末が大変だったからな」

葛城は冷ややかに呟いた。

顔に血が昇るのを感じた。

その逃げ出すきっかけを作った張本人を睨みつけてやりたいのを我慢する。

あの家から逃げたことを後悔したことはないし、むしろ伯父夫婦に面と向かってそれまでのことを非難してから逃げるべきだったと今でも思っている。

「何しに来たのかは知らないが、のこのこ舞い戻ってきたことを後悔させてやる」

なにげない呟きだったが、それが葛城の本音であることは明らかだった。

殺風景なコンクリートの建物の前に車が横付けされ、葛城が実邦を連れて警察署の前に降り立つと、入口付近の警官たちの間に動揺が走るのが分かった。

葛城は実邦の腕をつかみ、つかつかと玄関目指してまっすぐに歩いていく。

中から、白髪混じりの年配の男が駆け寄ってきた。

かなり上の地位の者らしいが、青い顔でおろおろし、明らかに狼狽している。葛城が到着することを知っていて、待ち構えていたようだ。

「局次長。お怪我は」

駅での騒ぎのことを指しているのだ。

「ない。取調室を借りるぞ」

葛城の返事はにべもない。ここでも彼が恐れられ、力を持っていることは周囲の警官のへっぴり腰を見ればすぐに分かる。

見慣れた恐怖の表情。面倒事を避ける、組織員お馴染みの顔が並んでいる。

警察にもこんなに顔が利くなんて。いったい何がここまで彼の地位を押し上げたのか。

長い廊下を進み、すすけた狭い部屋に入れられた。

椅子とテーブル。絵に描いたような取調室だ。

「ここで待て」

奥の席に実邦を掛けさせると、葛城はドアの外に若い警官を見張りに立ててどこかに出かけていった。

警官は、怪訝そうな顔で実邦をちらちらと見ている。実邦に興味があるのだが、なにしろ葛城が連れてきた女なので、造反騒ぎの主犯ではないかと疑っているらしい。

その目は、実邦が怪物なのかどうか値踏みしていた。

実邦は腹をくくり、静かに椅子に座っていた。

椅子の脚の長さが微妙に違うらしく、床の上でガタガタと不安定な音を立てる。

部屋はひんやりとして涼しく、外の陽光から遮断されてやけに暗かった。

古びたブラインドの隙間から漏れる光が、この部屋では弱々しく感じられる。

だが、この何もない部屋にいて、初めて途鎖にいるのだという実感が湧いた。

ずっと昔から、何年もこの椅子に座り続けているような錯覚を覚える。

ひどく疲れた気分になった。まだ途鎖に入り込んだだけだというのに、既に徒労感でいっぱいな上、この先待ち受ける出来事にうんざりしている。

ここに来たことは正しかったのだろうか。

今更ながらにそんな疑問を自分に投げ掛けてみるが、答える気がないのは本人が誰よりもよく承知していた。

ぼんやり座っていると、やがて廊下から足音が聞こえ、警官が姿勢を正すのを感じた。

葛城が部屋に入ってきて、警官の鼻先でドアを閉めた。

ばたん、という音がひときわ高く響き、それから壁に吸い込まれ、部屋は重い静寂に包まれた。

実邦は緊張した。

そういえば、良妻賢母を校是とした高校の生徒手帳に、男性と部屋で二人きりになってはいけない、という項目があったのを唐突に思い出す。もしやむを得ずそういう状況になったら、ドアを開け放しておきなさいと書いてあったっけ。

実邦は、立ち上がってドアを開け放ちたい衝動に駆られた。この男と二人きりだと思うと、余計にそうしたくなる。

しかし、身体は動かなかった。

葛城はパイプ椅子の背をゆっくりと引くと、威圧感を与えるように実邦の正面にどっかりと座り、テーブルの上で手を組んだ。

全身が強張るのを感じる。

正面から彼の顔を見ることは避けたかった。実邦は、テーブルの上に組まれた彼の指に視線を落とす。

大きな手だ。長い指、形の良い爪。あれだけの人命を奪ったとは思えない、シミひとつない、美しいと言ってもいいほどの手。人差し指にはおおぶりなシルバーのリング。何か模様が彫ってあるが何かは分からない。

「顔を上げろ。俺を見ろ」

有無を言わさぬ声が告げる。

渋々顔を上げる。

正面から彼の顔を見るのはいったい何年ぶりだろう。

眼帯と目が視界の全てに収まる。

思いのほか、その目は静かだった。かつてのギラギラしたイメージとはずいぶん違う。それが余計に凄味を感じさせた。怖かった。

尻尾を巻いて逃げ出したくなる。自分がどんなにこの男を恐れていたか、全身の細胞が思い出そうとする。

葛城は、暫《しばら》く無言のまま、まるでかつての自分のイメージとの違いを探しているかのように、実邦の顔をくいいるように眺めていた。

奇妙な目付きだ。こんな目をどこかで見たことがある。

そう、かつて初めてこの男に会った時も、こんな目をしていた。

不思議そうな——何か驚きを抑えているかのような。


ゴシゴシという音がする。

水の流れる音も。

水飛沫《しぶき》の中で、白い腕が忙しく動いている。

十六歳の実邦は、藤代の家の勝手口を出た裏庭で、野菜を洗っている。ゴボウの泥をたわしでこするのだが、こびりついた泥はなかなか取れない。

親戚の集まりがあるので、かやくごはんを作るのだ。

たらいの中に、根菜類が積んである。大根、人参。かなりの量だ。

一息ついて、伸びをする。

通いで来ているタミさんは、実邦がこういう下働きをするのをとても嫌がり、恐縮するのだが、実邦は気詰まりな家の中より、こうして外で手を動かしているほうがよっぽど気が楽だった。

目の前を、ひらりと小さな影が横切っていく。

黒い蝶の群れ。

蝶たちははかなげな羽ばたきを繰り返し、ジグザグな線を描いてひらひらと垣根を越えていき、すぐに見えなくなった。

珍しい。

実邦は腰を浮かせ、エプロンで手を拭《ぬぐ》うと垣根から身を乗り出して蝶の行方を追った。

蝶は、七、八頭はいただろうか。あんなふうにまとまって飛んでいくところなど初めて見た。

不意に、後ろに誰かが立っていることに気付いた。

ぎょっとして振り向く。

蝶の使い？

そう思ったのは、男が葬式帰りと思《おぼ》しき黒ずくめの格好をしていたからだった。

黒い蝶の群れが姿を消したのと同時に、彼らが人間に姿を変え、その場に忽然と現れたような気がした。

「失礼。藤代有一《ゆういち》さんの御宅はこちらでしょうか」

男は静かに尋ねた。

「はい」

実邦は答えた。

男は、実邦の顔を見て、ハッとした。

一瞬棒立ちになり、不思議そうな目つきで彼女を見つめている。

灰色がかった双眸《そうぼう》は、強い印象を残した。

「あの、どちらさまでしょう。まだ戻っておりませんが」

実邦が怪訝そうにきくと、男は我に返った。

「ああ、そうですか。実は、さっきまで一緒だったんですが、寄るところがあったので、別れたんです」

男は遠くに目をやった。

従兄弟の友人か。

なんとなく、合点がいった。有一本人と同じく、彼の友人は皆似たようなタイプだ。エリート意識が強く、他人に決して心を開かない男。友人と称してつるんではいても、感情の行き来はなく、利害関係の計算しかしないような輩《やから》だ。

しかし、目の前の男は少し違っていた。

美しいが、ひどく不吉で物騒な男。

囲い込まれ、安全地帯のみで管理された有一のようなエリートタイプとは異なり、目の前の男には決して何者にも飼い慣らされない強い意思が感じられた。

「どうなさいますか。中でお待ちになりますか」

実邦は尋ねた。

男がなかなかその場を動こうとしなかったからだ。

「いや」

男は実邦から目を離さずに首を振った。

「今日はこのまま失礼します。有一さんに、葛城が来たと伝えていただけますか」

「葛城さんですね。承知しました」

実邦がそう言って会釈し、話を打ち切ろうとしているのに、それでも男は彼女から目を離さなかった。

奇妙な目つき――驚きを抑えているような。

実邦は戸惑った。作業に戻るべきかどうか迷う。

男はようやく一礼して歩き出した。

実邦はホッとして、洗い場に戻る。

が、離れたところで男が振り返り、もう一度実邦を見ていることに気付いた。

おかしな人だ。実邦は首をひねり、蛇口を開いた。そして、再び顔を上げた時には、男は姿を消していた。

蝶になって飛んでいってしまったのかしら。ふと、そんなことを思う。

あの印象的な二つの目だけが、しばらく身体の中に残っていた。

この時の彼女は、そのうちのひとつを、いずれ自分が潰すことになろうとは、夢にも思わなかった。

「今、おまえのビザと身分証明書を調べている」

実邦はハッとした。

記憶の中の目が、今目の前で彼女を見つめている。あの時とは違い、今では片方だけになってしまったし、かつてはぎりぎり美しさが共存していたのに、今では完全に不吉さが彼の全てを呑み込んでいたが。

「よく出来ているが、すぐにボロが出る。文書偽造が分かった時点で即逮捕だ。どこに泊まるつもりだったのかは知らんが、今夜は留置場で過ごしてもらうことになるな」

葛城は淡々と述べた。

「弁護士は呼んでもらえるのかしら」

「吾が国は法治国家なのでね」

葛城はおどけた表情で肩をすくめた。

「もちろん、いくらでも呼んでもらって構わない」

ぐいと実邦に向かって身を乗り出す。

「ただし、入国できるかどうかは分からないがね」

不穏な沈黙が降りた。

そんなやり口はじゅうぶん承知している。人権を無視している国に限って、民主国家、法治国家を標榜《ひょうぼう》するのに世界共通だ。

「あなた、命を狙われてるのね」

挑発はよくないと分かっていても、聞かずにはいられなかった。

葛城は面白がるような表情を浮かべる。

「昔も今もね」

それが実邦に対する当てこすりだと気付くが、聞き流す。

「まあ、連中のガス抜きさ。時々不満が噴き出して、またしばらく沈静化する。その繰り返しだ」

「ああいうこと、よくあるの」

「たまに。不満分子の動向は把握している。今日も予想内だ」

その口調は強がりには聞こえなかった。元々そういう組織だったのだろうか。しかし、途鎖を出てから彼女はいろいろなことを調べたが、昔はもっと強固な一枚岩だったという印象があった。

「ただでさえ、今はクソ忌々しい闇月だからな。山が静かになるまで余計な騒ぎは願い下げだ」

葛城はジロリと実邦を睨んだ。

が、何かを思いついたように座り直した。

片方だけの目がほんの少し見開かれる。

「まさか、おまえ」

口調が用心深くなる。

「——ウラなのか?」

その言葉を口にした本人が、ぎくっとしたように表情を歪《ゆが》める。

実邦も反射的に顔をしかめていた。力なく左右に首を振る。

「まさか。あたしはビジネスで来たの」

しかし、葛城はその返事を聞いていなかった。

「在色者だったな、おまえも。登録票は？」

「あたしが登録票の必要なレベルじゃなかったことはあなたも知っているでしょう。登録票があったら入国すらできない」

「ふうん。それで、うちの管理官たちにも引っかからなかったと？」

葛城の声には猜疑心《さいぎしん》が詰まっていた。

むろん、登録票で世界のある程度の秩序は保たれている。いや、秩序が保たれていると誰もが思いたがっている。双方の権利もそれなりに尊重されているはずである――そこに至るまでにはうんざりするほどに長い畏《おそ》れと疑惑の歳月があったし、血腥《ちなまぐさ》い歴史を経て、かろうじて境界線が引かれた――しかし、あくまで双方の善意の解釈を前提とし、互いの猜疑心を見て見ぬふりをした結果だが。

「俺を見ろ」

実邦は不用意に顔を上げ、すぐにそれを後悔した。

灰色の目が、この上なく大きく見開かれ、暗黒の太陽のように輝いていた。

凄まじい熱さのために、かえって冷たく感じる強い光が放射されていて、圧倒的な吸引力に、呑み込まれそうになる。

いけない。実邦はぎゅっと目を閉じた。

が、一瞬遅かった。

殺風景な取調室は消え、どこかから生温かい風がごうっと吹き込んできた。足元をかすめる湿った風。

雨の匂い。薄暗い、がらんとした場所に彼女は立っていた。

この暗さ、見覚えがある。実邦は周囲を見回した。

ひんやりとした廊下、湿っぽい畳。茶簞笥の上に、竜胆《りんどう》を活けた一輪挿しがある。

藤代の家だ。

実邦は身体を強張らせた。

おぞましい。どうしてこのおぞましい家に戻ってきてしまったのか。

家の中は暗く、無人だった。全ての障子、襖が開け放たれ、嵐の予感のする風が部屋の中を荒々しく駆け巡るままになっている。

どこかで遠雷が鳴った。

同時に、ガラリと玄関の引き戸の開く音がした。誰かが帰ってきた。

「ただいまあ」

澄んだ、よく響く声。

実邦はぎくっとした。あの声は。

次の瞬間、実邦は玄関の外に立っていて、白い制服姿の娘が中に入っていくのを眺めていた。

返事がない。少女は不思議そうに家の中を覗きこみ、磨かれた大きな黒い革靴がきちんと揃えられているのに気付いた。

「桂子おばさん？　誰もいないの？」

少女は周囲をきょろきょろと見回してから、中に入った。

ぐにゃりと視界が歪んだ。それは、ここから先に待ち受ける出来事のあまりのおぞましさに、実邦の感情が抵抗しているからだと気付く。

駄目。入っては駄目。引き返すのよ。どこかで時間を潰しなさい。今この家に入っては駄目。

実邦は慌てて少女を引きとめようとしたが、少女はとんとんとんとリズミカルに廊下を進んでいく。肩で切りそろえられた髪が、さらさらと吹き込む風になびいている。

どうして気付かないの。実邦は身もだえした。

遠雷が鳴っているのに。こんなにも強い風が、家の中を吹き荒れているというのに。この家に満ちる不穏な闇に、どうして気付かないの。

いつのまにか、実邦は廊下を進む少女に同化しており、視点は彼女のものになっていた。

この屋敷特有の匂いを吸い込む。

そう、この家はいつもこんな匂いがした。吹き抜ける風でも消せない、雨の気配でも消せない、偽善と虚勢と腐敗の匂い。

足の裏に感じる、板張りの床の感触も生々しかった。雑巾がけをすると、ギシギシと神経質な音を立てたっけ。

ふと、奥の客間に誰かがいるのに気付いた。普段はめったに使わない、政治家である伯父たちが「内密の」話をする時に使う部屋。お客さんかしら。

実邦は不思議に思う。だったら、おばさんやタミさんが忙しくお勝手を行き来しているはずなのに。大事なお客さんを、一人で放っておくなんて。

誰かが、ゆっくりとお茶を飲んでいた。広くて白い背中。ぴしりと伸びた背筋。見覚えのある身体の線。薄暗い座敷で、明かりもつけず、男が一人で正座してお茶を飲んでいる。

「あのう」実邦は声を掛ける。無防備に、無邪気に。

男がゆっくりと振り返る。

暗がりに、その灰色の双眸が浮かび上がる。

実邦は（実邦は）ハッと（ハッと）した。

「よく来たな」

そこには、隻眼の葛城が座っていた。入国管理官の制服を着て、膝を揃えてぴしりと座っている葛城が、眼帯をして、凄まじい笑みを浮かべて実邦を振り返った。顔の輪郭がモノクロームに浮かび上がる。

実邦は棒立ちになる。（現在の）実邦は（現在の）葛城と、遠い日の藤代の家、あのおぞましい日の藤代の家にいる。（現在の）葛城と、（現在の）実邦が、かつて対面したあの日の藤代の家に。

「覚えているか」

葛城はゆっくりと立ち上がった。

顔が裂けたかと思えるような笑みを浮かべ、家の中に立っている葛城は、とても大きく見えた。頭が天井に届きそうだ。

鴨居の上の額縁のガラスに、彼の後頭部が映っている。

ああ、そうだこんな額縁があった。この家はあちこちに辛気臭い漢文の書が掲げられていた。この家にいると息が詰まる。

則天去私。

そう、この横長の額縁の中に収まっていたのはそんな文句だった。

則天去私。ソクテンキョシ。間延びした声が頭の中で繰り返す。そ――く――て――んン――きょう――しいいぃ――

「限りなく小さなおのれの存在から去って、大きな自然に身を委ねる。為すがまま。自分という存在のしがらみから解放され、流れに任せる」

額縁を見上げ、葛城がすらすらと説明した。

「そう、あの時の俺は、おまえを待ちながらこの額縁を見上げていた。この額縁の文字が天啓に思えたね。俺は身を委ねた。本能に、世間に、政治に」

葛城は両手を広げて低く笑った。

「その結果がこれだ」

彼はそっと眼帯に触れる。

「今でも時々、無いはずの眼球が痛む。俺の自尊心をズタズタにする、敗北と屈辱にまみれた痛みがチクチクと続く。だがね、面白いことに、時間が経つにつれ、だんだんこの痛みが快感に変わってきたんだ。文字通り、痛むのと同時に身体の芯がうずく。最近では、官能というのは痛みのことなんじゃないか。そんなふうに考えるようになったのさ。おまえのおかげだ、実邦」

今、御宅の方たちは急用で近所に出かけておられるようです／伯母様から伝言があります／頼まれた資料を取りに来たのですが／一緒に蔵の中で探すのをお手伝いするようにと／

葛城は、腰に手を当てて、家の中を見回した。

「この風はなんだ。あの日は、こんな嵐じゃなかった。せいぜい小糠雨《こぬかあめ》という程度だったろう。なんでこんなに風が吹き荒れているんだ。しかも、こんなに家中開けっ放しで？　あの日の屋敷はこんなじゃなかった」

ひときわ、強い風が部屋を吹きぬけ、二人の服を煽った。

「生徒手帳に書いてあった」

実邦はのろのろと呟いた。

「男性と二人きりになったら、部屋のドアを開け放しておきなさいと。二人きりになっては駄目。誰もいないところで／ドアを開けて。開け放しておかないと」

「ふうん。今でも実行してるんなら感心だが」

葛城はせせら笑った。

「さあ、俺を見ろ」

葛城はずっ、と畳の上に踏み出し、更に目を見開いた。

暗黒の太陽。その重力から逃れられない。

「途鎖から逃げ出したあと、おまえがどんな人生を送ってきたのか、どんな男と二人きりになったのか俺に教えろ。さあ、見せてみろ」

嫌だ。

実邦はそう心の中で叫んでいた。

嫌だ。この家は嫌だ。暗くて、辛気臭くて、腐臭がする。

「さあ」

葛城は、眼帯を押し上げた。

暗い穴。ぽっかりと開いた、底なし沼。

その眼窩《がんか》からつうっと、黒い水が一筋流れだし、続いて泥のついたゴボウがずるりと飛び出してきた。

ぐいぐいと目から押し出され、バサリと畳に落ちた。

泥がびしゃっ、と音を立てて畳の上に散る。葛城は、ゴボウと泥をブーツで蹴った。

「懐かしいな。おまえは、初めて出会った時、裏庭で野菜を洗っていた。野菜がたらいに山積みになっていた。てっきり、下働きの通いの娘かと思った。まさか、藤代家の娘だとは思わなかった」

葛城の目からは、今度はざわざわと音を立てて青々とした葉っぱが押し出されてきた。大根の葉っぱだ。あんなに太い大根が、どうしてあれっぽっちの大きさの目から飛び出すことができるのか。

押し広げられた眼窩から、ぼとり、と大根が畳に転がる。

床の上は、たちまち根菜でいっぱいになった。泥のこびりついた根菜。かやくごはんの用意をしなくては。

実邦は、自分がタワシを探していることに気付いた。洗わなくては。畳にも雑巾がけを。襖にもあんなに泥が飛んでいる。こんなに汚しては、伯母さんに叱られる。

突然、家が揺れた。

実邦はぎょっとして辺りを見回す。

縁側の戸袋がガタガタと揺れていた。

中に入った雨戸が動き出し、次々と閉まっていく。

「さあ、二人きりになろう。扉を締め切って」

ピシャン、と雨戸が閉まった。

部屋がいよいよ暗くなり、葛城の輪郭しか見えなくなる。

ピシャン、ピシャン、と遠いところで雨戸が閉まる。その音に重なるようにして、ゴトゴト、と鈍い音とともに襖や障子も閉まり始めた。

嫌だ。

葛城が近づいてくる。彼の足がぶつかって、畳の上の野菜がごろんと転がる。大きな掌が実邦の両肩をつかみ、抱きすくめようと力を込める。あの時のように。

嫌だ。

ソクテンキョシ。

みしみし、と低い震動が起きた。

葛城が訝《いぶか》しがる表情になるのが暗がりでも分かった。

みしみしみし、と不穏な震動で部屋が揺れる。襖や障子が閉まる音ではない。

則天去私。

額縁だった。

闇の中で、額縁がブルブルと大きく震動している。罠から逃げ出そうとする獣のように、鴨居の上の「則天去私」が揺れている。

「これは」

葛城が額縁を見上げて呟いた。

「おまえが？」

彼がそう呟くのと同時に、額縁が吹き飛び、天井にぶつかってから、まっすぐ葛城目掛けて襲いかかった。

「う」

葛城は腕で頭を抱え、うずくまった。

衝撃音。ガラスの割れる音。砕け散る破片が、暗がりの中でキラキラと何かの光に反射して輝いている。

更に、鈍い音がした。ヒュッ、と何か重いものが空気をかすめる気配。

「うわっ」

屋敷じゅうにある、書の額縁が葛城目掛けて飛んできていた。

読めないもの、古いもの、びっしり書き込まれたもの。

滑るように廊下の上を床と平行に飛んできて、一斉に葛城を目指す。

ガラスの砕ける音、ぶつかる音が立て続けに響き、あまりのやかましさに何も聞こえない。葛城の悲鳴すら消え、屋敷の中にガラスの雨が降り注いだ。

ガタガタと家が震動する。

今度は、木片の折れるベキベキ、ばきばきという音が折り重なった。

障子が、襖が、内側から強い力で押したようにたわみ、ゆがみ、破壊されていく。

雨戸を揺さぶる音と重なり、凄まじい騒音に世界が満たされた。

「雨戸を開けて」

実邦はそう叫んでいたが、自分の声すら聞き取れなかった。

床が突き上げられる。バラバラと天井から小石が落ちてきた。

屋敷全体がしなり、砂埃が上がり、そこここに穴が開く。光が外から射し込み、あちこちに光の道が交錯する。

ガラスの破片と額縁の瓦礫の中に、頭を抱えてうずくまっている葛城を照らし出す。

雨戸が、ばたんばたんと音を立てて一斉に外側に倒れた。ごうっと風が吹き込んできて、畳に散ったガラスの破片を吹き飛ばす。

きらきらと輝く破片が渦を巻き、天井や畳に跳ね返ってパラパラという音を立てる。

実邦は絶叫する。

「開け放って」

フッと空気が変わり、静寂に包まれた。

痛いような静けさ。

気がつくと、狭く、何もない、殺風景な午後の四角い部屋にいる。

まるで、宇宙から落ちてきたような気がした。

「あの」

ドアが開いていて、若い警官が立っていた。ドアが開いたことに全く気がつかなかった。

警官の喉が動き、ごくっと鳴るかすかな音が聞き取れた。

ここは。

実邦はゆっくりと部屋を見回した。

取調室。戻ってきたのだ。あの日の藤代の屋敷から。

実邦と葛城は、真っ青な顔でテーブルを挟んで座っていた。

二人は、いつのまにかテーブルにしがみつくように、両端をつかんでいた。

のろのろと互いの顔を見る。

同じ顔をしているのが分かった。

真っ青で汗だくだ。そして、信じられないものを見たという驚きだけが浮かんでいる。

「あれは、おまえが?」

葛城が、かすれた声で呟いた。

「あの」

若い警官が、泣きそうな声を出した。

「なんだ」

葛城は、吐き捨てるように警官の顔を睨んだ。警官は、身体をすくめる。

「署長が、お呼びです。お二人とも、いらしてくださいと」

警官はやっとのことでそう言った。

葛城と実邦は思わず顔を見合わせた。

「二人とも、だと?」

葛城は、怪訝そうに実邦を見た。

実邦は何も言わず、よろよろと立ち上がった。脚の長さの違う椅子が、耳障りな音を立てた。

署長室は、予想に反して、居心地のよい和《なご》やかな部屋だった。取調室とは一転して、家庭的とすら言ってもよいほどだ。

小太りで目の細い、一見途鎖の警察署の長だとは思えぬ穏やかな男が二人とへっぴり腰の警官を出迎える。警察署長というよりは、校長先生のようだ。

「葛城局次長、今日は大変でしたな。今、お宅とうちとで駅で現場検証をしちょります。早晩、捜査結果に関してご報告できると思います。あ、君ご苦労だったな。もう持ち場に戻ってよろしい」

若い警官は、一礼してそそくさと出て行った。

署長は、年寄りにも若いようにも見える、年齢不詳の男だ。しかし、葛城に対しても飄々と話し掛けるその表情を見ているうちに、実邦は、これはかなりの狸だという気がしてきた。

「お手数かけます」

葛城は几帳面に頭を下げ、にこやかに言葉を続けた。

「背後関係はつかんでおります。今日の造反行為に関わった連中に対しては、朝からもう寮や自宅を押さえさせてありますんで」

「朝から？　じゃあ、今日のことは予想しちょったと？　あ、お掛けください」

署長は目を丸くした。

「ええ。なかなか尻尾がつかめないんで、現行犯で押さえるしかないと思いまして」

葛城の慇懃《いんぎん》な口調から、彼がこの警察署長を見下していることが窺える。

「戻りましたらじっくり査問委員会を開きますよ」

葛城は冷ややかな笑みを浮かべ、ゆったりとソファに腰を下ろした。

署長が、立ったままでいる実邦を見た。

「そちらのお嬢さんもお掛けください。ご挨拶遅れました。私、途鎖警察署長の占部《うらべ》と申します」

実邦も一礼して腰を下ろす。

葛城は、占部と実邦を交互に見た。

「占部署長がこんなにも紳士だとは存じ上げませんでしたよ」

皮肉を込めた口調に、占部は苦笑する。

葛城は冷酷な表情になると、占部に向かって身を乗り出した。

「どうでした、あの書類は。とても精巧にできていますが、私は偽造であることを確信しています」

占部はカリカリと頭を掻く。

「さすが、葛城さんにゃかないませんな。確かに、あれァ偽造でした」

「じゃあ、勾留ですな」

葛城は勝ち誇ったようにチラリと実邦を見る。

「しかし、困りましたなあ」

占部はのらりくらりと言葉を濁す。

葛城が、ムッとした様子で占部を睨んだ。

「何が困るんです。文書偽造は密入国に匹敵する重罪です。ご存知かとは思いますが」

「はい、はい。よう存じ上げちょります」

「占部さん」

葛城が恫喝の声色を使った。

「あなた、まさかこの娘をかばいだてするつもりじゃないでしょうね。この娘をご存知なんですか？」

「はあ。まあ、そういうことになりますかねえ」

占部はあっけらかんと頷いた。

「えっ？」

葛城は驚いたように実邦を見た。実邦は知らん顔だ。

「なにしろ、同業者ですからなあ」

占部は相変わらずのらりくらりとした口調を崩さない。やっぱり、相当な狸だ。

「なんですって？」

葛城は顔色を変えた。

「ええ。ですから、まあ、その、言いにくいんですが、この文書を偽造したのも、実は我々の同業者でして――それも、東京方面の」

「つまり」

葛城は絶句した。

占部は、実邦に向かって済まなそうに頭を下げた。

「すみません、有元警部補。ここまでは我々にも想定外で。まさか、入国管理官の造反があって、局次長まで出てこられるとは思わなかったですよ。正直なところ、こんなことになるとは」

「警部補だと?」

葛城が、まじまじと実邦の顔を見た。

「はい」

占部がこっくりと頷き、葛城に向かって実邦を紹介した。

「こちらは、潜入捜査にいらした東京警視庁の有元実邦警部補です」


「初日からこれじゃあ、極秘潜入捜査が笑わせますね。ご迷惑をお掛けしてすみません。私もまさか、あの男にいきなり出くわすとは思わなかったものですから」

キツネにつままれたような顔で葛城が辞去した後、実邦は占部と差し向かいになると深々と頭を下げた。

「いやいや、こちらこそ。我々の不手際です」

占部が慌てて手を振る。

「まずいことになりましたね」

実邦は溜息をついた。

「私が途鎖に入ることは、あなたたちは知らないことになっている。とても精巧な偽の身分証明書でいつのまにか入っていて、いつのまにか出ていた。だから気付かなかった。そういう手筈でしたよね。もし後でどこかから追及されても、あなたたちは知らぬ存ぜぬで通せたはずなのに」

実邦は天を仰いだ。

「それなのに——なんて間抜けなんだろう。途鎖に入るなり、いきなり署に出頭して顔つき合わせていたんじゃ、どちらも言い逃れができなくなる。それどころか、今後あなたたちを難しい立場に追い込むことになる」

「まあまあ、まだそんなことぁ分かりませんよ」

占部は宥《なだ》めるように言うと、自ら立ってお茶を淹れ始めた。

「今日あなたがここに来たのは、ちょっとした書類の不備を入国管理官が見咎めたからにすぎません。そう考えればよろしいのでは」

占部の気遣いはありがたかったが、やはり考えれば考えるほど葛城に出くわしたのは災厄としか思えなかった。思い出したくもないことを思い出した上に、彼女の職務まで知られてしまったのだ。

口の中に、苦いものがじわじわと広がっていく。

最悪だ。よりによって、あいつだなんて。

「それにしても、ちょくちょく今日みたいなことがあるんですか。その――ああいう、叛乱みたいなことが」

占部は、すぐには返事をしなかった。

お茶を湯のみに注ぐコポコポという明るい音だけが部屋に響いている。

「ご存知のとおり、吾が国は極めて特殊な状況にあります」

占部は、実邦にお茶を勧めながら口を開いた。

「警察と入国管理局は古くから犬猿の仲。半ば世襲である首長も、両者とは強固な連携を保っているとは言いがたいし、その時どきの利害でころころどちらにも結びつく。はっきり言って何をやっちょるのか分からない。ここ数年、三者の距離ぁ広がるばかりです。情報の共有なんぞ、絵に描いた餅だ。いっぽう、国民には何も知らされない。彼らは彼らで古くからの因習に従い、かつての途鎖に生きちょるわけで」

ごうっと風が吹いたような気がした。

暗い。なんて暗いんだろう。

不意に、闇を感じたのだ。実邦は、暗く険しい、どこまでも広がる山なみを見た。そして、その山道にひっそりと佇む人影を見た。

そこにいるの？

影は、暗くてよく顔が見えない。

実邦は、窓辺に立っている署長の頭にも同じ光景が浮かんでいるのを感じた。

「更に、話を複雑にしているのは、在色者の存在だ」

占部はブラインド越しに町を見下ろしながら呟いた。

「ここには、あまりにも在色者が多い。よそでは、もはや均質化手術が常識だというのに」

実邦は胸に鈍い痛みを感じた。

あたしは、均質化手術どころか——

「山にはいつ入るおつもりで？」

占部が振り返ったので、我に返る。

「三日以内には」

平静を装い、答えた。

ビザは二週間。もっと入山を早めたいくらいだ。

「難しい捜査だと思いますが、幸運を祈っちょります。月並みな言葉ですがね。本音を言えば、今すぐに思いとどまってもらいたいとこですが」

「ひとつ、お聞きしてもよろしいですか？」

実邦は改まった口調で忠告を遮った。占部も自分の忠告が受け入れられるとは思っていなかったらしく、表情は変わらない。

「はい、どうぞ。私に答えられることでしたら」

「葛城は、いつのまにあんな権力者になったんです？　私の知っている限りでは、一度更迭されて完全に出世コースから外れたと」

実邦が声を潜めると、占部も声を低めた。

「彼は、藤代家の養子になったとです」

「えっ」

思わぬ返事に、実邦は息が止まりそうになった。

冗談ではないかと占部の顔を見るが、その目は真剣である。

「どんな事情があったのかは分かりません。けれど、奴が完全に干された時に、藤代家が手ぇ差し伸べたんは確かです。狼の首に首輪ぁ付けた、と評判になったことを覚えちょりますよ。表向きはまだ葛城を名乗ってますが、これは公然の秘密です」

養子。藤代家の。あの男が。

「藤代家は昔から議会に顔が利きますから、雌伏しているあいだもその辺りから少しずつ人脈を広げていたらしい。それで、数年前に大きな汚職事件があって、どうにも取り繕えないばかりかかばいきれず、主流派が芋蔓式《いもづるしき》につかまった後、がらあきになった場所に乗り込んできたってわけで」

「なるほど」

あたしのせいだと考えるのは自惚《うぬぼ》れに過ぎないだろう。

実邦は冷ややかな気持ちで考えた。

あたしが彼の目を潰し、藤代家の面子《メンツ》を潰したのは事実だ。しかし、それと養子の件は恐らく別に違いない。

藤代家にとって、分家の、しかも既に親を亡くしている小娘など駒のひとつに過ぎない。かつて藤代家は、その哀れな駒を出世頭の入国管理官とパイプを持つための餌にしようとして失敗した。まさか駒が逃げ出すとは思わなかったのだ。その点において目論見は外れたかもしれないが、それを何かのきっかけとして、互いに有効利用したのだろう。要は、両者の利害が一致した。それだけのことだ。

「気をつけて」

占部は真顔で言った。

「あの男は、あなたにひどく執着しちょるようだ。あなたが潜入捜査官だと分かっても――いや、分かったからこそなお、あなたにつきまとうような気がします」

「でしょうね」

実邦は暗く頷いた。

ましてや、あたしが何を追っているのか知られたら――

不意に寒気を覚えた。それこそ、怒り狂ってくびり殺されかねない。

「何かあったら、ここでも、どこでもいい。警察に逃げ込むとですね。少なくとも、我々が入国管理局にあなたを引き渡すゆうことはない。私の名前を出して、泣きわめいて、躊躇《ちゅうちょ》せずに庇護を受けてください。分かりましたね」

占部は子供に言い聞かせるように念を押した。

「恩に着ます」

実邦は、心の底からありがたく思った。もっとも、署長の厚意が通じるのは、市街地にいる時だけだ。山に入ってしまえば、関係がない。

唐突に、署長のデスクの電話が鳴った。和やかな部屋に似合わぬ、無粋な音である。

占部は顔をしかめ、受話器を取った。

しばらく怪訝そうな顔をして聞いていたが、当惑した表情で実邦を見た。

「下で騒いどる男がいるそうです」

「は？」

実邦はきょとんとした。何か自分に関係があるのだろうか。

占部は憮然とした表情になる。

「電車で一緒になった旅行者が、入国管理官に連れてかれた。横暴で、許しがたい犯罪行為なので、葛城ちゅう男を逮捕してほしいと訴えちょるそうです。そして、有元実邦という女性を探し出してほしい、とわめいておるらしい。東京から弁護士を呼ぶと」

「まさか」

実邦は再び天を仰いだ。

黒塚だ。ラウンジでご機嫌に喋り、無邪気に不遜なことばかり口走るあの男。

思わず舌打ちしていた。

どうして皆、よりによってあたしが途鎖に来ていることを大声で宣伝してくれるのだろう。


黒塚があまりにも安堵した顔をしたので、実邦は文句が言い出せなくなった。

「ご心配をお掛けしました」

一応、感謝の笑みを浮かべてみせる。

「書類に不備があっただけですから。もう、帰るところです」

黒塚は泣きださんばかりである。

「いやあ、よかったよかった。入国管理局でも訴えたんですけど、なにしろあの騒ぎのあとだから、誰も聞く耳を持たなくって。どこに言えばいいのか分からなくて、町をうろうろしちゃいましたよ」

実邦は今度こそはっきりあきれた。

「よくそんな危険なことを」

「危険？　どうして？　僕らはただの旅行者で、ビジネスマンでしょ。こんな不当な扱いを我慢するわけにはいきませんよ」

本気でそう思っているらしい。

実邦はむしろ、気味が悪くなってきた。この男、ひょっとしてただのトラブルメーカーなのかもしれない。関わらないほうがよいのではないか。

「とにかく無事でよかった。暴力的な行為は受けていませんね？　弁護士を紹介しますよ」

「とんでもない。ただ二、三質問されただけです」

「ホテルまでお送りしますよ」

「いえ、結構です。そこまでご心配いただかなくとも」

実邦は慌てた。ホテルまでついてこられたらたまらない。しかし、黒塚は譲らなかった。

「あなた一人を行かせてしまって。罪悪感でいっぱいだったんです。是非、送らせてください」

「いえ、こちらこそ、大事な仕事のお時間を頂戴してしまいまして。これ以上のお気遣いは無用です。本当に、お構いなく」

実邦が語気を強めると、ようやく黒塚はあきらめる気になったようだった。

渋々、腰を浮かせる。

「そうですか。じゃあ、ここで——何かあったら、大手門のオリエントホテルに泊まっていますから」

「本当に、いろいろとありがとうございました。ご迷惑をお掛けしました」

実邦は慇懃に頭を下げた。

黒塚がタクシーを拾うのを見届けてから、自分のタクシーを探す。

なんとおかしな男だろう。人がいいと言おうか、能天気と言おうか。

大きく溜息をついた。

しかし、歩道でタクシーを待っているうちに、だんだん猜疑心が湧いてくるのを感じた。

あの男、何者なのだろう。あの無鉄砲さ、無邪気さ。何の仕事をしていると言っていたっけ？

列車での会話を思い出そうとするが、ヒントはなかった。

もし、あたしを尾《つ》けているのだとすれば、通りすがりを装って連れになるのはいちばん簡単な方法だろう。あたしがいなくなって大騒ぎしたのも、見失いたくなかったからだと考えれば筋が通る。常識的に考えて、異国で初対面の相手を探して、危険な入国管理局や警察を駆けずり回ってくれるものだろうか。

タクシーが横付けされた。

考えるのが面倒になる。それでなくとも、今日はいろいろなことがありすぎた。

だが、まだやらなければならないことがある。

実邦は、繁華街の外れにあるこぢんまりしたビジネスホテルにチェックインすると、ジーンズとシャツに着替え、大きめのサングラスを着けて外に出た。

そろそろ太陽が傾いてきて、夕暮れの気配が忍び寄ってきている。

これまでに得た情報を整理してみようと思うが、頭が働かない。身体は芯まで疲れていたが、長時間のヌキのせいもあって、何より精神的に消耗していた。

海に近い南国らしく、街路樹には背の高い棕櫚《しゅろ》の木が並んでいる。

市街地に入ってしまえば、懐かしい地方都市に過ぎなかった。ぼちぼち仕事を終えて一杯やろうと、市井の人々が家路に就き始めていた。

こうして町の中を歩いていると、これから待ち受ける世界が夢のようだ。ほんの一瞬、歳月が交錯し、自分が今何歳でどこにいるのか分からなくなった。

もしかして、まだあたしは高校生のままで、あの白い夏の制服を着て、帰宅する途中なのでは？

しかし、ぴったり自分を追いかけてくるパンプスの足音がすぐさまそれを否定した。

民家のところどころにひっそりと立てられた黒の幟や、軒に下げられた白いヒトガタが、今が闇月であることを主張していた。

子供の頃は、日常の風景として見逃していたが、こうして見るとある種の異様な風景である。途鎖を出て初めて、これが一般的な、いわゆる「お盆」と呼ばれているものとは似て非なるものであることを知ったのだ。

見覚えのある町並みを抜け、市電に乗る。

親子連れや学校帰りの高校生など、時が止まったかのような光景に紛れて市電の震動に揺られていると、何かが溶けていくような感覚に襲われる。

本当は終点まで行くはずだったのに、身体が下車駅を覚えていたのか、いつのまにか途中で降りていた。

今は空家だ。

葛城の声が脳裏に蘇る。

本当だろうか。あたしを動揺させようとしたのでは？

人間の心とは不思議なもので、いったんきっかけを作れば幾らでも疑いの種は膨らんでくる。

しかし、彼は藤代家の養子になったというではないか。あの言葉には信憑性がある。

決して近寄ることなどないだろうと思っていた藤代の家だが、実邦の足はふらふらとその場所に向かって進んでいた。

なにしろ、絶対に会わないはずだと思っていた男に出くわしてしまったのだ。毒食らわば皿まで、というではないか。

子供の頃に住んでいた場所に戻るというのは奇妙な感覚だ。懐かしくて恐ろしい。記憶との齟齬《そご》が、時に驚きであり、時に違和感を引き起こす。

鬱蒼《うっそう》と茂る屋敷林の中に、黒い瓦屋根が埋もれていた。魔除けの幟があちこちではためき、白いヒトガタが門柱や軒で揺れている。

おや。

道端で、四人の子供たちが辻を囲むようにひっそりと佇んでいた。

どきんとする。

タマゲだ。こんなふうに見かけることは珍しい。

立ち止まって、見守る。

幼い子だ。せいぜい、四、五歳というところか。

ふと、忘れていた鈍い痛みがよみがえった。

タマゲ、苦手だったな。高く上がれるみんながうらやましくて、いつもいじけて下から見上げていたっけ。

少しずつ夕闇に沈み始めた時間帯に、子供たちは溶け込むようにじっと立っている。

凄い集中力だ。ふと、彼らが何か歌っていることに気付いた。声は重なり合い、少しずつ低くなっていき、やがては地を這うような地声になった。

なんだ、この声は。

実邦は動揺した。こんな低い声、こんな子供たちに出せるものだろうか。

しかも、もはやこれは歌ではない。まるでお経のようだ。

空いっぱいに、経文が浮かんでいるような錯覚を感じる。

これは呪詛《じゅそ》だ。呪詛。

突然、幟がバタバタとはためいた。風もないのに。

あれ。

子供たちが実邦を見ていた。

顔を上げ、白い顔がこちらを見ていた。

四人とも、隻眼だった。

片方の目がなく、真っ暗な穴のような真ん丸で虚ろな目が、揃って実邦を見つめている。

「ひっ」

実邦は思わず悲鳴を上げて後退りをしていた。

が、気を取り直すと、そこには誰もいなかった。

夕暮れの風に吹かれ、黒い幟がゆっくりとはためいているだけ。

心臓がどきんどきんと打っている。

全身にどっと冷や汗が噴き出してきた。

今のはいったい。

逢魔《おうま》が刻《とき》が見せた幻だろうか。しかし、あの歌声、四つの隻眼、経文のようなものが宙にくっきりと浮かんで見えたような気がしたのに。

実邦は汗を拭うことも忘れ、よろよろと歩き出した。

予兆。あれは予兆だろうか。

ここが途鎖だということを忘れていた。途鎖では見えないものが見え、未来と過去が交差する。もしあれが予兆だとすれば、あの隻眼の子供たちは——

一瞬、風がひどく冷たく感じられ、実邦は身震いをした。

風が重い。途鎖の空気は、あたしに負荷を掛ける。

ふと顔を上げると、いつのまにか、藤代の家の前に来ていた。

呻き声とも、溜息ともつかぬ声が唇から漏れる。

見覚えのある、大きな楠が黒々と枝を広げていた。

記憶の中のものより大きく感じられる。

空家と言われれば空家のような気もするが、荒《すさ》んだ雰囲気はなかった。玄関前も、庭も、きちんと掃除が行き届いているし、郵便受けも塞がれておらず、今も日常的に使われているようだ。

この家は、なぜか闇月のしつらいをしないのが常だった。

実邦は複雑な気分を嚙みしめる。あれ以来だと思うと不思議な気がした。すぐそこにあるのに、遠い。かつては暮らしていた家なのに、近寄るのに強い抵抗があった。

遠巻きに、じっと息を詰めて屋敷を窺っているのは、なんだか自分でも滑稽に思えた。

門の中で、人影が動いた。

見間違えかと思ったが、小さな影が、門扉を開けて、ゆっくりと外に出てくる。

「タミさん」

実邦は思わず、駆け寄っていた。

タミはぎょっとしたように顔を上げ、きょろきょろと周囲を見回していた。誰に呼ばれたのか分からないようだ。

記憶の中の彼女よりも、一回り縮んでしまっている。

「あたしよ、タミさん」

実邦はサングラスを外し、タミに駆け寄った。

「まっ、まさか。実邦お嬢さん」

実邦の姿を認めると、タミの落ち窪んだ目から見る見るうちに涙が溢れ出した。

「お嬢さん、帰ってらしたんですね。立派になって」

実邦はタミの手を取った。骨ばった、皮だけの手。彼女の割烹着にまとわりついていた記憶しかないのに、今では手を取って見下ろしている。

「元気でやってるわ。仕事で来ているの。今、ここには誰も住んでないって本当？」

「ええ」

タミはかすかに目を逸らした。

「あたしが、週に何度か、こうして掃除に来ているんです」

「だから綺麗なのね。とても空家とは思えなかった」

タミは、急におどおどした表情になり、辺りを窺うと、実邦に囁いた。

「実邦お嬢さん、よろしければあたしのうちにいらっしゃいませんか」

「いいけど？」

実邦も、つられて周囲を窺った。さっきの子供たちがどこかから自分を見ているような気がしたのだ。

タミは逃げるように実邦の前に立ち、早足で歩き始めた。


タミの家は、用水路を渡った隣町にあった。

子供の頃、何度も通った家だ。藤代の家よりもタミの家のほうが好きだったが、実邦がタミの家に入り浸っていると伯母たちがいい顔をしないので、こっそり通ってきたものだ。

タミは実邦が家に入るところを見られたくないらしかった。

実邦も顔を隠してそっと家に入る。

中に入ると、二人とも安堵の吐息を漏らした。

帰ってきた。そんな実感が湧いた。若い頃に夫と死に別れたタミは、藤代家に通いつつ二人の息子を育て上げたのだ。藤代家の前に立った時には感じなかったが、ようやく戻ってきた気がした。

タミも、徐々に最初の驚きから解放されてきたらしく、いそいそと実邦の世話を焼き始めた。

「お嬢さん、お夕飯は」

「まだよ。あ、気にしないで。ホテルに戻って適当に食べるわ。遠慮しているわけじゃないの。まだ行きたいところがあるから」

「これからですか」

タミはあきれた顔になる。

「ええ。実は、これから屋島《やしま》先生を訪ねようと思っているの」

タミは明らかに蒼ざめた。

「屋島——先生をですか」

「ご住所は変わってらっしゃらないんでしょう？」

「ええ、たぶん」

タミは目を泳がせた。

「タミさん？　屋島先生、どうかなさったの？」

タミの態度に不審なものを感じた実邦は、彼女に詰め寄った。

「先生は、今、入院なさっています」

「ご病気なの」

「ええ――と言われています」

タミの返事は歯切れが悪い。何か言いにくいこと、口にしたくない事情があるらしい。

実邦は質問を変えることにした。

「やっぱり、少しご飯いただこうかな。タミさんの手料理なんて、何年ぶりかしら」

「ええ、ええ、召し上がってくださいな」

タミも話題が変わってホッとしたのか、すぐに食卓の支度を始めた。

「今、伯父さんたちはどこにお住まいなの」

食器を戸棚から出しながら、実邦はさりげなく質問を続けた。見覚えのある茶碗を見つけて微笑む。子供用の茶碗。かつて実邦が使っていたものだ。捨てずに取っておいてくれたのだ。

「バラバラなんですよ――奥様は有一さんご夫婦のところにいらっしゃいますし、旦那様は鷹取《たかとり》のほうに」

鷹取。確か、お妾さんのところだ。ついに一家がほどけてしまったということか。

「あたしが逃げちゃって、大変だったでしょう」

実邦は水を向けた。自分がいなくなったあとの藤代家の状況を把握しておく必要があると感じたからだ。

「いいんですよ。実邦お嬢さんは悪くありません」

のだ。

タミはキッと向き直った。

「あの日、わざわざあたしに休みを取らせたんですよ、旦那様は」

吐き捨てるような言葉に、怒りが滲んでいた。やはり、タミもいきさつを知っていた
「あいつが藤代家の養子になったのはいつ？」

「ご存知だったんですか。あの恥知らずめが」

タミの声が震えた。

「あたしもよくは知りません。そもそも、実邦お嬢さんがいなくなったことにも、皆さん知らん振りでした。あの気味の悪い男が、お屋敷で怪我をしたことは知ってましたし、医療費も旦那様がお支払いになったようです。でも、表面上はそのままでした」

「まあ、あたしが藤代の家とあいつを結びつけたことは確かね。うまくいっているの、両者は」

「知りませんよ。似た者どうしってことでしょうかね」

タミは味噌汁をいささか乱暴に実邦の前に置いた。

「でも養子になるってことは、藤代家の財産を受け継ぐということでしょう。伯父様はそのつもりなのね」

ギブアンドテイク。葛城は局次長までのし上がった。藤代家は無事入国管理局に食い込めたということだろうか。だが、一家がバラバラになってしまったという事実は何を指すのだろう。まあ、あんな息子が毎晩家に帰ってきたら家族の雰囲気も最悪だろうが。

醒めた目で味噌汁をすする実邦を、タミは心配そうに眺めていた。

「別に、あいつはあの屋敷に住んでいるわけではないんでしょう」

「もちろんですよ」

「それで、屋島先生はどちらに入院なさっているの」

突然、水を向けるとタミはぐっと詰まった。

一瞬黙りこむと、ぼそりと答えた。

「国立です」

「どこがお悪いの？」

「国立の——精神衛生センターです」

「えっ？」

実邦は耳を疑った。

途鎖の国立精神衛生センターは、主に在色者の精神的トラブルを扱う。

「まさか。あの誰よりも聡明で、記憶力抜群の先生が。嘘でしょう。タミさん、お見舞いには行ったの？」

「いいえ。実は、誰も会えていないんです。お弟子さんでさえも。おかしな話で」

タミは気味悪そうな顔になった。

「面会できるのかしら」

「いいえ。ずっと面会謝絶のままです。もう一年も」

「一年」

実邦は考え込んだ。

「あたし、これから先生のおうちに行くわ」

「ですから、お留守ですよ。書生さんも引き揚げてしまわれて」

「あたし、先生のおうちの鍵を持っているの」

実邦は、ポケットを探り、キーホルダーを見せた。

「まあ」

タミは目を丸くした。

「いつでも来ていい。いつでも入っていい。そう伺っているわ。だから、行ってみようと思って」

「大丈夫ですか、無人のお屋敷に入るなんて。あたしも一緒に参りましょうか」

タミの不安そうな表情に、実邦は笑ってみせた。

「平気よ。何度も行ったことあるし、暗くなる前にサッと見てくる」

「気をつけてくださいよ、お嬢さん」

「大丈夫。あたしがここに来たことは内緒にしといてね」

実邦はもう一度微笑んでみせた。


夕暮れの市電がゴトゴトと十字路を横切っていく。

まだ日没までに少し間がある。夕闇に紛れて先生のお宅を訪ねるには適当だろう。

あの先生が、国立精神衛生センターに。どう考えても結びつかない。

実邦は無意識のうちに首を振っていた。

市電が終点に着き、ぞろぞろと人が降りていく。

実邦は停留所に降り立った。三々五々人が散っていく。

どこかで蟬が鳴いている。

曲がりくねった商店街の路地を抜け、坂道を登っていくと、竹林に囲まれた古い家が見えてくる。

この景色も懐かしい。

実邦は足を止め、明かりの消えた屋敷を見上げた。

こちらは、藤代の屋敷と違って空家の気配が濃厚だった。

郵便受けにはチラシや封筒が押し込まれ、門扉に掛かった鎖は錆びている。

不安になったが、預かっていた鍵はちゃんと回った。苦労しつつ鎖を外し、中に入る。

玄関周りには砂が溜まっていて、人が入った形跡は感じられなかった。

引き戸の鍵も開け、レールに砂が入り込んでがたぴし悲鳴を上げる戸を開けて中に入る。

ブレーカーは落としてあるようだった。

人が住んでいないことは確かだ。

部屋に足を踏み入れると、子供の頃の記憶が音を立てて巻き戻されるのを感じた。みんなと一緒に、何度もここに来た。

本棚はどれもそのままで、生活用品も動かした気配がない。

突然、家の主がいなくなった。そんな感じだった。

薄暗く、無人の他人の家は気味が悪かったけれど、歩き回っているうちに徐々に慣れてきて、先生の手控えやアドレス帳などを無遠慮にめくり始めた。

自分でも何を探しているのか分からない。けれど、目は忙しく部屋の隅々を動き回り、手は引き出しの底や壁など、無意識のうちに隠されたものを探している。職業病というやつか。

仕事柄、家探しをするのは慣れているはずだが、やがて疲れてきた。

何を期待していたんだろう。先生はいない。入院しているのは本当らしい。さすがにご高齢だし、本当にご病気なのかもしれない。

実邦は先生の書斎でぼんやりと立ち尽くしていた。

急に疲労感を覚え、失礼ながら先生の椅子にどっかりと腰を下ろしてしまう。

いよいよ部屋は暗くなってきた。じきに太陽が沈んだら、ここは真っ暗になるだろう。

懐中電灯をスーツケースの中に置いてきたことに気付いて舌打ちする。身に着けているべきだった。

渋々立ち上がろうと腰を浮かせ、ふと、視界の隅で何かが引っ掛かった。

うん？

よく見ると、障子の一箇所だけ、わずかに違う色の紙が貼ってある。この椅子に座った時だけその紙が正面になるのだ。

何か線のようなものが見える。

和紙の模様かと思ったら、それは文字らしかった。

ニワ　Y　ナカ

細い紙テープを貼って文字にしてあるもので、そう読める。

先生のメッセージだと直感した。夕暮れの、日没間近の光にのみ浮かび上がるメッセージ。しかも、部屋の中よりも外が明るい時にだけ。ブレーカーが落としてあるのは、このメッセージに誰かが気付くことを期待していたのかもしれない。

庭、Y、中。そういう意味だろうか。

実邦は慌てて椅子から立ち上がり、外に出た。玄関に鍵を掛けて、庭に回る。

風は少しだけひんやりとして、夕闇の中にサヤサヤという音が優しく響いていた。

先生の書斎の窓の、あの障子の外に当たる場所を探す。

そこは竹林だった。柔らかい落ち葉を踏んで、中に分け入っていく。既に風景は腰のところまで宵闇に沈み、笹の葉が暗いオレンジ色にちらちらと光っていた。

途中、なぜか足の止まった箇所があった。

どうしてだろう。

耳を澄まし、周囲の気配を窺う。

しばらく考えて、気が付いた。竹林の中に、一本だけ樹齢の高い椎の木があって、その上部の幹が二つに分かれているのがY字形をしているのだ。

Yとは、これのことだ。

そう確信すると、実邦は椎の木を撫でさすりながらゆっくり見ていった。やがて、陰になった部分の幹に、わざわざ切れ込みを入れて薄い箱のようなものが押し込んであるのに気付いた。

プラスチックの箱の中には、油紙で何重にも包んだ小さなものが入っている。

と、全身に電流のようなものが走り、実邦はびくりと身体をのけぞらせた。


持ち出せ／保存／いつか必要／知られてはならない

屋島先生のカケラ。これをここに隠した時のものが表面に残っていたのだ。

懐かしさよりも先に、緊迫したものを感じて、実邦は気味の悪いもののように掌の上の包みを見下ろした。

中身は何だろう。書生さんたちにも渡さず、こんなところに隠しておくなんて。

まさか、先生はもうこの世には存在しないのでは？　それとも、重病で身動きできない状態だとか？　いったい先生に何が起きたのだろう。

肌寒さを覚えたのは、夕暮れの風のせいだけではなかった。実邦は暗くなった庭で、動いたら最後、たちまち世界が襲いかかってくるのではないかというように、息をひそめてじっと身体をかがめたままでいた。

途鎖の夜は暗い。

住宅街は既に闇に沈み、中心部の繁華街のみがまだ光の塊を作っている。

ましてや、住宅街の外にある郊外は、漆黒の闇に飲み込まれたかのようだ。

しかし、暗闇でも獰猛に世界を覆い尽くすように繁殖した夏草の、むせ返るような匂いが存在を強く主張している。

ところどころにぽつんと灯る街灯の明かりは、蛾や甲虫たちの独占状態だ。

そんな全く人気《ひとけ》のない夜の郊外の国道沿いを、とぼとぼと歩くふたつの影がある。

片方は小柄で瘠《や》せた老人。その隣の小さな影は、どうやら子供らしい。

国道はがらんとして無機質だ。長距離トラックの重い響きが時折震動を上げて通り過ぎていく。規則正しく並ぶオレンジ色の照明灯のみが均一にアスファルトと中央分離帯を照らし出しているが、道路の外側は真っ暗で、その影に気付く者はいないであろう。

子供は時々歩くのをぐずるが、その都度老人が低い声で説得して再び歩き出す。

その格好からすると、男の子だ。

「ママは？」

頬に涙の跡のついた男の子は、しばしばそう尋ねるが、老人は小さく左右に首を振る。

「もうすぐ着くから」

何度も繰り返されてきたやりとりらしく、老人の声には抑揚がない。男の子のほうも返事を期待しているわけではないらしく、無表情のままである。

やがて二人は国道から離れ、脇道に入り、人気のない集落に入った。

かすかに虫の声が響く。

ぽつんと辻に灯る長方形の街灯の明かりが、茄子や葱畑の葉を鈍く銀色に照らし出している。

二人は、街灯の影に入るようにそっと立ち止まり、辺りの気配を窺った。

そこには開けた空間があり、うっすらと四角く切った石が積み上げてあるのが認められる。

墨で書かれた「白鳥《しらとり》石材店」の大きな看板が見えた。

「着いたの?」

子供が弱々しく尋ねた。

「うん。もう少し、待て」

老人は、門を見通せる植込みでじっと様子を見ていた。門の奥に、人家の明かりが見える。

「マサ坊、おじいが先に行くから、合図をしたらついてこい」

子供は頷いた。

老人は、そろりと門から中に入った。

闇の中で何かが蠢《うごめ》く気配。

赤い二つの眼が瞬き、はっ、はっ、という濡れた呼吸の音。

玄関先の犬小屋の前に伏せていた大きな途鎖犬《とさけん》がピクッと反応し、身体を起こした瞬間を狙って老人はピタリと掌を向ける。

とたんに犬は固まったように動かなくなった。

いや、文字通り固まっているのだ――八ミリフィルムの映写を止めたかのように動きを停止している。

同時に、玄関の引き戸がガラリと開いて、暗がりで誰かが頷くのが見えた。

老人は子供を呼び、二人は素早く家の中に入り込む。

たちまち引き戸は閉められ、そのぴしゃんという音と同時に、ハッとしたように犬が動き出した。

何が起きたのか理解できないらしく、しばらくクンクン鳴きながら辺りをうろうろと歩き回っていたが、やがてあきらめたようにぺたりと元の場所に伏せた。

薄暗い廊下を抜け、奥の座敷の襖が開かれると、そこには思いがけなく十数人の老若男女が静かに座っていた。彼らの目が自分を注視しているのに気付き、男の子は驚いたように目を見開くと、一瞬中に入るのを躊躇した。

「うちの親戚だ。初めてだろう、挨拶なさい」

怯えたように見上げる彼に老人は声を掛ける。

「しらとりまさひで、です」

男の子は緊張した面持ちでおずおずと頭を下げた。

「ご無事で」

玄関で招き入れた屈強そうな男がかすかに安堵を滲ませて呟いた。

「途中で列車を降りざるを得なんだ」

老人は言葉少なに顔を撫でた。

車座に座っている男女が顔を見合わせた。

男も意外そうな顔になる。

「午後、入国管理官のあいだで騒ぎがあったようです。公表はされてないものの噂によるとずいぶん死んだらしい。てっきりそのせいで遅れたんだと」

え、と老人は男を見た。

「途鎖駅でです。ご存知なかったですか」

「知らなかった」

老人はうなった。

「もう指名手配されてると思って、遠回りしたら時間を喰って。すっかり景色も変わってたんで、何度か迷ってしまった」

「子連れじゃ目立ちますからね。みんなも、ずっとやきもきしてました」

「ひょっとして、ここに先回りされてたらどうしようかと思った」

「うちとの繋がりにはまだ気付かれてません」

「暮らし向きはどうだ」

「なんとかやってます」

男と老人は、無言で床の間に置かれた紫水晶の塊に目をやった。

同じ紫色の座布団に載せられ、蛍光灯の明かりに鈍く照らされている。

手放さずに持っていた、最後の水晶。

「お腹空いたでしょう、坊や、こっちに」

後ろのほうに座っていた中年女性が子供を手招きした。彼は部屋に入ったとたんにうとうとしかけていたが、顔をこすると彼女に向かって歩いていった。

「昌子《まさこ》がつかまった」

老人はその姿を目で追いながらため息のように呟いた。

誰もが無言である。途鎖で密入国者が入国管理官につかまる。それは、二度と会えないということを意味している。そのことは老人も百も承知だった。しかし、どうしても眞秀《まさひで》を連れて山に行かなければならないのだ。

気まずい沈黙を破るかのように、男がそっと後ろを振り向いた。

台所で、おむすびを頬張っている幼い子供を二人で盗み見る。

男は懐疑的な視線を老人に投げた。

「本当にあの子が？」

「その可能性は高いと思う」

老人は目を暗く光らせた。

「ここまできて今更ですが——本当に、山に行くんですか」

男は目を逸らせた。

老人は、聞いていないかのようにつぶやく。

「とにかく、早く山に入らなければ――入ってしまえば、なんとかなる。急がなければ」

結局、その日、実邦がビジネスホテルに戻ってきたのは夜の十時を回った頃だった。シングルベッドがほとんどを占めている閉塞感の強いホテルの一室でようやく一人になれて、実邦は安堵と同時に激しい疲労を感じた。

そっと窓のカーテンをめくり、夜の街の灯をぼんやりと眺める。

なんと長い一日だったことか。

予期せぬ出来事が続き、当初の計画が狂わされたことで、実邦はひどく自分が動揺していることに気付いていた。部屋に戻ってから何度も無意識のうちに顎を撫でているのは、昼間葛城につかまれた箇所が鈍く痛むからだった。

万力のような指の感触が蘇り、おぞましさに身震いした。

余計な心配、それも大きな心配がひとつ増えてしまった。こんな状態で、山に入ることなどできるのだろうか。

どす黒い不安が胸に込み上げてくる。

ふと、何気なく部屋のドアに目をやった実邦は、次の瞬間ハッとしてもう一度振り返った。

薄暗がりに、ドアの輪郭がぼんやりと浮かび上がったような気がした。

彼女は部屋を出る時に、床にメイク用のパウダーを薄く撒いておいた。ちょっと見たくらいでは気付かないくらいに。

それが踏まれている。

誰かがこの部屋に入った。

実邦は立ち上がり、素早くバスルームや荷物をチェックした。むろん、目に見えるような変化は何もない。だが、留守の間にドアが開けられたことは確かなのだ。コストを最大限に抑えたビジネスホテルだし、従業員がベッドメイクなどで入ったとは考えにくい。

だとすると。

実邦は、造りつけになった細長い机に置かれたビジネスフォンに手を伸ばし、受話器を取って耳に当てた。

案の定、かちっ、かちっ、ザーザーという不自然な異音がする。

なるほど。

受話器を置き、再びスーツケースやベッドの下、机の化粧板の裏側などを見る。

実邦は無言で廊下に出ると、非常口近くまで移動して携帯電話を取り出した。

携帯電話は、途鎖エリア内でしか使えない。

もう何年も使っていない番号を押す。

数回の呼び出し音で「もしもし」という落ち着いた声が出た。懐かしい、ぶっきらぼうなハスキーヴォイス。

「みつき？　あたしよ」

「実邦？」

意外そうな声が返ってくる。

「よかった、無事入国できたんだね。どうしたの、約束したのは明日でしょう」

淡々とした声が、今の実邦にはとてもありがたかった。

途鎖は他国との通信手段が限られ、監視されている。みつきとの交流が復活したのは、仕事で知り合った東京の医療関係者が共通の知人だと判明し、彼を介して手紙をやりとりできるようになったここ一年ほどのことだ。

「ちょっと事情が変わったのよ。今から来てくれない？　もう仕事は上がってるでしょ」

実邦は単刀直入に切り出した。

あまり長時間話していると、こちらも盗聴されかねない。

「あら、そんなにあたしに会うのが待ちきれないの」

電話の向こうの声にはからかうような響きがあった。

「そうよ。早速で済まないけど、お掃除一件お願いしたいの」

受話器の向こうで、一瞬黙り込む気配があった。

「なるほど」

「何分で来られる？」

「三十分以内には行く。数年ぶりの感動の対面だっていうのに、人使いの荒い女だね。

友達なくすよ」

　実邦は笑いながら電話を切った。

　須藤《すどう》みつきが、黒い大きなショルダーバッグを抱えてふらりと現れたのは、それからきっかり三十分経ってからだった。

　しなやかな体軀、五分刈りすれすれに切った短い髪。形のいい白い耳たぶには、小さな翡翠《ひすい》のピアスが光っている。

　目深にかぶったチューリップハットの下から、切れ長の鋭い目がにやりと笑う。

　二人は無言で握手を交わし、実邦は目で部屋の中に向けて合図をした。

　みつきは床に置いたショルダーバッグの中から小さな箱のような機械を出し、部屋の中でゆっくりと動かしていく。

　しばらくその作業が続いたのち、みつきは大きく頷くと、実邦に部屋を出るよう促した。

　薄暗い廊下の片隅でみつきは帽子を取った。

　二人は壁を背に並んで立ち、顔を近づけた。

「四箇所。念のいったお仕事ね」

「やっぱりね。どこ?」

「電話と、机と、ベッドとバスルーム」

「バスルームまで？」

「使い捨て髭剃りの箱に入ってた。少なくともあんたが使う可能性はないからね」

「あら、髭の生えたお友達が来るとは思わなかったのかしら」

「こんな狭いベッドじゃ愛は語れないでしょう」

みつきはくくっ、と小さく笑った。

「ついでに言うと、あんたのスーツケースに発信機が付いてた」

「ずいぶん親切だこと」

「誰の仕事？」

「見当はついてる」

みつきはじっと実邦の顔を見た。

「どうする？　お掃除してもいいけど、掃除したのはすぐにバレちゃうから、またお客さんが来ちゃうよ」

実邦はしばらく考えた。

「それもそうね。どうせ部屋にはほとんどいないし、スーツケースは置きっぱなしだし、中の電話を使わなきゃいいんだから、もう一日くらいほっとくか」

「うん。それがいいと思う。様子を見て、いいタイミングで掃除してあげる」

「ありがとう、みつき。場所が分かってるだけで随分違うわ」

実邦が頭を下げると、みつきはちらっと笑い、先に立って歩き出した。

「じゃ、行こうか」

「え？」

「まさか、こんな時間に人のこと呼び出しといて、そのまま追い返すわけじゃないでしょうね？　だいじょうぶ、あたしの行きつけの店だから、安心して飲める」

「オーケー、奢《おご》るわ」

「当然でしょ」

二人は連れ立ってエレベーターに向かった。


夜の繁華街は、湿った煙の匂いがした。

暗く澱んだ川べりに、背の高い棕櫚の木が立ち並び、原色のネオンと共に水面に影を落としている。

懐かしい破裂音を含んだ地元の言葉の響きが、雑居ビルの続く通りを埋めていた。

二人は川べりの道をひっそりと歩いていく。

実邦は時々ちらりと周囲を見回した。

どうやら尾行まではついていないようだ。

隣を歩くみつきはそんな彼女の様子に気付いているのかいないのか、黙々と足を運んでいる。

「まさか大人になって、こんなところを歩けるとは思わなかったな」

実邦は独り言のように呟いた。

「あたしもよ」

隣でみつきが頷く。

「あんたと途鎖で飲めるなんてね」

「どう、仕事は」

「相変わらずクソ忙しいよ」

「ねえ、屋島先生が国立精神衛生センターに入ってるっていうのは本当なの？」

みつきが実邦の顔を見るのが分かった。歩道は暗く、その表情までは見えなかったが。

「誰に聞いたの、その話」

「タミさん」

みつきは合点がいったように頷いた。

「ああ、なるほど。あの人ね。まだ藤代家にいるの？」

「今は家族はあそこに住んでないけど、タミさんは家を守ってるらしいわ。さっき会ってきたの」

「そうか。あんたんちの胸糞悪い一家ね」

「あの家がいまだかつてあたしのうちだったことは一度もないわ」

「そうだったね、失礼」

みつきはサッと小さな路地に入った。

スナックの看板が、大小さまざまに明かりを灯している。半開きになったドアのひとつから、カラオケの歌声が流れてきた。

みつきは路地の奥のほうにある、何も看板のないそっけない黒い扉を開けた。

黒い扉に、白いヒトガタが貼ってあるのを実邦は見逃さなかった。

それに気付いたみつきがちらりと横顔で笑う。

「ここのマスターは迷信深いの」

「ふうん。あたしたちと一緒ね」

狭い通路の奥に、長い黒のカウンターが見えた。外側の雰囲気に比べ、かなりシックな内装である。

壁にはアンティークらしきランプが幾つも並んでいて、淡い明かりがそれぞれの形を浮かびあがらせている。それが店内の照明の全てのようだった。

「あら、いらっしゃい」

他にお客はいなかった。

カウンターが動いた、と思ったのは、黒いカウンターの上で寝ていた黒猫が起き上がったのだった。

更に、カウンターの内側には、黒いシャツを着た細身の男が、ランプの暗がりに溶け込むように立っていて、実邦は少なからずギョッとさせられた。

「こんばんは」

みつきは帽子を取り、ショルダーバッグを足元に置くと会釈して席に着いた。

「こんばんは」

実邦も会釈して隣に座る。

「あら」

マスターは、形のよい眉を吊り上げ、実邦を見た。

「何よ、みつき、この美人は。あたしというものがありながら。あんたの趣味ってこういうクールビューティ系だったわけ」

「違う違う。この子は中学校からずっと弓道部で一緒だった子。やめてよ、本気にするでしょうが」

みつきは苦笑した。

四十前後というところか。当たりは柔らかだが、明らかに夜の世界に生息するタイプの、一種壮絶な雰囲気を持つ男である。

「あらそうなの。はじめまして、みつきの姉です」

「違うって」

「有元です。みつきがお世話になってます」

差し出された名刺に目が吸い寄せられる。

軍　勇司

「これ、なんとお読みするんですか?」

「軍と書いて『いくさ』よ。いくさゆうじ、です」

「ずいぶんと勇ましいお名前ですね」

「よく言われるわ。だから名前通りこんな勇ましい大人になっちゃったってわけ」

軍は慣れた様子で肩をすくめ、両手を広げてみせた。

きっと、子供の頃からその名前について、数え切れないほどからかわれたり言及されてきたりしたのだろう。親は親で勇猛果敢な息子に育ってほしいとつけたに違いないけれど、逆に反動でこうなってしまったというのは分かるような気がした。

名前に逆らい、運命に逆らう。

「ユウジって呼んで。漢字の勇司じゃなくて、カタカナのユウジ、よ。そこんとこよろしくね。漢字で呼んだら怒るわよ。あたし、すぐに分かるんだから」

「分かったわ、ユウジ」

「オーケー。美人なだけでなく飲み込みも早いお嬢さんね。有元さん。下のお名前は？」

「実邦です」

「あら、いい響き。みつきにみくに。ＭＭコンビね」

ふと、腕に暖かい気配を感じ、実邦はハッとした。

いつのまにか、さっきの猫が彼女の腕にすり寄っていたのである。

「この子もあんたのことが気に入ったみたい。面食いだとは知らなかったわ」

「名前は？」

「ギンナン」

「ぎんなん？」

「目がギンナンに似てるの」

「ああ、なるほど」

確かに、こちらを見上げる猫の目は、金色というよりも少し黄色味がかっていて、その丸々とした目のカーブはコロンとした銀杏の実を連想させる。

実邦が目を覗きこむと、猫は応えるようにニャー、と鳴いた。

「ここでの話は外へは漏れない。安心して」

みつきが灰皿を引き寄せながら囁いた。

そっと軍を見ると、彼はみつきのものらしいボトルを取り出し、知らん振りをしているが、猫に向かって話し掛けた。

「ギンちゃん、入口見張っててね。この時季、怪しいのが訪ねてきたりするから」

猫はまるで軍の言葉が分かるかのように、カウンターからするすると床に降りて入口のドアのほうに音もなく移動していった。

迷信。

それが有り得ないことだと承知している者がそう呼ぶ。しかし、それが実際に有り得ることだとしたら。それが実際に有り得る場所だとしたら。そう認めた時、人はそれをなんと呼ぶのだろう。

あたしたちは迷信深いの――

東京ではめったに見かけなかったけれど、やはり九月のカレンダーを見ると、こっそり玄関に折ったヒトガタを置かずにはいられなかった。本当は外に掛けるべきだったが、変なところに見栄を張って、内側にしか掛けられなかった。あの人はそれを見て笑った。

そういうものから逃げてきたんじゃなかったのかい？

「彼も屋島先生の門下生」

煙草に火を点け、前を向いたまま、みつきが呟いた。

「えっ」

思わず軍を見るが、彼は水割りを作るのに没頭しているふりをする。

「屋島先生が国立に入られたというのはやはり本当なの？」

実邦は改めて聞いた。

「本当」

みつきは初めてこっくりと頷き、ちらりと軍を見た。軍も頷く。

「じき一年になるけど、誰も詳しいことは分からない。実は、先生は入院する前に書生を全員帰していたの。突然のことで、誰も理由は知らされなかった。国立に入るためだったというのはあとで分かったんだけど、実際に入るところを見た人は誰もいないので、未だに信じていない人も多い」

「だからタミさんも半信半疑だったんだ」

軍も口を開いた。

「いろいろ噂が乱れ飛んでるのよ。司法取引だとか、新薬の実験だとか、軟禁されているとか、もうとっくに亡くなっていて遺体が徹底的に調べられているとか」

「へえ」

　実邦は、屋島風塵《ふうじん》の家に行ったことを話すべきかどうか迷ったが、何かが「話さないほうがいい」と告げていた。

「みつき、あんただって医者なんだから、国立のどこに先生が入ってらっしゃるか分からないの？」

「無理だよ」

　みつきは苦々しげな表情になった。

「国立は国立。あたしみたいな町医者とは管轄が全然違うよ。それに、先生についての情報は相当強力な緘口令《かんこうれい》が敷かれてるらしくて、巷《ちまた》の医療関係者はもちろん、国立の医者にすら、何も流れてこないみたいなんだ」

「そんなに」

　実邦は絶句した。

　何が起こっていたのだろう。先生は何を考えていたのだろう。

「最近ね、別の噂聞いたのよ」

「別のって？　先生の？」

　みつきが尋ねると、軍は一瞬ためらうそぶりをしたが、やがて口を開いた。

「本当は、先生は自分から頼んで国立に入ったんだって」

「自分から？　先生が？」

　みつきと実邦は声を揃える。

「だから、噂だってば」

軍は苦笑した。

「噂にしても、信じらんないなあ。国の、中でも国立の在色者に対する姿勢や扱いを一貫して糾弾《きゅうだん》してきたあの先生が自分から志願して国立に？」

みつきは首をひねった。実邦も同感である。

「でもね、まんざら信憑性がないわけじゃないの」

軍は淡々と続けた。

「先生、ここ数年、誰かにずっと嫌がらせされてたじゃない？　屋敷の庭に、手榴弾投げ込まれたこともあったのよ。いったい誰なのか——均質化推進主義者とか、公安とか？　はっきりとは分からないけど。もしかして、強く身の危険を感じてたんじゃないかって。むしろ、国立に入ってたほうが安全だと思える何かの理由があったんじゃないかっていうのよ」

「そんなに危険な状態だったの？」

実邦はみつきに尋ねた。

みつきは無言で頷く。

「だから、書生が強く抵抗したんだよ。先生の身を守る人間がいなくなるって。だけど、先生は頑として聞き入れなかったたって」

再び、得体の知れない不安が込み上げてきた。

耳元で、笹の葉の音がさらさらと響く。

持ち出せ／保存／いつか必要／知られてはならない

先生のカケラが蘇った。あれはやはり何かを覚悟しての言葉だったのか。もはや、先生に二度と会うことはできないのだろうか。

突然、低い唸り声がした。

三人がハッとして声の主を見る。

ギンナンが、扉の前にうずくまっている。

軍が声を掛けたが、ギンナンの様子は少しおかしかった。

身体を低く構え、何かを威嚇するように低く不穏な唸り声を発している。

やがて、ギンナンはふと顔を上げ、ゴロゴロと喉を鳴らし、天井のほうに目をやった。何かをつかもうとするように宙に前足を伸ばし、その見えない何かの動きを追うように目を走らせる。

「ギンちゃん？」

カウンターを挟んで、三人は凍りついたように猫の動きを見つめていた。

実邦は、天井のほうの暗がりを意識せずにはいられなかった。なんだかどんよりと頭が重たく感じられる。

猫という生き物は、しばしば誰もいないところで誰かと戯《たわむ》れているような仕草をすることがある。しかし、今のギンナンは——

再び、ギンナンは扉に注意を向けた。

引き寄せられるように扉の前に進むと、小さく鳴いてうずくまるように座り込んだ。

うっ、と実邦は声を飲み込んだ。

異様な気配。扉の向こうに誰かいる？

突然、太鼓でも叩いているような凄まじい音で扉が叩かれた。

反射的に三人は腰を浮かす。

ドンドンドンドンドン、と厚い木のドアが振動する。

「うわ」

軍が叫んだのは、ドアの振動で、店の壁までが揺れたからだ。

音だけではない。扉の向こうから、何か凄まじいエネルギーが押し寄せてくる。

三人は、腰を浮かせて扉を見つめている。

何かが扉を破ろうとしている。暴力的な力が扉を叩いている。

しかし、実邦にはなぜかそれが人間には思えなかった。とっさに頭に浮かんでいたのは、なぜか顔のない大きな灰色の泥人形だった。子供の頃、繰り返し抱いていたイメージだ。

生々しいイメージ。冷たい泥の感触と泥の匂い／

実邦は冷や汗を搔きながら、そのイメージに混乱した。

大きな泥人形／見上げるような。背が高くて、顔は暗がりで見えない／

剝き出しの情念——野生動物の発する気のような、それでなければ、遠い山火事が山肌を焼き尽くしながらひたひたと押し寄せ、すぐ近くまで迫ってきているかのような

――濃厚な暴力の気配／そういうものから逃げたんじゃなかったのかい／

突然、猫が実邦を振り返った。

片方の目が真っ暗な穴になっていた。

ふっと火が消えるように扉の外の気配が消えた。

それと同時に軍がカウンターを飛び出し、ドアを開け放っていた。

ギンナンは、床の隅っこで何事もなかったかのように顔を撫でている。

実邦はまじまじとギンナンの顔を見たが、黄色いふたつの目があるだけである。

さっきのあの目は。

しんと静まり返った店内。

みつきと実邦も恐る恐るドアのところに行く。

湿っぽい夜の空気と、狭い路地の看板の原色、どこかから聞こえてくる歌声と笑い声。

ソースの匂いと排水溝の臭い。

「いない」

軍が呟いた。

路地には誰もいない。

実邦は店を飛び出し、路地から駆け出た。

暗い夜の底を行き交う酔客。

何も変わった様子はなく、地方都市の繁華街の夜があるだけだ。

ふと、実邦はどこかで見た背中が早足で人込みの中を去っていくのを見たような気がした。

あれは？

一瞬、路面店の照明に照らし出された背中に、見覚えがあった。

誰だったろう、あの背中。

しかし、その背中はあっというまに雑踏に紛れて見えなくなってしまい、赤ら顔で笑いあう一団が通り過ぎてしまうと、その印象もたちまち分からなくなった。

「どうしたの、実邦」

「なんでもない」

路地の入口で不安そうにこちらを見ているみつきに無理やり笑顔を作ってみせ、実邦はのろのろと店に戻った。

「見て」

店の入口で、軍が腕組みをして足元に注意を促した。

三人は、無言でそこにあるものをしばらく見下ろしていた。

ずたずたにちぎれ、細かい紙片になったヒトガタが、路地の石畳の上に原形をとどめず散乱していた。

「くわばらくわばら。やっぱ、魔除けは必要ね。懐かしいご先祖様にしちゃあ、ずいぶん力が有り余ってたみたい」

「んもう、びっくりしたなあ。あんなの初めて」

みつきが胸を撫でおろす仕草をした。

「あ、それとも、どっかの筋肉馬鹿かも。あんた、何か人に恨まれるようなことしたんじゃないの？　誰かに肘鉄喰らわせたとか、家賃滞納してるとか」

軍がむっとした顔になる。

「失礼ね、あたしくらい他人に優しいオンナはいないわよ」


あたしだ。


実邦は、まだ冷や汗を感じていた。

子供の頃から、しばしばあんなふうに扉が鳴った。イロの出方は人それぞれで、思春期の少女にはよくあることだと聞いていた。

東京では数えるほどしか経験したことがない。しかも、一人でいる時だけだった。どういうわけかあの人が一緒にいる時には出たことがなく、それがどんなに恐ろしいか何度も説明したのにあの人は信じてくれなかった。それでも、ここ数年は全く出なかったし、精神的に成熟してきたのだと思っていたのに。

猫のあの目。こちらをじっと見ていた——昼間、辻でタマゲをしていた子供たちも隻眼だった。あれはあたしのところに来たのだ——いったいなぜあんな姿で——

実邦は、路地の奥からネオンに滲む飲食街をぼんやりと見つめていた。

何度も目を覚ましたあげく、疲労が勝ってようやく実邦が眠りについたのは明け方だったが、すぐに起床時間がやってきた。

曇り空なのに、それでも陽射しが目に眩しい。

短い睡眠時間には慣れていたものの、あまりにもいろいろなことがありすぎた前日の疲労はろくに回復しておらず、実邦はどんよりとした気分で起き上がった。

自分が途鎖にいることを思い出すのにしばらくかかったほどだ。

盗聴器が仕掛けられているはずの場所を恨めしそうに見つめ、これを仕掛けたであろう連中に口の中で悪態をつく。

バスルームの鏡に目の落ち窪んだ女の顔を見、落としたふりをして髭剃りの中の盗聴器を踏み潰してやろうかと思ったが、余計な憶測をさせるのも面倒なので思いとどまる。

外に出ると、朝から蒸し暑い。

途鎖といえども、朝の通勤風景はそんなに変わらない。神秘の国であっても、年に一度しか来ない闇月であっても、日常は似たり寄ったりだ。

足早の通勤客に混じって、混んだ市電に乗り込んだ。

グレイのパンツスーツに大きな革のトートバッグ。どこから見ても、ビジネスマンに見えるだろう。

商用というのは嘘ではなかった。

実際に、実邦は途鎖で行われる大きな会議の分科会に参加するための申請を出していたし、会場で何人かの人間に接触することになっていた。

面白いことに、これほど閉鎖的な国なのに、途鎖ではよく全国規模の学会や大きな会議が開かれるのである。東京でも、よく棕櫚の木が海辺に並んだ白亜の施設のポスターを見かけた。

途鎖としても外貨は獲得したいのが本音だろう。リゾート仕様のコンベンションセンターが海辺に一大エリアとして作られていた。たいへん施設が整っており、風光明媚でサービスもよいということで、いつも賑わっている。値段も、国内の同じレベルの他の場所に比べれば格段に安い。逆に、気の散ることのない閉鎖的な環境が、何かを集中して審議するのにふさわしいのかもしれなかった。

市電の中を見るに、どうやら乗客たちは皆同じ目的地を目指しているようだった。

やがて、光る海が見え、森の中に忽然と巨大な白い箱が見えてきた。

海辺にある白亜の箱は、国立のコンベンションセンターである。

港も近く、宿泊施設も完備されていて、古い町並みの残る市内とは全く別のベクトルで建設されている。コンベンションセンターには日本各地からの直行便がある。ここの往復だけで外に出ないのなら、面倒な入国手続きはかなりの部分が省略されるため、ほとんどの者はそうする。実邦のように市内に宿を取っている者は、途鎖国内の参加者以外ではごく少数派のようだった。もっとも実邦の場合、市内に出られなければ話にならないので、わざわざ危険の多い通常の入国ルートを取るしかなかったのだ。

コンベンションセンターの警備は厳しい。

三重のゲートがコンベンションセンターのエリアと外界を隔てていて、背広を着た男たちが警備員の監視下をぞろぞろ移動していくさまは、まるで囚人のようである。

実邦はまた昨日のように誰かに見咎められるのではないかとびくびくしていたが、今日はすんなりと会場に入ることができた。

背広の群れ、群れ、群れ。

無機質なざわめき。IDカードとレジュメの束。

自分は組織というものには全く馴染めないと思っている実邦ですら、たった一日の途鎖体験の後では、このビジネスライクな雰囲気が懐かしく感じられるから不思議なものだ。

実邦は受付でパンフレットを受け取り、目指す分科会の会場を探した。

同時に数十もの単位で分科会が開かれているこの広い会場の片隅が、潜入捜査官の仕事場だとは誰も予想できまい。

実邦は目指していた会場を見つけると、するりと後ろのほうに座った。

もちろん、参加者を一望できるようにするためである。

それは当たり障りのない、誰でも聴講可能の分科会だった。この全国会議のテーマは「コミュニティの再生」らしい。パンフレットを見ると、「開かれた地方都市への移行の可能性」「市民と自治体の役割の変遷」「草の根からの都市工学」といった分科会が並ぶ。途鎖の海辺に閉じ込められて聞くには、いささか皮肉な演目だと思わざるを得ない。

こぢんまりした会場で、部屋を埋めているのは二十人ほど。一見、どこにでもいるような男たちが無表情にレジュメを眺めている。

中に、何度かさりげなく実邦のほうを振り返っている男がいる。

実邦はそ知らぬ表情でレジュメに見入った。

やがて、司会者らしき男が入ってきて講義が始まった。ひととおり説明が終わると、続いてパネルディスカッションが始まり、お昼近くまで適度な熱心さで続き、聴講者からの質疑応答ののち、午前の部が終了した。

レジュメを持って、男が近づいてきた。

「どう思いますか、最後の質問は？」

それは合言葉だった。

「些《いささ》か的外れだったと言わざるを得ませんね」

実邦はそっけなく答えたが、これも予定された合言葉だった。

「有元警部補？」

「善法《ぜんぽう》刑事ですね」

二人は頷きあい、いかにも今の講義について話し合っているような素振りで廊下に出て、カフェテリアを探した。

「もう一人、私を見つけて合流してきます」

善法刑事が囁いた。

「どこの捜査官ですか？」

「彼は捜査官じゃありません。元捜査官で、今は僧侶をしています」

「僧侶？」

天井の高い巨大なカフェテリアは、午前の部を終えて流れこんできた人々が一斉に口を開き、わーんとひとつの音になって反響している。

太い柱の陰の目立たない場所に陣取り、二人は和やかな表情を作りながら話し始めた。

「昨日は手痛い歓迎を受けられたようですね」

善法の口調には、皮肉は込められていなかった。むしろ、慰めるような響きがあり、実邦はこの刑事に好感を持った。

「ええ。まさかしょっぱなからこんなに歓待されるとは思ってもみませんでした」

「署長に会われたそうですね」

「図らずも、会うはめになってしまいました――本当は、一度もお目に掛からない予定だったんですけどね」

実邦は肩をすくめた。

途鎖は在色者以上に、よその国の公務員の入国を嫌う。中でも警察組織などもってのほか。

占部に会えないからこそ、お互い苦労して、こんなふうに手の込んだ方法で途鎖の捜査官と接触する手筈を整えたのだ。今となっては間抜けなことはなはだしい。

実邦は再び恨めしい気分になった。

全てを台無しにした葛城に対する怒りが、今頃になってふつふつと込み上げてくる。

しかし、起きてしまったことは仕方がない。気持ちを切り替えて任務を遂行しなくては。目下のところ、見張りをどうかいくぐるかが問題だった。

「山に入られると聞いていますが、本当ですか」

笑顔を崩さずに善法は尋ねた。

黒目の大きい、はっきりした顔。濃い眉毛。毛並みのよい猟犬のような男。

まだ三十代のはじめか、下手すると二十代の終わりかもしれないが、眼光は鋭く、落ち着いている。若いのに場数を踏んだ、肝の据わった刑事に見えた。

「はい。情報を収集したら、なるべく早く」

善法は、含みを持たせるように黙り込んだ。実邦を見る目は、非難しているようでもあり、憐れんでいるようでもある。

「もちろんご存知だと思いますが、とても危険です。余計なお世話かもしれませんが、あなたのような方が一人で山に入るなんて、はっきり申し上げて自殺行為ではないかと。確かに、どんなことをしてでも奴を捕まえたいのは我々も同じですが」

「危険は承知です。でも、滝までは何度か行ったことがありますし、地理は把握しているつもりです」

コーヒーを飲みながら、実邦も笑顔を崩さずに答える。

「それはいつのことですか？」

「中学時代と、高校時代です」

答えながらも、我ながらあまり説得の材料にはなっていないな、と思った。

善法は一瞬黙り込み、ぽつんと呟いた。

「ここ十年くらいで、フチは変わった」

「どんなふうに？」

実邦はわずかに眉を吊り上げる。

フチ。途鎖の山の奥に広がる禁足の地。今なお下界のルールが適用されぬ暗黒の世界。深く昏い湖の岸辺にあるという伝説から「淵」が語源だとも、世界の果てである「縁」が語源だとも、あるいは「蓋」が語源だとも言われている。

善法はまたつかのま黙り込み、口を開いた。

「かつては、同じ無法地帯でもそれなりに棲み分けがなされていた——互いにかかわらないのが暗黙のルールで、ある種、牧歌的だったというか」

その目に激しい嫌悪の表情が覗き、実邦は「おや」と思った。かすかに彼の個人的な感情が滲み出ているような気がしたからだ。が、善法は自分でもそのことに気付いたのか、すぐに自制心を取り戻した。

「でも、今は違います。本物の無法地帯です。しかも、無法者が組織化されてクスリの生産と出荷が行われるようになってしまった」

「前から阿片は出回ってましたけど」

「今は、桁違いの量です。かつてのように裏庭で自生していた、というようなものじゃありません。完全に産業として成り立っているんです。最近は覚醒剤も作り始めた」

「そんなに量が増えたんですか」

「ええ。こちらが把握している範囲で、今年前半だけで前の年の倍は供給されている。特に、ここ数年、闇月が狙われる。この時季に山に入った人間が持ち出す量が半端じゃない」

実邦はつい溜息をついた。麻薬にはどこの国も頭を痛めている。闇月の山がブラックボックスになっていることは想像できた。が、とりあえず当初の目的についての情報を得なければならない。質問を変えることにする。

「それで——あの噂は本当なんですか」

善法がピクリと眉を動かした。

「あの噂?」

「広域指定事件七九号が、昨年ソクになったと」

平静を装っていたが、そう口にすると、喉がカラカラになっていることに気付いた。

一瞬、間があった。

それで、彼もこの話題を待ち構えていたのだと分かる。

「はい。そうらしいです。ああいう噂はどこからともなく流れてくるけれど、いつも不思議と正しい」

実邦は黙り込んだ。自分がここに苦労してやってきた目的。安堵と絶望が混ざりあい、言葉に詰まる。

生きていた。やはり途鎖にいた。

そういうものから逃げ出してきたんだろ?

山の奥に／闇のフチに。

「ますますクスリの生産量が増えたのも、奴がソクになった証拠だと思われます。個別の悪党を手なずけて組織化するのは奴の得意とするところですからね」

「ええ」

確かにそうだ。なぜか人を信用させてしまう男。いつのまにかさまざまな人を抱き込み、支配下に置いてしまう男。しかも、支配されているほうはなかなかそうと気付かない。

「大体でいいんだけど、例年どのくらいの人間が山に入っているの？」

「そうですね――これぱっかりは推測でしかありませんが、把握できているだけで四百から五百。大雑把で申し訳ありませんが」

実邦はその数を吟味してみた。

「まあ、妥当なところだわね。門に着くまでに三百がリタイア。そんな感じかしら」

「でも、今年はこれまでに二百くらい入っているようです」

実邦は耳を疑った。

「二百ですって？　まだ一週間経ってないのに？　どうして？　やけに多くない？」

善法は、肩をすくめた。

「増えたクスリを狙っているんです。量が多ければ分け前も増える。簡単な理屈ですよ。しかも、奴らに言わせるとソクは替わり目がいちばん倒しやすいらしい。奴の前は何年か同じ奴がソクだった。ディフェンディングチャンピオンは倒すのが難しい」

その理屈は理解できた。

「ですので——余計難しいのではないかと」

善法の話は、最初のところに戻ってきた。

なるほど、彼が山に入るのをよせと言ったのはここに帰結するのか。

もっともな話だ。ただ潜伏しているだけの七九号を見つけるのであればともかく、七九号が山でのナンバー1になっているのであれば、実邦は他の刺客と共に山頂を目指さなければならない。彼に近づける可能性はより低くなる。いや、文字通りナンバー1を目指す覚悟が必要なのだ。

一瞬、気が遠くなった。

苦労して途鎖に潜入したばかりだというのに、目標は更に遠くなる。

実邦の顔を見ていた善法は、やがて静かに提案した。

「それでもいらっしゃるというのであれば、私も同行させていただきます」

「え？」

実邦は善法の目を見たが、やはり冗談を言っているわけではないらしい。

「署長命令ですので。署長は最初から警部補に付けるつもりで私を選んだんだと思います」

善法は至極落ち着いていた。遠足に連れていってくださいというような気軽さで、悲愴感は全くなかった。

「とんでもない」

実邦は慌てて手を振った。

「これ以上、おたくの署員に面倒は掛けられません」

「でも、うちの管轄なんですよ、そもそもは」

善法は譲らなかった。

実邦はぐっと詰まる。

そう言われては、元も子もない。いくらアンタッチャブルなエリアとはいえ、あそこは途鎖の一部なのだから。

「署長に言われて、森林保安員の制服を一式準備しています。あの一帯は隣国伊予の国立公園に隣接していて、間違えて森林保安員が入ってしまうことは実際に多々ありますから、気休めにしろ、なんらかのカムフラージュにはなるかもしれません」

実邦はこの申し出に対してどうすべきか思いつくことができなかった。

占部署長がそこまで考えていてくれたことをとりあえず感謝したものの、かえって面倒なことになる、と思ったのが正直なところである。

「お申し出は大変ありがたいと思います」

実邦は考えながら答えた。

「けれど、もう少し考えさせていただけませんか。一人のつもりでいろいろと準備してきたので、それが変更できるかどうか検討したいんです」

「ええ、どうぞ。一両日中にお返事をいただければ」

善法は鷹揚に頷いた。

「お隣、よろしいですかな」

静かな声がして、二人は顔を向けた。

五十前後。穏やかな、しかしどこか凄味のあるがっちりした男が立っている。

「どうぞどうぞ」

善法がにこやかに席を勧めた。

「では、お邪魔いたします」

男も愛想よく会釈して椅子を引いた。

この男が、元警察官で僧侶という男らしい。剃髪はしておらず、灰色の髪を短く切っていた。

「髪、伸ばされたんですね」

善法がさりげなく声を掛けた。

「こういうところに来ると浮いてしまうんで、暫く伸ばしてた。俺も歳だな。なかなか毛が伸びなくて」

男は頭を撫で、ちらりと実邦を見た。

「こちらが警視庁の？」

「有元です」

「どこかで見たことあるなあ」

男の目が鋭くなる。実邦はぎくっとした。

どこかで見られていたのか？　それとも、過去の知り合いか。藤代家とか？

「分かった、冬季オリンピックだ」

「えっ?」

驚いたのは善法だった。

「あんた、こないだの冬季オリンピックに出てなかったか? バイアスロンの選手で?」

実邦は内心ホッとしたが、背中にどっと冷や汗が噴き出した。それにしても、この親父、よく気が付いたものだ。珍しい名前だから覚えていたのかもしれない。

照れ笑いをしてみせる。

「お恥ずかしい。よくあんなマイナーなスポーツ、ご存知でしたね」

「ニッポンではマイナーでも、ヨーロッパではメジャーだと聞いたぞ。えらいきつい競技らしいですな」

それは本当だ。スキーと射撃を組み合わせた、とても体力のいる競技である。

「へええ」

善法が感心したように実邦を見た。

「その話はいいです。善法刑事、紹介してください」

実邦は慌てて手を振った。

「はい。こちらは天馬《てんま》さんです。天に馬と書いて、天馬。かつては奈良で刑事をやってたそうですが、今は入滅寺《にゅうめつでら》で住職をされています」

「入滅寺」

実邦は思わず天馬の顔を見た。

天馬はこっくりと頷く。

「では、門のそばのあのお寺ですか」

「さようです」

入滅寺は、入山口の近くにあり、古くから無縁仏を丁重に葬ってくれることで知られている。

「とても奇特な、徳のあるお坊さんなんですよ」

善法がそう言い添えると、天馬はふんと鼻を鳴らした。

「おまえに言われとうない、善法。実は、苗字からなんとなくお分かりでしょうが、こいつのほうが寺の息子なんですわ。わしは親父も警察官だったのに、なんの因果か今は坊さん。こいつは刑事。世の中、わからん」

「で、七九号が今のソクだというのは本当ですか」

実邦は表情をひきしめ、話を本題に戻した。

天馬も真顔になり、大きく頷く。

「わしが入滅寺の住職になったんは、元の仕事がまだどこかで頭の隅に残ってたからだと思います。広域事件の指名手配者が少なくとも三人、途鎖のフチに逃げ込んでることは確かなんでね。そのうちの一人は高齢で、病気もちだったんで、たぶんもう死んでるん違いますか」

天馬はブリーフケースから幾つかのファイルを取り出した。

「あとの二人は、なんとかわしの目の黒いうちにつかまえてほしい。片方は奈良と京都で幾つも郵便局を襲って、四人殺してる強盗犯。そして、もう一人が、あんたたちの追ってる七九号ですな――こいつもまた、随分派手な経歴だ。少なくとも五件のテロ事件に関与してる。どれも大事件だ――ひどいな」

天馬はファイルを広げ、中から数枚の写真を善法と実邦の間にそっと置いた。

実邦は、その写真に目が吸い寄せられた。

「これは、どうやって」

善法が興奮した表情になり、天馬を振り返る。

「知り合いを使って、最近撮ったものです。誰が撮ったかは、勘弁してくださいーーこんなもんが出回ってるとなると、そいつも身の回りが危険になるんで」

天馬は小さく首を振った。

実邦は、写真から目が離せなかった。

あの男だ――四年、いや五年ぶりに見る、あの男。

実邦は思わず喉の奥で唾を飲み込んでいた。

こうして写真を見るまで、本当に七九号がここ途鎖にいるのか半信半疑だったが、今確かにここで存在していることが確認できたのだ。

どうやら、林の中から盗み撮りしたものらしい。

少しピントがずれているが、長めの黒い髪も、研ぎ澄まされた横顔も記憶の中のものと同じだった。

「——神山倖秀《かみやまゆきひで》。指名手配になった頃と、ちっとも変わらない」

善法も、写真を見てそう呟いた。

「ええ」

実邦は無意識のうちに頷いていた。

やはり、彼はここにいた——何年も追い続けていたあの男が、ここに。

実邦は強く唇を嚙んだ。


午後もそれぞれが分科会に出て、実邦が出ている間には善法と天馬が、善法が出ている間には実邦と天馬が、情報交換と打ち合わせをした。

そして、コンベンションセンター内にあるレストラン街の、こぢんまりした小料理屋で早目の夕食を兼ねて打ち合わせを続けた。

「厄介なのは、懸賞金だな」

天馬は日本酒をちびちびと舐めながら呟いた。

「懸賞金？」

実邦と善法はビールのジョッキを前に、天馬の言葉の続きを待つ。

「なにしろ、長いことつかまらないんで、遺族やら、ＨＰＵやらが、奴の首に闇で懸賞金を掛けとる。たとえ七九号を確保したとしても、横からかっさらおうとする連中が出てくるはず」

善法は露骨に顔をしかめた。

「そいつは困るな。こちらとしては裁きを受けさせるのが目的だし」

「誰が幾ら掛けてるか分かるかしら」

実邦は天馬に尋ねた。

「調べれば分かる」

「じゃあ、今度教えてください。詳しい金額と、誰が払うのか。できれば、その背景と連絡先も」

「分かった。明日までには」

三人は席を立った。

「警部補もこちらのホテルに泊まったらどうですか。空きはあるみたいですよ」

「ありがとう。でも、市内でもやることがあるの」

「そうですか。じゃあ、また明日」

もう一日、ここで分科会に出るふりをして打ち合わせをすることになっている。善法と天馬はコンベンションセンター内のホテルに泊まっているそうだ。

実邦は朝と逆のコースを辿り、三重のゲートをくぐって再び市電に乗り、市内に戻った。

既に日は暮れ、街は夜になっていた。

いったんビジネスホテルに戻ろうとした実邦は、ホテルの脇に停まっている車に気付き、ぎくっとした。

中に、葛城がいるように見えたのだ。

慌てて物陰に隠れる。

そっともう一度車の中を窺うが、確かにそこにいるのは葛城である。

改めてゾッとした。やはり、あいつはこのホテルを突き止め、盗聴器を仕掛け、あたしを見張っていたのだ。

葛城は一人きりだった。時折腕時計を見ながらホテルに目をやり、やがて静かに車を発進させた。

スーツケースは置きっぱなしだし、まだここを離れることはないと判断したのだろう。

それでも、実邦は車の姿が見えなくなっても暫く物陰に佇んでいた。歩き出した瞬間、どこからともなく葛城が舞い戻ってくるのではないかという恐怖が消えなかったのだ。

ようやく身体を動かすことができたのは、たっぷり五分ほど経ってからのことだった。

このままフロントに飛び込み、すぐにでも精算したい衝動に駆られたが、精算しようものならたちまちマネージャーが葛城に連絡するであろうことは、あの周到な盗聴器の仕掛けぶりからみても確実である。

だったら、このままみつきのところに行ったほうが精神衛生上よさそうだと判断し、彼女は繁華街に足を向けた。

みつきは、昨夜と同じ店を指定していた。

昨夜の奇妙な出来事のせいで、誰かに尾けられているのではないかという不安はあったが、逆に、二日続けて来るとは思わないだろうし、店には別の入口があるから、というのがみつきの考えだった。

古いアーケード街の中にある書店でみつきと合流すると、彼女は無言で先に立って歩き出し、迷路のような商店街を抜け、いつしか建物の中とも外とも言えぬ奇妙な通路を歩いていた。

「この煉瓦塀——随分古いわね。昭和初期みたい」

実邦が呟くと、みつきがかすかに頷いた。

「当たらずとも遠からず、ってとこかな」

やがて、壁の目立たないところにある小さなドアをくぐると、中は暗かった。

「足元気をつけて。ところどころ石畳の剝がれてるところがあって、よく躓《つまず》く」

目が慣れてくると、更に通路の奥に鉄の扉がある。

みつきは鍵を取り出し、静かにドアの鍵穴に差し込むと、ドアはあっさりと開いた。

見た目は古いが、メンテナンスは定期的に行われているらしく、錆びなどは見えない。

そのドアの向こうも薄暗かったが、こちらにはきちんと一定の間隔で小さな照明が備えつけてあった。

そこもまた狭い通路だったが、実邦は壁に沿って整然と並べられているものに気付いて目を見張った。

大小さまざまな銃、銃、銃、銃。それだけではない、使い道の見当すらつかない、大型の奇妙な形をした火器の数々。しかも、どれもきちんと手入れされた現役バリバリの武器ばかりが、出番を待つようにずらりと並んでいる。

「驚いたわね。これ、全部みつきのコレクションなの？」

「気に入っていただけた？」

あぜんとしている実邦に、みつきが微笑んでみせた。

この女は、こういう時だけ艶然とした笑みを浮かべるのだ。

「気に入ったも何も——こんなもの、いったいどこで使うのよ？」

「あんたみたいな人に売りつけるの。結構、需要があるんだよ」

「需要——考えるだに、恐ろしい」

「あんたの口からそんな言葉を聞くとは思わなかったね」

「ほら、一応、あたし警察官だから」

「そいつは初耳だね。てっきり犯罪者のほうかと思ってた」

武器庫の向こうにもドアがあり、そのドアを開けると、そこにあるのは食糧と酒である。更にその向こうに、昨夜行った軍の店があるのだった。

「確かに別の入口だわ」

「ゆうべの入口を見張ってても、あたしたちが来たことは分からないはず」

「でしょうね。もちろん、ユウジはこの素敵な部屋のことは知ってるのよね？」

「当たり前でしょ」

「あんたとユウジってどういう関係なの？」

「戦場仲間。あたしたち、一緒に紛争地で医者やってたんだよ」

「えっ」

みつきが医療ボランティアで何度も紛争地に行っているのは知っていたが、あのユウジも一緒だったとは。

「まさに名前通りの、勇敢な男だった」

それが引退してスナック経営とは、百八十度の転換である。

「医者に武器売ってもらうのってヘンな感じ。あんたは矛盾を感じないの？」

ライフルの感触を確かめながら、実邦は疑問を口にした。

みつきは肩をすくめる。

「紛争地は矛盾の博覧会だからね。誰かを助けるためには誰かを殺さなきゃならない場合も往々にしてある」

「かもしれない。あたしに合うライフルを見繕ってくれる？」

「もう選んである——ライフルだけでいいの？」

「どうせ、山の中じゃあんまり銃は役に立たない。木が多くて、跳弾が心配だから。ライフルを使うのはたぶん一度だけ。あとはナイフのほうがいい」

「オーケー。一応、サービスで小さいのも付けとくから、ペンダントにでもして」

「随分重いペンダントだけど」

みつきはためらわずに武器を抜き出してゆき、用意しておいたふたつの女性向けのゴルフバッグに納めていった。

「こんなに持てる？」

みつきはゴルフバッグの重さを確かめ、顔をしかめた。

「だいじょうぶ、全部持ち運ぶわけじゃないわ。一部は隠しておくから」

「お支払いは分割?」

「請求書ちょうだい。明日、一括で振り込むわ」

「領収証いる?」

「他の名目でね」

「お品代にしとくわ。あんたがバイアスロンの選手なのは知ってるけど、練習しなくていいの? ライフルはいろいろ癖があるからね」

「練習は——うまくいけば、途中で少しできるかな」

「途中?」

「ううん、なんでもない」

二人でゴルフバッグをかつぎ、軍の店に裏から入った。

「いらっしゃーい」

カウンターの内側で軍が迎える。

ギンナンも、相変わらず黒いカウンターと一体化していた。

軍がグラスを磨きながら尋ねる。

「お気に入りのパターは見つかって?」

「ええ、とってもいいのがあったわ」

実邦はそう答え、みつきと並んで席に座った。

これで山に入ることができる。腕になじんだ得物を手に入れ、実邦はホッとしていた。

三人で、自然と昨夜の話になる。

「あれはいったい誰――ううん、あれは何？　いくら闇月だからって、実際にあんな気味悪い体験したことないわ」

軍は実邦の顔を見た。

「あんたが連れてきたの？」

実邦は曖昧に頷いた。

昨日はとっさに自分だと直感したが、一夜明けてみるとまた分からなくなっていた。あれは人だったのか、死者だったのか、あるいは魔物だったのか。

車の中でじっとホテルを見ていた男の姿が目に浮かぶ。

葛城が？　だが、あの男ならあんな露骨で粗野な気など送らない。それに、葛城があそこまで尾けてきたとは思えない。あの獣じみた、異様なエネルギーは何だったのか。

しかし、あたしに関係があるのは確かだ。ここに来た時に見た、隻眼の子供たちのタマゲ。ギンナンの目。何か同じメッセージをあたしに送ってきているのか。

それとも。灰色の眼。見開かれる／

隻眼――葛城に対する罪の意識を自分で反芻しているのだろうか。

割れるランプ／破片／唇に血の味／

実邦はそう思いついてゾッとした。

無意識のうちに、右手で払う仕草をしている。慌ててその手を左手で押さえた。

反芻は危険だ。自家中毒にも似て、内面のバランスを崩すきっかけになる。

「分からない。あたしに関係あるんだとは思うけど」

実邦は正直に言った。

本当に分からない。あまりに途鎖を離れている時期が長かったせいだろうか。かつては、どんなメッセージでも読み取れる自信があったのに。

「この子、タチの悪い入国管理官のストーカーがついてるんだよ」

みつきがそう呟いたので、実邦は驚いて彼女の顔を見た。

盗聴器の掃除は頼んだが、相手が誰とは話していなかったのに。

みつきは気の毒そうに実邦を見た。

「葛城晃、ね。報道されてないけど、昨日の叛乱騒ぎのことは市民に知れ渡ってる。いろいろネットワークはあるけど――あんなに手早く、あんなに周到に沢山の盗聴器を手配できる奴、あたしはたった一人しか知らないね」

実邦は大きく溜息をついた。

「まったくねえ。アキラがあんなにご立派になるとは思わなかったわ」

軍が漏らした一言に、実邦たちは顔を見合わせた。

「ユウジ、知り合いなの？」

みつきが尋ねると、軍は「まあね」と呟いた。

「同期なのよ、高校と大学。大学で寮も一緒だったし。向こうは法学部だったけど」

「いったいどういう環境で育ったらああいう性格になるわけ？」

軍は綺麗な指に煙草を挟み、火を点けた。

「さあね。代々軍人を出してる家系で、家庭的には結構複雑だったってことしかあたしも知らないわ。なにしろ、昔から妙に落ち着き払って迫力のある子供だったからねえ。普段は静かだけど、腕っぷしは強いし悪魔のように頭は切れたし。奴に因縁つけて半殺しの目に遭わされた馬鹿な連中をいっぱい知ってるわ。だけど、あいつは決して自分がやったという証拠を残さなかった」

三つ子の魂百まで、というやつね。

実邦は内心ひとりごちた。

「あいつのイロは子供の頃から凄かったしね——あれだけ凄ければ、反動も凄かったと思うんだけど、そんな気配は微塵も見せなかったわ」

「いったいどこで訓練を？　少なくとも屋島先生じゃないし、かといってあれくらいのレベルを訓練できるところって他にはあまり思い当たらないな」

「いっとき、山に住んでたって噂があったな」

「山に？」

「そう。山から降りてきたから、最初からイロが強くて、反動もなかったっていう」

「そんなことってある？」

「噂は噂よ、あくまでも。でも、噂ってたいていい一抹の真実が含まれてるもんじゃない？」

「どれが真実？」

「さあね」

三人はそれぞれの考えに沈んだ。


山から降りてきた。


実邦は、軍のその言葉が気になった。

ふと、吹きすさぶ風の中、暗い山の中から、黙々と山道を降りてくる葛城の姿が目に浮かんだ。そのイメージは、心を不穏にざわめかせ、不安を掻き起こす。

その時、ドアが開いて客が入ってくる気配があった。

「いらっしゃーい」

たちまち軍が営業用の顔になって声を上げる。

ちらっと見たところ、男が二人。常連ではないようだ。

実邦はみつきと暫く世間話をする。

軍が朗らかに客に挨拶し、初めての客であること、仕事で来ていることを聞き出している。

「あれ、有元さん？　有元さんじゃないですか」

いきなり声が飛んできたので、実邦はぎょっとして声の主を振り向いた。

見覚えのある、無邪気な顔。

「奇遇ですねえ、数ある店の中で、こうしてお目に掛かれるなんて」

黒塚弦。あのお調子男がなぜここに。

「どうしてここに」

実邦は挨拶するのも忘れ、思わず詰問口調になってしまった。

そして、不意に昨晩見た背中のことを思い出した。

ゆうべ、店を飛び出した時、雑踏の中に消えていった見覚えのある背中。あれは、ひょっとして、この男のものではなかったか？

「いやあ、知り合いから、面白い店があるって聞いてて。途鎖に行ったら、是非ここにって言われたんですよ。ですから、探して、ここに」

黒塚はしゃあしゃあとそう続けた。

不快感が込み上げる。

あたしを尾けていたのか？　だとしたら、全く気がつかなかった。この男はいったい何者なのか？　まさか、あの異様なエネルギーを発していたのもこの男では？　いや、この男は在色者ではない——ならば、あれはいったい——

実邦が必死にいろいろな可能性を考えていると、黒塚は構わずに続けた。

「あなたもあの会議にいらしてたんですねえ？　昼間お見かけしましたよ。実は僕もいたんですよ、あそこに。随分熱心に会場で話しこんでらっしゃいましたね。同じ会社の方ですか？　若い男性と、ちょっと年配の男性」

実邦はますます焦燥感を覚えた。

こいつ、昼間のあたしも見ていたのか。善法と天馬のことまで。

みつきが実邦の態度を注意深く観察しているのが分かる。この男は誰、と聞いているのだ。敵か味方か?

「あらあ、ずいぶんとお目の高いお客さんねえ。うちの店に目ぇつけるなんて、タダモノじゃないわね。どなたのご紹介?」

軍がにこやかに割って入った。

「えっとねえ、実はそれがよく思い出せないんですよー。東京で、だったと思うんだけど」

黒塚は額を押さえ、必死に思い出そうとしているジェスチャーをする。

「ふうん。東京で、ねえ」

軍は冷ややかな目で黒塚をねめつけた。

こいつ、怪しい。

軍の顔にははっきりとそう書いてある。

それはみつきや実邦から見ても明らかだった。

こんな路地の奥の、看板も出していない店にいきなりよそから来たビジネス客が入ってくるとは思えないし、東京で誰かに紹介されたというのもにわかには信じがたい。どうみても、この男は嘘をついている。

三人が疑いの目で自分を見ているのに気付いているのかいないのか、黒塚は更に無邪気に「あっ」と二人のゴルフバッグに目を留めた。

「へえ、ゴルフなさるんですか。この辺りにもいいゴルフ場が?」

「久しぶりに友人に会えたもので、ちょっと回ろうかなって」

実邦は当たり障りなく答えた。

黒塚はしげしげとみつきの顔を見た。みつきはなんとなく目を逸らす。

「そちらはお友達ですか。有元さんて、こちらのご出身だったんですか?」

実邦はぐっと詰まる。

「知り合いが何人かいるんです」

「そうですか。いいなあ、ゴルフ。よかったら僕もご一緒させてくださいよ。まだまだ会議は続くし、少し歩かないと。途鎖のゴルフ場、興味があるなあ」

「ごめんなさい、女どうしの積もる話があるもので。殿方はちょっと」

みつきがにこやかかつ隙のない笑顔で首をかしげてみせた。

黒塚は、何度も頷いてみせる。

「ええ、ええ、そうですよね。せっかくの再会を邪魔しちゃ悪いですね」

本当に、馬鹿なのか利口なのか、こうして見ていてもさっぱり分からない。

実邦は苛立ちと気味悪さとを同時に感じ、不快で不安だった。

黒塚は、それからも一人能天気に喋り続けた。

連れの男は、やはり会議中に彼に釣られて、どちらかというと無理に引っ張ってこられたらしく、迷惑そうでもあり、面白がっているようでもあり、つまりは、あまり彼とは関係のないビジネスマンのようだった。

実邦たちは適当に相槌を打ち、彼の話を聞いていた。

奇妙なことに、それでもいっこうに彼の正体は分からなかった。ところどころに彼の素性に関する質問を挟んでみるのだが、ひょいとはぐらかし、知らん振りをし、無邪気に話題を変え、なかなか尻尾をつかませないのである。

天然なのか、狡猾なのか、結局実邦にはよく分からなかった。

それは軍とみつきも同じだったと見え、終始三人はこの不思議な男の正体をつかもうと試みていたが、失敗に終わった。

やがて、黒塚は朗らかに会計を済ませ、朗らかに帰っていった。

狐につままれたような表情で、三人は顔を見合わせる。

「なんなの、あいつ」

「ここに来る列車で一緒になって、やたらと絡んでくるのよ」

実邦は簡単にこれまでの経緯を説明した。

「ふうん」

みつきは疑い深い表情で考えこんでいる。

「完全なよそ者なのに、なんだかヘンね」

軍が呟く。

「みつき、もう少しつきあってくれる?」

実邦が囁くと、みつきは不思議そうな顔をした。

「いいけど、どこに？　酒？　明日また早いんでしょ」

「違うわ」

　実邦は苦笑した。

「打ちっぱなしよ――やっぱり、きちんと練習しとかなきゃって気分になってきたの」

　ちらりとゴルフバッグに目をやる。

「ははーん」

　みつきもゴルフバッグを見る。

「おつきあいしましょうか。あたしも腕が錆びつかないようにしないと。どこにどんな危険が転がってるか分からないもんね」

「ほんとに」

　軍が人差し指と中指を付け、ピッと顔の前で振って挨拶した。

「ご健闘を祈るわ」

「おやすみ、ユウジ」

　二人は重いゴルフバッグをかつぐと、ギンナンの頭を撫で、店の黒い扉を開けると、暗い夜の路地に消えていった。


　ライフルを手にしている時の自分は、他のどの時よりも正気だと思う。

　実邦は手入れを済ませ、丁寧にゴルフバッグにそれを納めながら考える。

普段は常に疎外感を覚えている、この世界。在色者であることだけではない。いったんは故郷を捨て、都会に場所を見つけたものの結局そこにも心のどこかでは馴染めず、かといってもはや故郷にも戻る場所とてなく、どちらからも外れてしまい、世界は自分のものではないといつもぴりぴり肌で感じている。ちゃんと意識していないと、身体を世界に繋ぎ留めておけないのではないか、世界から弾きとばされてしまうのではないかという不安が常にどこかにある。

しかし、ライフルを握った時だけは違う。

しっくりと手に馴染む感触とともに、まるで自然の一部になったかのような、すんなり世界に受け入れられているような心地になれるのだ。

なぜだろう、と実邦は考える。

あたしは残虐な人間なのだろうか。殺傷能力のある銃器を持つと落ち着くというのはどういうことなのか――どこかに強い破壊衝動を持っているのか。だが、引き金に置いた指と鈍く光る銃身を通してこの世界と繋がっているという実感だけは、紛れもないあたしにとってのリアルなのだ。

町外れの、寂れたバッティングセンターとパチンコ屋の地下に射撃訓練場はあった。

むろん、民営の訓練場であるが、かなり用心深い経営と、厳重に使用者のチェックをしているとみえ、奇妙な清潔感を漂わせていたのが意外だった。警察学校でさえ、なんともいえない暗さと澱みが拭い去れないものなのに、そこでは無機質な蛍光灯の明かりが全てのものの温度を低く見せ、澱んだ空気を殺菌しているかのようだった。

静かに落ち着いた空間の中で、実邦とみつきは並んで黙々と練習を繰り返した。

みつきがかなりの腕なのに驚く。むろん、あれだけの火器を捌《さば》いているのだから予想はしていたものの、実際に彼女が撃っているところを見るのは初めてだったのだ。

天性の勘の良さと冷静さ、反射神経。そのバランスがよい。

感心している場合ではない、と目の前の的に意識を集中させる。

少しブランクがあるので不安だったが、調子は悪くなかった。疲れたり、精神的にダウナーな状況にあったりすると僅かに銃身が下がる癖があるのだが、意識して上げなくても自然に的を狙えている。

ただひたすらに精度を上げ、繰り返し的を狙ううちに少しずつ頭の中が澄んでいく。途鎖に来てからの動揺がようやく治まっていくのを感じ、やっと地に足が着いているという実感が湧いてきた。

「凄いわね。精密機械みたい。プロってこういうことなんだ」

休憩を取った時、みつきが独り言のように呟いた。

「みつきはアクション映画のヒロインみたいだったよ」

隣に腰を降ろしながら軽口で応える。

みつきは自戒するように首を振った。

「余計な殺気があるってことね。それはよくないな」

少し暗い目になって煙草を吸う。

「自衛のためにはハッタリでも殺気を見せなきゃいけない時もあるんだけどね。でも、やっぱり基本的に殺気は殺気を呼ぶだけね——しょせん新たな暴力を呼び込むだけ」

実邦は彼女の腕を誉めるつもりで「映画のヒロイン」という言葉を使ったことを後悔した。話を変える。

「ここは随分とクリーンな訓練場だね。まるでオフィスみたい。警察学校とは大違い」

「あの人たちは、『使うかもしれない』から一応練習しとくわけでしょ？　ここは『明日使う』から練習してるの。花嫁学校で料理を教わるか、店を持ちたいから専門学校で資格取るかの違いよ」

「物騒な話ね——でも、確かに」

考えてみれば、警官になったというものの本業の勤務時間中に発砲したことはなかった。こちらのほうがプロのはずなのに、なんだか逆転している。

ここは本物のプロの匂いがする。余計な感情が全く感じられない。まさに「実用的」なのだ。いったい、どんな経営者が運営しているのだろう。

「どう、じゅうぶん練習できた？」

「うん。助かった。落ち着いた」

「ホテルまで送るわ」

みつきは灰皿で煙草を潰し、立ち上がった。

やはり、この鈍く光る道具がある種の精神安定剤の役目を果たしてくれていることは確かだった。葛城の支配下にあるホテルに帰るのは憂鬱だったが、射撃訓練をしたことで立ち向かう気力が湧いてきた。

ゴルフバッグのひとつはみつきに預け、もうひとつは市電のターミナル駅のコインロッカーに預けることにする。たぶん実邦の留守の間に荷物をチェックされるのは確実だったので、新たに部屋に加わったゴルフバッグに入ったライフルは大いに葛城の目を惹くだろうし、目を惹くどころか入国管理局に引っ張られる口実になるだろう。部屋に置くわけにはいかなかった。

夜はすっかり更けて、みつきがホテルの近くまで送ってくれた時は真夜中になっていたが、心地好い疲労で、今夜は短時間でも熟睡できそうだった。

それでも二人で念のため見張りがいないか確かめたが、夜更けのビジネスホテルの周囲はがらんとして殺風景で、弛緩した湿った空気がアスファルトの上に溜まっているだけだった。

足早に部屋に戻り、中をチェックする。

通常のベッドメイク以外には手は入っていないようだ。しかし、盗聴器は相変わらず同じ場所にあったので、葛城の威光は衰えていないらしい。

が、ひととおり部屋の中を探索し、何気なく入口のドアを振り返った時、床の上に落ちている紫色の封筒に気付いた。

ドアの下から差し入れたらしいが、勢いがよすぎてクローゼットの下まで飛んできている。絨毯の色と封筒の色が似ていたため、部屋に入った時には気付かなかったのだ。

実邦は恐る恐る封筒を拾い上げた。

ホテルの専用封筒ではない。市販の、マニラ紙のものだ。封はしてあった。宛名も、差出人の名前も書かれていない。一般の会社に見せかけた本庁からのＦＡＸというわけではなさそうだ。

誰だろう？

何か罠でも仕掛けてあるのではないかと思うと、なかなか開く気がしなかった。

封筒の上から触ると、紙が入っているようだが、便箋ではない。

ポケットからアーミーナイフを取り出し、思い切って開ける。

中には、古い写真が一枚だけ入っていた。

一瞬、何の写真だかよく分からない。

カラーではあるものの、ぼやけていて、白い縁が黄ばんでいる。

風景写真。子供たちが駆け回っているのが見える。幾人かの子供は顔が見分けられるが、豆粒程度で、そんなにはっきりとは分からない。

身体の表面が、ふわりと浮き上がったような気がした。

いつの写真かは分からないが、わざわざこうしてここまでやってきて実邦の部屋に差し入れていったのだから、実邦と関係ある写真に違いない。

気味が悪かった。

脅迫状ならまだしも、こうして手に触れる古い写真という現物があるのが怖かった。その一枚に、過去からの歳月を経た因縁が感じられたからである。

過去からの因縁。

ふと、閃いた。まさか、これは。

思わず、写真の裏を見る。

そこには、万年筆で書かれた文字が残されていた。

実邦は目を見開き、その文字を読んだ。


「これが現時点で判明しとる懸賞金のリストです」

天馬が畳んだ紙を広げる。

会議二日目のコンベンションセンターは、前日よりもずっとくだけた雰囲気になっていた。参加者が会議場に慣れたのだろう。

昼食後の館内は、そこここで話をするビジネスマンで溢れていた。

「警部補、どうかなさいましたか」

善法に声を掛けられて、気が散っていたことに気付く。

「いえ、なんでもありません」

実邦は慌てて天馬の広げたリストに意識を集中させた。

それでも背中が気になった。誰かに見られているのではないかと、気が付くと後ろを振り返っている。

誰なのだ？

実邦はそっと紙に目を落としながらも視界を広げ、広いコンベンションセンターのロビーを感じる。

あの写真。あれを寄越したのは葛城じゃない。

ゆうべの写真を見た時の直感だった。

葛城のそれとは違う不気味さを感じる。第一、何が目的なのか分からなかった。写真の送り主が実邦のことを幼少時から知っていることは確かだが、なぜそれを今寄越したのだろう。悪意によるものなのか、忠告なのか。あれだけでは、いったいどんな意図があるのか測りかねた。

「こんなに」

アンテナを張ったままで、目の前のリストに絶句する。

リストの表紙にはざっとみて十数件の名前があり、一件ごとに情報がまとめてあった。思わずパラパラとページをめくる。

「いや、一応目についたんは抜き出してきましたが、本気じゃないのも混じっとるから、問題になるのは最初の三つかな」

天馬はリストの筆頭にある名前を指で軽く叩いた。

「このサトウカズノリっていうのは誰ですか」

実邦はリストを見ながら尋ねる。

「弁護士の名前です。これは、懸賞金いうても神山倖秀に関する情報提供に対するものですね。この弁護士は代表で、神山倖秀が関与したとされる事件の被害者及び被害者家族の連絡会の中心になっとる。鷺沼荘《さぎぬまそう》事件の被害者がほとんどのようです」

実邦はちらりと天馬を見る。

「鷺沼荘事件は、神山倖秀の犯行なんですか。あれは内輪もめによる偶発的な殺し合いだったというのが通説だったはずですが」

その凄惨さと、謎の多さで知られた有名な事件である。七名が死亡し、三名が重軽傷を負ったが、どのような過程でそのような状況に至ったのか、未だに全貌が解明されていない。

「そうですが、実際に現場にいた生存者が少ないのでね。神山はその場にいたことは確かだし、軽傷だったらしい。残りの二人は海外に逃亡しちまってて、神山しかいないんですよ」

天馬は言い訳するように肩をすくめ、ページをめくった。

「で、ここは例の、あれです。HPU」

実邦は思わず口笛を吹きたくなった。

「凄いわね。情報提供だけで二百万、殺したことを証明できたら二千万、首を持ってきたら三千万。どこからこんな金が出てくるのかしら」

「まあ、隠れHPUは多いですから。途鎖の政治家ですら、公然と資金提供をしてる人間が結構いますよ」

天馬はさらりと呟いた。

実邦はその表情を見るが、天馬の感情は読めなかった。

ＨＰＵは、均質化主義連合というそっけない名前で呼ばれているが、その実態は未だによく分かっていない。要は「在色者はすべからく均質化手術を受けるべし」という主張を唱える者たちの集まりだ。似たような団体はたくさんあるが、ＨＰＵは最も過激な団体であり、しばしば目立つ在色者たちを攻撃したり、ひどい場合には殺害したりする。過去に何度も惨殺事件を引き起こしており、そのため凶悪犯罪組織としてマークされているので、より一層活動は地下にもぐり、ますます実態がつかめなくなった。しかも、さすがに残虐な活動には非難を隠さないものの、在色者ではない人々から密かに支持されていたりするので、捜査はいよいよ難しくなっている。政財界に広くパイプを持つと言われ、資金も豊富だ。当然、在色者の聖地である途鎖はＨＰＵに目の敵にされている。

そして、彼らにとって神山倖秀はある種の象徴なのだろう。

神山倖秀は、在色者たちの独立を目指す先鋭的な組織である新生独立解放連盟に属し、その組織こそが、まさにＨＰＵの長年の標的だったのだから。

「この額だけでも、山に入る価値はあるわね。昨日見せてくれた写真だけでも二百万はかたいわ。どう、送ってみたら」

「確かに」

天馬は苦笑しつつページをめくった。

「他にも均質化主義者たちが幾つか懸賞金を掛けとりますが、本気で懸賞金を狙うなら誰でもＨＰＵに連絡するでしょう。率直にいって、他の連中については考えんでもいいと思います。実際問題、ＨＰＵ自身も相当数、山に入っているはずです。ＨＰＵの組織力は侮《あなど》れません。途鎖にもかなりのネットワークを持っている」

「面倒だわね」

実邦は思わず溜息をついた。

もし神山を倒せば最低二千万。この金額が、強力な動機になることは間違いない。情報提供の額だけでも、人によってはじゅうぶん殺人の動機になりうる。可能性を求めて、闇月に乗じて山に入ろうという野心を起こさせるには申し分のない理由である。

「よく分からんのがこれです」

天馬は実邦の注意を喚起した。

実邦はページをめくり、三番目の名前を読む。

「ブルーヘヴン。これは誰？」

「分かりません。ほとんど情報がないんやと」

「懸賞金の条件もシンプルね。神山倖秀と直接連絡を取れる機会を提供してくれれば三百万。これだけだわ。他のシチュエーションは全く想定されていない。情報提供でも、首でもなく、直接連絡の機会のみ」

「この名前、噂を聞いたことがあります」

それまで黙って聞いていた善法が口を挟んだ。

天馬が「ほう」という目で善法を見る。彼のつかめなかった情報を善法が持っているということは、善法はかなり優秀な捜査官だとみえる。

「ＨＰＵは感情的なものが先行して、自然発生的にあちこちに生まれたものです。元々一枚岩じゃありませんし、実力行使に抵抗を示す層も根強いと聞きます。巷で言われるほど大きな組織ではなくて、本当はいくつかのグループがゆるやかに繋がっているだけだという説があります。私も現実的に考えて、それがＨＰＵの実態だと思います。もう何十年も活動をしていますし、当然内部では世代交代も起きているでしょう」

善法はいったん言葉を切った。

「自分たちのことを考えてみても、世代間ではいろいろなギャップが表れるでしょう。特に、ああいう過激な活動であればそのギャップはもっと大きくなるはずです。実際に、最近は、従来のやり方とは一線を画したグループが現れて、ＨＰＵとは全く別個に活動をしているらしいんです」

世代間のギャップ。この二人にもあるのだろうか。

実邦は善法と天馬をそっと盗み見た。

「それがこのブルーヘヴンだと？」

天馬が片方の眉を上げる。初耳のようだ。

「はい」

善法は頷いた。

「このグループの奇妙なところは、均質化主義者でありながら、在色者を使うところです」

「使う？　在色者を？」

実邦は思わず聞き返した。えてして均質化主義者は在色者に対する嫌悪が強い。到底手を組むとは思えないのだが。

しかし、善法は再び頷いた。

「はい。在色者は在色者をもって制す、という考えのようです。というか、彼ら自身が在色者だという噂も聞いたことがあります。なんとなく、あまり人数は多くない気がする」

「彼ら自身が？　均質化主義者なのに？」

実邦はますます耳を疑った。

矛盾している。

「昔、そういう運動があったよなあ。あれは、在色者たちの中から出てきたムーブメントだとか。なんだっけ、ほれ、みんなで均質な存在となり、世界市民として手を組もうってやつ」

天馬が呟く。

「ええ、均質化手術が物凄く奨励された時代があったんですよね。時代背景のせいもあったと思うけど——今は個人差が大きいし、反動も人によってずいぶん違うことが分かってきたんで、あれほど奨励されることはなくなりましたけど」

実邦は用心深くそう答えた。

「つまり、こいつも要はＨＰＵと似た目的の組織だと思えばええと」

天馬が確認する。善法は少し自信なさそうに頷いた。

「私の聞いた限りではそうです」

実邦はリストを小さく叩いた。

「とにかく、ライバルは多そうだわね。舞踏会に辿り着くのも難しいのに、ましてや王子とダンスを踊るチャンスがあるかどうか」

「他にも幾つかデータがあるんで、チップに入れときました。あとでご覧ください」

天馬は小さなデータチップをそっと寄越した。

実邦はそれをポケットにしまいながら天馬の顔を覗き込む。

「実は、入滅寺で預かってほしいものがあるの。お寺までは今も車で行けますよね？」

「ええ。相変わらず道は狭いとこですが」

「妙齢の女医さんが、往診のついでにあたしの着替えを預けに行くから、持っててくれます？」

それですぐにピンと来たのだろう。天馬は「了解しました」と頷く。

市立病院の車に武器がごっそり積んであるとは誰も思わないだろうということで、みつきに運んでもらうことにしたのだ。

腰を浮かせかけると、善法が強いまなざしで実邦を見ていた。

「で、私はどこまでお迎えに上がればよろしいんでしょう？」

実邦は浮かせた腰をもう一度椅子に収めた。

懸念していた話題になってしまった。内心、大きく深呼吸する。

「結構です」

善法の目を見てきっぱりと言う。

が、善法は平然と聞き返してきた。

「結構というのは？　どちらとも取れます。承諾ですか、拒否ですか」

「拒否よ」

実邦はそっけなく返事をした。

「あなたが来る必要はないということ。あたし一人で行くわ」

昨日、考えてみると言ったけれど、最初から実邦のハラは決まっていた。善法を連れて行くわけにはいかない。足手まといになるとは思わないが、一緒に来てほしくなかった。いや、来られては困るのである。

「そういうわけにはいきません。署長からは、可能な限り護衛しろ、絶対に一人で戻ってくるなと言われています」

善法は頑固な表情で言った。

「それはあたしも同じよ」

実邦も厳しい表情を作る。

「昨日も言ったけど、そもそもこれはあたし一人の潜入捜査。元々お宅は知らないことになっているのよ。あたしがもしドジを踏んでたまたま警視庁の名前が出てしまったとしても、しょせんはよそから来た馬鹿者で済む。けれど、あなたはこれからも途鎖で、ここ地元で暮らしていかなければならない。知らないことにしておくことが、お互いのためだというのはよく分かっているでしょうに」

善法は鼻で笑った。

「もう既に警部補はドジを踏んでおられます。よりによってあんな男に、入国したことと警部補であることがバレてるんですから」

実邦は思わず渋い顔になった。

「痛いところ突くわね」

「私も必死ですから」

澄ました顔で応える善法の顔を見ながら、実邦はめまぐるしく考え始めた。

さて、どうしたものだろう。この猟犬のような男を振り切るのは一苦労しそうだ。

そう考えたところで、確かに葛城への対策を考えていなかったことに思い当たった。

あのストーカーにはこの猟犬がちょうどいいかもしれない。

「分かったわ。あたしはこれから会議場を出て一件用事を済ませてくるから、夕食を摂りながら大人の相談ということでどう？」

「それはいい考えですね」

三人の大人は席を立った。


午後の柔らかな風が頬を撫でた。

一周二百メートルばかりの小さなトラックの跡が残る埃っぽい校庭。

マッチ箱のような、古い鉄筋コンクリート製の校舎。

無人の学校が、柔らかな風に包まれて目の前にあった。

実邦は、校門で棒立ちになっていた。

ここに来るのはいったいいつ以来になるのだろうか。

懐かしさのあまり、泣きたいような心地になる。

屋島風塵の家から二十分ほど歩いたところにある、小さな学校である。

屋島の家と、学校と。その間を何回往復したのだろう。恐らく、数え切れない回数に違いない。

どこにでもある平凡な集落の一角に溶け込んでいるので、ここで屋島風塵が何年にも亘って在色者の子供たちを教育していたことはあまり知られていない。

こぢんまりした、何の変哲もない学校だ。屋島の家に行った時とは別の感慨が身体の中に湧き上がってくる。

今は使われていないらしい。

しかし、廃校特有の殺伐とした空気はなかった。建物も校庭も綺麗だし、植え込みの剪定《せんてい》も整っていた。廃校になって間もないか、自治体が別の用途で使っているのかもしれない。

懐かしさに浸ってばかりもいられなかった。

実邦は、昨夜部屋に差し入れられていた封筒を取り出し、中の写真を改めて目の前の風景と見比べた。

ぼやけたカラー写真。

埃っぽい校庭は変わっていない。その向こうに見える、校舎の窓の配置も以前のままだ。写真は、ここで撮られたものである。

逆光にはためく幟／

置いてかないで／降りてきて／

おいでよ／なんでそんなとこにおるん／みくにはよう上がらん／

ふと、そんな光景が目に浮かんだ。

そういえば、あの頃はよくタマゲをやった。タマゲはイロを自覚した子供たちが最初に覚える遊びだった。タミさんがあたしを屋島先生のところに連れていってくれたのも、あたしが一人でアガっているのを見つけたからだ。

しかし、小さい頃はよくアガっていたらしいのに、ここに来てからはみんなのようにはアガらなかった。

ほんとにイロあるん？／あの子は特殊なケースで／そういうものから逃げてきたんじゃなかったのかい？

空は穏やかな雲に覆われ、明るく和やかだった。

目を細めて空を見上げる。

と、ひとすじの煙が目に入った。

煙の上がる場所に目を凝らすと、どうやら学校の裏庭から上がっているように見える。

誰かが、裏庭にいる。

ゴクリと唾を飲み込み、実邦は砂を踏んで足早に歩き始めた。

屋敷林に囲まれた裏庭は風がなく、まっすぐに煙がのぼっている。明らかに、人工的な煙だ。

想像以上にこぢんまりとした校舎なのに驚く。子供の頃は、宇宙の中心のように思えた世界だったのに。

水飲み場、下駄箱、煉瓦を並べた小さな花壇。

人気《ひとけ》はなく静まり返っていたが、今にも子供たちの駆け回る足音と歓声が聞こえてきそうだった。

足音を忍ばせ、狭い渡り廊下を抜けて裏庭に入り込む。

L字形をした小さな観察池のほとりに、一人の男が佇んでいた。

男の足元には、小さな焚き火があって、枯葉と小枝が燃えている。

火はほとんど消え、熾《おき》のようなものが黒い燃えかすの中でくすぶっていた。

「あなただったの」

「やっと思い出してくれたかな？」

声を掛けると、男は振り向かずに答えた。

「思い出したというか、今でも自信がないわ。なにしろ、子供の頃はゲンちゃんとしか呼んだことがなかったし、あたしたち、ここでは互いに苗字もろくに知らなかった。それに、あなたは一年足らずでどこかにいなくなってしまったし」

実邦は腕組みをして肩をすくめた。

男は焚き火の前にしゃがみこみ、煙草に火を点けた。

「一服どう？」

にこやかな目がこちらを振り向く。

「いただこうかな」

実邦は、黒塚弦から煙草を受け取った。

こうして見ても、子供の頃の面影はないし、そもそもろくに顔を思い出せない。

「あなたがあたしと同じ列車に乗ったのは偶然？」

二人の視線が交錯する。

黒塚は両手を広げてみせた。

「半分は偶然。君が途鎖に入ることは知っていたが、同じ列車に乗るとは思わなかった。でも、日が暮れる前に途鎖に入ろうと思ったらあの列車が最適だったから、その可能性は高いと思ったけどね」

実邦は煙草の煙をくゆらせながら、写真を目の前に掲げてみせる。

裏に書かれた文字。


実邦、九歳。

弦、七歳。

明日五時にここで待つ。


写真を裏返し、表を見る。

豆粒のように見える写真だが、こちらに顔を向けているのは確かに子供の頃の実邦と弦である。

「これは誰が撮ったの？」

「スタッフの誰かだろう。このあと、僕は両親が別れて引っ越すことになったんで、誰かが記念にくれたらしい」

「大きくなったわねえ」

「君だって」

二人で焚き火を挟み、煙草を吸う。

おかしな気分だ。あの校庭で、一緒にタマゲをしていた男の子と大人になってここで煙草を吸っている。まるで、この小さな空間だけが世界から取り残され、時間が止まってしまったように感じた。

「でも、列車の中で会った時に、あなたは在色者ではないと思ったけど」

「僕は均質化手術を受けた」

実邦は驚いて黒塚を見た。

「なぜ。屋島先生のところにいたのに」

「それがいいと思ったんだ。父も、僕も。屋島先生のところにいたからこそ、ね」

黒塚は「ね」に複雑な感情を込めた。それ以上説明しようとはしない。

「あたしの行く先々に現れたのはなぜ？　あたしのボディガード役を買って出てくれたとは思えないけど」

「葛城の時は、ボディガードを務めようと思ったんだけどね。あとは、ただ単に君の訪れるところが僕の訪れたいところと重なってただけだ」

「あなたは何者なの」

「知ってるだろ。黒塚弦」

「どこに属してるの。何のためにここに来てるの。あたしが途鎖に入るということを知っていたということは、あなたも国家権力の側に属してるってことでしょ」

「君のところとは違う」

ふと、閃いた。

「公安ね」

思わず口調がきつくなってしまう。

「そうでしょう?」

黒塚はおかしそうに笑った。

「やめてくれよ。あいつらと一緒にされたくない」

「国家権力側であるのは同じなのね」

「否定はしない」

「誰を捜してるの」

「それはご想像にお任せする」

頭が混乱してくるのを感じた。

実邦の動きを把握していること、彼女と同じく会議を隠れ蓑にビジネスマンとして途鎖に入ったこと。このふたつが可能なのは公安だと思ったし、それなら筋が通ると思ったのだ。神山をはじめ、途鎖には思想犯が多い。両者の獲物は重なっている。

実邦が考え込むのを見て、黒塚は庭の隅にある水道の蛇口に向かった。

バケツに水を汲み、焚き火のところにやってきて静かに水を掛け始める。

「思い出の校舎を火事にするわけにはいかないからな。君の煙草も、ここへ」

「そうね」

実邦は、焚き火の燃えかすの中に吸殻を投げ込んだ。

ぶすぶすと音を立てて白い煙が上がり、燃えかすは水たまりの中に沈んだ。

更に、黒塚はスコップを持ってきて土を掘り返し、その場の地面をならしてしまった。濡れていることを除けば、焚き火は跡形もなくなった。

「入念ね」

「火の始末には神経質なんだ」

「撤収は重要だわ」

黒塚はニコッと笑ったが、一瞬ひどく暗い表情を見せたような気がして、実邦は内心動揺した。

「屋島先生のことはご存知？」

「国立におられるよね」

その口調に不審を抱く。

「あなた、もしかして最近先生に会ったことがあるの？」

「いいや。噂を聞いただけだ」

黒塚はぶらぶらと歩き始めた。

実邦も無言でその後ろに続く。

渡り廊下を抜け、校庭に出ると、その開放感にホッとする。

あの写真のように、午後の校庭は柔らかな風にぼやけ、歳月の輪郭を溶かしている。

二人はのろのろと校庭を横切り、校門に向かって歩いていく。

「両親が別れて、僕は親父とドイツに行った」

黒塚はのんびりと話し始めた。

「お父さまは、お仕事は何を？」

「医者だよ」

実邦は黒塚の横顔を見た。

その横顔は、素性が分かった今でも、最初の印象とあまり変わらない。明るくて、気さくで、相変わらず本音が読めない。子供の頃から、彼はこんな性格だっただろうか。

「僕が均質化手術を受けたのはドイツだ」

「向こうでも受けられるの？」

「うん。親父は、僕が産まれる前から、均質化手術の新たな可能性について考えてたらしい。だから、あえて僕にドイツで手術を受けさせた」

「均質化手術って――どこでも同じではないの？」

「いや。同じじゃない。少なくとも、僕が受けた手術は同じじゃなかったね」

その口調にどこか不吉なものを感じ、実邦はもう一度黒塚の横顔を見た。

逆光になって、その表情は見えない。

「つまりは、古くて新しい問題だよ。子供の頃に映画やTVドラマで見ただろう。新人類と旧人類の争い。えてして旧人類は新人類を異端や突然変異とみなし、新人類は旧人類を駆逐される敗者とみなす。はたして両者は同じ道の上に乗っているのか、それとも全く違うカテゴリーに属するのか。考えてみたことはない？」

実邦は面食らった。いきなり黒塚がこんな話を始めるとは思わなかったし、山に入る入らないという緊張感の中での、こんな抽象的な話題に戸惑ったのだ。

「一般的に、均質化手術というのは、イロを持たない人の基準に合わせることを意味する」

黒塚は、世間話でもするように続けた。

「でも、僕は違う可能性もあると思うんだよねえ」

「違う可能性？」

黒塚は、無邪気な顔で実邦を見た。

なぜかその無邪気な目にぎくりとする。

「逆もあると思わない？」

「逆？」

実邦は背筋が冷たくなるのを感じる。

黒塚はどこか楽しそうな口調で答えた。

「イロを持たない人を、持つ人に合わせるという均質化さ。これこそが、新しい可能性だと思わないか」

校門を出たところで、なんとなく二人の足は止まった。

気詰まりな沈黙。

「ひとつだけ確認しておきたいことがあるの」

沈黙を破り、実邦は黒塚の顔を見た。

「あなたはあたしの敵？　それとも味方？」

黒塚は苦笑いをして首を振った。

「その質問はナンセンスだな」

「どうして」

「どちらでもないし、どちらになるつもりもないし」

「次に会う機会はあるのかしら」

「分からない。僕の行きたい場所でなら、また会うかもね」

「あなたの目的は？」

「教えると思う？」

「いいえ」

黒塚は小さく声を出して笑った。

再び、揃って歩き出す。

ぶらぶらと歩きながらも、二人はなんとなく屋島風塵の家の方角を見た。つい、足があの家に向かってしまいそうになるのだ。

実邦はさりげなく尋ねた。

「先生の家に行ってみた？」

「いいや。君は行ったの？」

「一昨日ね。そのままになってた。あの家はどうなさるのかしら」

「さあね。書生がなんとかするだろう」

さらりと受け流され、実邦は失望した。かまを掛けてみたのだ。黒塚が先生の消息を知っているのではないかと思ったのは気のせいだったのだろうか。

「車を拾う？」

黒塚は幹線道路のほうに目をやった。

「あなたはオリエントホテルだったわね」

「途中で落としていくよ」

「そうか、あたしの部屋まで知ってるんだものね。どうして正体を教える気になったの？」

「君の胡散臭そうな視線に耐えられなくなってね」

実邦は思わず笑い出してしまった。

「だって、あまりにも怪しかったんだもの。行く先々に現れるし。怪しく思わないほうがおかしいでしょう」

黒塚は少し気を悪くしたようだった。

「葛城の件は感謝してくれなかったのかい。噂には聞いていたが、あいつは完全にイッちまってるね」

「今に始まったことじゃないわ」

実邦の冷ややかな口調に気付いたのか、黒塚は声を低めた。

「あいつは、いったい君の何なんだ。君と婚約していたというのは本当なのか」

ギョッとして、思わず黒塚を睨みつける。黒塚は慌てた表情になった。

「そんな話、どこから聞いたの？」

「いや、その。噂でだよ」

「どこの噂？　途鎖で？」

「いや」

黒塚は口ごもる。その様子を見ながら考えた。

途鎖ではない。では、東京で？　そんな昔のことを、わざわざ東京で調べたというのか。なぜあたしのことをそんなところまで調べなければならないのだろう。つまり、やはりあたしが、彼が途鎖に来る目的のひとつであったということになる。

「ほら、またそういう胡散臭そうな顔をする」

黒塚が顔をしかめた。

「あなたが悪いのよ。だったら洗いざらい説明すれば」

「それはできない」

「でしょうね」

市電の走る音が聞こえてきた。国道が近づいてきたのだ。

不意に焦りを覚える。まだ黒塚の口から聞いておかなければならないことがたくさんあるような気がする。

「さっきの手術の話をもう少し聞かせて」

実邦は話題を変えた。

「今のあなたは——在色者ではなくなったの？」

「厳密に言えば、そうだ」

黒塚は言葉を選んでいるようだった。

「厳密に言えば、というのは？」

畳み掛けてみる。

黒塚はしばらく考えていたが、やっと口を開いた。

「この国の規定からいえば、僕は在色者ではない。均質化手術を受けたという証明もあるし、在色者でなくなったということになっている」

「奥歯にものの挟まったような言い方ね」

「でも、実際に僕が今どうなっているかというと」

黒塚は一瞬躊躇した。それを口にするのが憚《はばか》られる、という感じだった。

「均質化、というよりは安定化、というのが正しいような気がする」

「安定化？」

「ああ。だから、ヌキなんかしなくても平気だし、入国管理官のアンテナに引っ掛かることもない」

「まさか。想像できないわ、そんなこと」

黒塚の話は俄《にわ》かには信じられなかった。

在色者のイロの発する気配を抑えるには、かなりの訓練が必要なものなのだ。特に右も左も分からない子供の頃などはたいへんで、制御できないイロを受け入れることができず、精神を病む者も少なくない。だからこそ、均質化手術が必要な場合があったのである。

「本当なんだ」

黒塚は自分に言い聞かせるように頷いた。

「そうだな、喩《たと》えていえば、こんな感じだ。子供の在色者が焚き火の炎だとする。ちょろちょろでも、ぼうぼうでも、炎が上がっているのはすぐに分かるね。あそこで火が燃えている、と見て分かる。だけど焚き火は調節が難しい。息苦しい煙は上がるし、ちょっとした風向きで炎がちぎれて飛んだり、周りのものを焦がしちゃったりする。だから子供の在色者はコントロールが難しく、本人もつらい。この喩えはどう?」

「分かり易いわ」

「そして、長いことかけて訓練し、成長した君らはプロパンガスだ。使いたい時に火を点けることができるし、目的に応じて火力も調節できる。炎も安定している。そうだね?」

「まあ、そのようなものね」

黒塚は唇を湿した。

「そして、僕の場合は、電磁調理器なんだ。もはや、炎は見えない。だけど、ちゃんと煮炊きできるし、調理には不自由しない」

「じゃあ、イロはあるということなの？」

「ある。そういう意味では、まだイロはある。ただ、少し変質したということなんだ」

イロはある。少し変質した。

実邦は想像しようとしてみるが、ぼんやりとして具体的なイメージが湧かない。

「どんな手術なの？」

「率直に言えば、脳手術だ。専用の薬も併用する」

「それは、在色者でない人にも施せるというの？　さっきのあなたの話だとそういうニュアンスだったけど」

「うん。今はまだ仮定の域を出ないけれど、ゆくゆくは手術の方法が確立して、在色者でない人間でもこの状態に持っていけるようになると思う」

安定化。

実邦にはとてもイメージすることができなかった。だが、隣にいる黒塚はもはやその状態だというのだ。

「それじゃああなたは——楽になったの？」

素朴な疑問が口から流れ出ていた。

黒塚は、一瞬無表情になった。

「うん」

彼は、大きく頷いた。

「楽になった。ほんと、苦労している君たちには申し訳ないぐらいに」

ほんの一瞬だけあった間は何なのだろう、と頭の隅で考えながらも、実邦は聞かずにはいられなかった。

「それは、日本では受けられない手術なの？」

黒塚は、今度は気の毒そうに頷いた。

「うん。現在、日本では、僕が受けたタイプの均質化手術は禁じられている。海外でも賛否両論あるらしい。炎が見えたほうが分かり易い、というのがまだ世界の主流派だね。法的に認められているのはドイツとアメリカだけ。あとはアンダーグラウンド」

「そう」

実邦は、がっかりしている自分に気付いた。もし黒塚の話のように楽になれるのであれば、どんなに解放されるだろう。夢のような話だ。大人になった今でも、時々在色者であることが耐えがたく思えることがあるというのに。

その時、不意に足元を何かが横切った。

慌てて飛びのく。

「あれ、猫だ」

黒塚がのんびりした声を上げた。

「ほんとだわ」

小さな黒い猫が、道路を横切り、民家の車止めのところに駆けていったが、まるで黒塚が自分の話をしていることに気付いたかのように、ぴたりと動きを止め、不思議そうな表情でこちらを振り返った。

「黒猫に目の前を横切られるなんて、縁起が悪いってことになるのかな。何かおまじないでも唱えとくか」

黒塚がぶつぶつ独り言を言うと、猫はぷいと顔を背《そむ》け、たちまち植え込みの陰に消えていった。

猫。ユウジの店のギンナン／隻眼の猫／

実邦の頭の中を、閃光のようにイメージが走り抜ける。

そうだ、あの件があった。ユウジの店の中で見た幻。扉の外から侵入してきた、尋常ではない、異常ともいえる気配。ずたずたになっていたヒトガタ。あれはいったい何だったのか。

「あなた、おとといの晩もあの店に来た？」

「え？」

実邦の質問の意味が一瞬つかめなかったらしく、黒塚は目をぱちくりさせた。

「ゆうべ来たあの店よ。黒い猫がいたでしょ」

「ああ、あそこか」

黒塚は思い出したのと同時に不思議そうな顔になる。

「いや、ゆうべだけだよ。昨日が初めてだった」

唐突な質問だっただけに、とっさに出た答えは本当のことに思えた。あの異様な気配はおとといのこと。あれは黒塚ではなかったのだ。

ついでに浮かんだ疑問を口にする。

「あの店に来たのは何のためだったの」

「屋島門下生の店だと聞いていたから行ってみた」

「ふうん」

聞き流そうとして、何かが引っ掛かった。今、黒塚はなんと言った？

「ひょっとして、あなた、屋島先生の教え子を追いかけているの？」

閃くのと同時に尋ねていた。

黒塚はハッとした顔になった。

「あなた、国立精神衛生センターに関係があるのね？」

そう詰め寄ると、黒塚の顔は能面のようになる。どうやら、不意を突かれると無表情になるらしい。語るに落ちた、ということか。

だとすると医療機関――厚生省――もしくは更にその上の――
つまり、彼の目的というのは――

「答えられない」

硬い口調で黒塚は言った。けれど、実邦は確信を強めていた。

ならば、実邦を追っていたのも、あの店に現れたのもよく分かる。みつきやユウジは、屋島の家とあの学校に通っていた時期が黒塚と重なっていなかったから気付かなかったのだ。もっとも、黒塚が通っていた時期がかなり短かったせいで、実邦もかつての仲間だと気付かなかったのだが。

「答えなくていいわ」

実邦は低く答えた。

気まずい沈黙が下り、二人は無言で歩き続けて、交通量の多い国道に出た。

「車を拾おうか」

黒塚は硬い口調のまま提案した。

実邦は首を振る。

「あたしは市電に乗るわ。まだ用事があるから」

「そう。じゃあ、僕は車で行く」

「そうして」

「じゃあ、また」

黒塚は強張った笑みを浮かべ、実邦を振り返った。

「じゃあ、また」

実邦も機械的にそう繰り返す。

また会う時が来るのだろうか。それはどんな時なのか？

黒塚が見ている自分の顔にそう書いてあることは自覚していたが、実邦は表情を繕わなかった。

黒塚はタクシーを拾うと、実邦に向かって軽く手を上げてから中に乗り込んだ。

実邦も小さく手を振る。

最後に交わした視線は、どちらも冷ややかだった。

たちまち車は小さくなり、見えなくなった。

ひょっとして、彼はみんなに彼の受けた均質化、いや、安定化の手術を受けさせようとしているのだろうか。屋島先生の教え子たちのその後のデータを集め、安定化手術の是非を立証しようとしているとか。

実邦は市電を待ちながら、ぼんやりとそんなことを考えた。

だが、それだけだったら、わざわざ途鎖にこの時期やってくる必要はない。屋島先生の教え子は全国に散らばっている。実邦にならば東京で接触すればよかったのだし、もし厚生省などの役人であるならば、素性を偽って潜入するなんて面倒臭いことをせずに、堂々と調査すればよい。むろん、彼の言葉を借りれば「炎が見えなくなると困る」人々が新しい手術の導入に賛成するはずはないが、新しい手術のための調査だなんて言う必要はどこにもないし、ただデータを取るためならどんな口実だっていいのだから、黒塚の行動の不可解さは増すばかりである。

ともあれ、とりあえず黒塚に危害を加えられることはなさそうだ。そう判断できただけでも少しホッとする。

市電の座席に腰を下ろすと、急に眠気が襲ってきた。結局、ゆうべもまんじりともできなかったので、いったん眠気が押し寄せてくるとなかなか追い払うことができない。なんとか意識を保ちながらも、心地好い揺れに身を任せてうとうととしていると、黒塚の声がとめどなく頭に流れてくる。

子供たちは焚き火である——焚き火をしている子供——煙に咳き込む子供。焚き火が燃え広がり泣く子供。焚き火をしている黒塚。煙草の火を焚き火から貰う——執拗に焚き火を埋める黒塚——君らはプロパンガスだ——必要な時に火を点け、火を消す。安定した炎——電磁調理器。僕は電磁調理器。もはや、炎は見えない。誰にも気配を悟られることはない。管理できている。黒塚は炎を制している——

無意識のうちに、背筋を伸ばしていた。

隣に座っていた学校帰りの女子高校生が、実邦の代わりにびくっとし、周囲をきょろきょろと見回す。

今何かが引っ掛かった。黒塚の台詞の中の何かが。

実邦は目を見開く。

在色者は在色者をもって制す／

これは、誰の台詞だったろう。聞いたのはいつ？　昨日？　いや、今日だ。けれど、黒塚の話の中の台詞ではない。

実邦は瞬きをする。

そうだ、善法だ。何の話の時にこの台詞が出たのだろう——ああ、そうだ、懸賞金だ。

神山倖秀に掛けられた高額の懸賞金。三件のうちのひとつ。

突然、頭の中でバチッと火花が弾けた。

ブルーヘヴン。

直接連絡できる機会を設けてくれたら三百万。それ以外には何も望まぬ、謎に包まれた名前。

なんとなく、あまり人数は多くない気がする。これも、善法の声だ。

頭の中に、考えるよりも早くいろいろなことが浮かんでくる。

善法は、ブルーヘヴンの噂を聞いたと言っていた。

均質化主義者の新機軸。

在色者自身が均質化を望む。在色者を使って均質化を進める。

それは、そっくりそのまま、さっき「安定化」手術の話をした黒塚に当てはまるのではないか。彼自身は在色者でありながら、均質化を望み、他の在色者にも均質化を薦めている。


ひょっとして、第三の男は黒塚弦なのでは?

つまり、黒塚も——神山倖秀を追っているのではないか。

ただの勘でしかないことは分かっている。

しかし、この直感が正しいような気がしてならなかった。なぜならば——神山倖秀を追うためには、彼が潜伏している山に入らなければならない。山に入れるのは闇月だけ。ならば黒塚が今の時期、実邦と同じ列車で途鎖にやってきたことの辻褄が合う。

実邦は、これまでに感じたことのない憂鬱と疲労を感じた。

誰もが彼を追っている。多額の懸賞金、大量のクスリ、ソク交代のチャンス。

一人ライバルが増えるごとに、彼女がダンスを踊れる可能性はどんどん低くなっていくのだ。果たして、この哀れなシンデレラに玉の輿のチャンスは訪れるのだろうか。

実邦は暗い表情で、たそがれ始めた外の景色にぼんやりと目をやった。


「私は反対です」

大人の話し合いになるはずの夕食の席は、のっけから荒れ模様だった。

善法は、ビールのジョッキを片手に、顔はにこやかなままきっぱりと実邦の提案を拒絶した。

「どこに」

実邦は箸袋を畳みながら努めて和やかに尋ねた。

予想はしていたが、こうもきっぱり拒否されるとは思わなかったのだ。

天馬が気の毒そうにチラリと実邦を見る。

店は早い時間だというのに大混雑だった。コンベンションセンターにほど近い、観光客の多い、広い店を選んだのだが、店は八割がた埋まっている。会議帰りの客もかなりいるので、実邦たち三人も、浮かない顔で仕事の反省会をしているビジネスマンに見えることだろう。

「バラバラに行動することに、です。それでは護衛にならない」

実邦は内心溜息をつきながらビールの泡を舐めた。

「おねえさん、イカ団子としらすおろし、くれ」

天馬がおしぼりでおでこを拭きながら店員に注文する。天馬は実邦に味方するつもりのようだ。どうにかして善法を説得しなければならない。

実邦はテーブルの上で指を組んだ。

「だけどね、あたしとあなたが一緒に行動すると目立つのよ。一緒にいるところを葛城に見られて、入国管理局にあなたまでマークされるのは困るの。あなたには自由に動ける状態でいてもらいたい」

「今だって既にマークされてないとはいえないでしょう。こんな会議、誰でも潜りこめる。むしろ、葛城の手下が紛れこんでると考えたほうが普通です」

善法はきっかり十秒でジョッキを干してしまった。水でも飲んでいるようである。東京から来た馬鹿な警部補に腹を立てているのかもしれない。

「燃費の悪いやつだな」

天馬が悪態をつきつつ、お代わりを頼んだ。

実邦は今度は口に出して溜息をついた。

「だったらなおさらよ。あたしたちが一緒に動いて、あいつの監視を楽にしてやる必要はないわ。あいつの手下は、あいつほど使えない。みんなあいつを恐れているから、言うことはきくけど自分で判断はできない。いちいち葛城の指示を仰ぐ。監視対象が増え、張り付く人間が増えるほど、あいつらの隙は多くなる。これは分かるでしょ」

善法は渋々頷いた。

「半日でいいの。半日の遅れがあれば、あいつをまける可能性が高くなる。山に入ってしまえば、入国管理局といえどもここのようには動けない。明日、あたしが山に入るまでが勝負なのよ。やつらも、あたしが動き出すのを今か今かと待ってるでしょうし、それが今日、明日のことだと見当をつけてるはず。お願い、協力して」

実邦はここぞとばかりに訴えた。

善法は渋い顔をしているが、実邦の話には納得しているのだろう。その表情には迷いが見えた。

「俺がおまえの役をやろうか？　なんなら、おまえが寺で待ってればよろし」

天馬がのんびりした声を出した。

善法がムッとした顔になる。

「別にこの役が嫌だと言っているわけじゃありません」

「なら、打ち合わせ通りでよろしいな」

天馬が念を押す。

それでも善法はしばらく逡巡《しゅんじゅん》していたが、ようやく首を縦に振った。

「約束は守ってくださいよ。一人で抜け駆けしたりしたら、どんな手を使ってでも、地獄の果てまで追いかけますからね」

「ありがとう」

実邦は安堵のあまり、思わず深々と頭を下げた。

善法は、またしても十秒きっかりでジョッキを干し、「お代わりを」と店員に空のジョッキを差し出した。


夜は更けた。

もし上空から今の途鎖の街を見下ろしたとしたら、まさに夜に沈んでいる、という表現が正しいだろう。

色とりどりのネオンや人家の明かりがまだチラチラと瞬いているが、背後に控える昏い山々の抱える圧倒的な闇の前では、その光は子供だましでしかない。

箱庭のような夜の途鎖の街は、光の領域を闇に侵されまいと必死に闘っているように見える。むろん、そんな抵抗は、闇が本気になればひとのみにされてしまうことはじゅうじゅう承知しているようであるが。

闇の中で黒い幟がはためいている。

時折、闇の領域で、鈍く眩く、何かの明かりが点滅する。

人工的な光ではない。青白い光や、輪郭のぼやけた不思議な光が、思い出したようにあちこちで点滅する。

その光を目撃した者は、あそこにフチがある、と思う。

あそこにフチがある。フチはいつもそこにあり、神々《こうごう》しくも禍々《まがまが》しく、魅惑的であり同時に不吉であった。

その奥にソクがいる。

あの帳《とばり》のようにそびえたつ、どこまでも連なる稜線の奥の奥に。

彼らは太古から常に複数形であると同時に、大きなひとつの単数なのだった。人々が知っているのはそれだけだ。口に出すこともなく、感じてきたのもそれだけ。

今夜は、いつにも増して闇が濃い。

途鎖の中心街を流れる川面に揺れる棕櫚の木も、闇の重さに耐えかねたようにゆらゆらと身体を揺らしている。

低気圧が近づいているのか、空気もじっとりと湿って重い。不穏に垂れ込めた雲は、檻のように垂直に、天に伸びた棕櫚の列の頭に刺さりそうだ。

思い出したように車が街を通り抜け、どこかへ走ってゆく。

どこに逃げても闇は追ってくる。

この時期、あらゆるものは山にある。

耳を澄ませば、数百、いや、数千の幟がはためく音が聞けるだろう。

呪詛のように。祈りのように。

そんな、雨の匂いのする夜の底で、男たちは目を覚ましていた。

繁華街の外れ。あちこち穴の空いた、斜めになったスレートの屋根の下にある、月極め駐車場の奥に、軽トラックや乗用車に混じって黒いヴァンがある。

グレイのカーテンが引かれ、外から中は見えないが、カーテンの向こうで人の動く気配がある。

扉ごしに耳を傾ければ、内容は分からないものの、早口で何事かを囁き交わす声が聞こえてくるはずだ。

夜明けは近いが、あまり天気がよくないので、そのことをなかなか実感できそうにない。

二人の若い男は、緊張に顔をひきつらせていた。

がっちりした体格の男と、小柄で細身の男。

顔立ちは違うのに、その印象はひどく似ている。表情がなく、一種思いつめたような、それでいて心ここにあらずというような。

「はい——あっ、今、動き出しました——ええ、確かに発信機が動き出しています。ホテルの部屋から出ました」

モニターに向かっていた小柄な男の声が高くなり、もうひとりの男が唇に指をあてて注意した。

小柄な男は慌てて声を低める。

「はい。廊下の映像が見えます——あの女です。Aです。え？　はい、帽子をかぶってますが——スーツケースを引いています」

「待て、タクシーが来た」

がっちりした男が小声で囁く。

カーテンの隙間から、赤いテールランプが見えた。ホテルに呼ばれて客を迎えに来たのだろう。夜明け前の薄暗がりの中で、赤いランプは徹夜明けの目のように滲んでいる。

二人はじっと身動《みじろ》ぎもせずに耳を澄ませ続けた。

鈍く着信音。

間髪入れず、小柄な男が電話に出る。

「はい――はい。どうも。ご協力に感謝する――もしもし、今、マネージャーから連絡ありました。確かにA本人が今チェックアウトしたそうです」

カーテン越しに外を見ていた男も、口元のマイクに話し掛けた。

「今出てきました。タクシーに乗ります。スーツケースをトランクに入れます。念のため、ナンバーは――」

「はい、追跡します」

「出せ」

がっちりした男が、運転席の男に頷いてみせた。

男は無言でハンドルを握る。

動き出したテールランプを追って、滑るようにヴァンは駐車場から走り出した。

まだ市街地を走っている車は少ない。

かなりの距離を空けてもタクシーを見失うことはなかった。

低い声が、断続的に車内に響く。

「今、大手町を通過」

「国道に出て、市庁舎の前を通過――はい、どうやら空港のほうに向かうようですね」

「はい、追尾は比較的楽です。見失う可能性は少ないと思われます」

「はい、このまま追跡します」

「間違いありません。ここからは一本道です――Aのタクシーとの間に、三台ほど車がありますが、脇道はありません。空港に向かっています」

急に車のスピードが落ちた。

「どうした?」

「分からん。渋滞している。この時間に、珍しい」

運転席の男がかすかに首をひねった。

見る間に、車間距離が詰まってくる。さっきまで順調に動いていたのに、合流してくる車が増え、とうとう何もないところで止まってしまった。

詰まってしまったのは、ゆるやかな上りの途中で、大きな陸橋の上だった。

「渋滞です。三号陸橋の上で止まりました。はい、同じ橋の上で止まっています」

少しずつ明るくなってくる曇天の空の下、車の視界に不機嫌そうな車の列が浮かんでいる。

「動き出したら報告しろ」

葛城はそう言って暗がりの中でマイクを切った。

『了解』

ブツリ、と耳障りな音がするのを確認して、じっと目を凝らす。

雲は厚いが、既に夜が明けたことを彼は体内時計で感じていた。

今日は雨だな。

待つのは慣れていた。苛立つこともない。相手の動きに合わせるだけなのだから、楽なものだ。こちらは予測するだけでいい。


来た。


全身の筋肉が目を覚ます。

腕時計を見た。きっかり二十分。よしよし、そろそろだと思っていたのだ。

葛城は、運転席でかすかに微笑んだ。

角を曲がって、白いヴァンが静かにホテルに近づいてくる。ホテルの前を通り過ぎ、少し離れた路地の手前で止まった。

さあ、ウサギが巣穴から出てくるぞ。

葛城はハンドルを握る手に力を込めた。

ホテルの入口の自動ドアに影が見えた。

これも予想通り。チェックアウトは本人。しかし、発信機付きのスーツケースを持ってタクシーに乗り込んだのは他人。フロント近くのトイレか、ロビーで素早く入れ替わる。常識の範囲内だ、お嬢さん。

帽子を目深にかぶった女が足早にホテルを出てきた。

迷わずまっすぐにヴァンに駆け寄り、助手席に乗り込む。

ドアが閉まり、そそくさとヴァンは発進した。

葛城は、豆腐屋の駐車場からゆっくりと車を出し、その後を尾ける。

『事故のようです』

雑音に混じって、発信機を追わされた間抜けな部下の声が聞こえた。

『パトカーとレッカー車が来ました――救急車も見えます。まだ渋滞は動きません』

しかも事故で渋滞か。二重に無駄だな。

白いヴァンは、部下が追ったタクシーとは逆方向に走っていく。

市街地を抜け、郊外の住宅街に入った。

尾けられているのに気付いているのかいないのか、のんびりとしたスピードで走っている。こちらも豆腐屋の軽トラックだし、作業帽をかぶっているので、なかなかそうとは気付かないだろう。

車は山の中の国道に入る。

どこに行くつもりだ？

葛城は、道路標示を見て訝しげな表情になった。

こちらは県南に向かうコース。このままでは、途鎖を出てしまう。

国道に入って暫く経ってから、葛城は舌打ちした。

このままでは、次のパーキングエリアまで引き返せない。

しかし、白いヴァンは快調に飛ばしていき、たちまち次のパーキングエリアを通り過ぎた。

じわじわと時間は過ぎる。

いつのまにか夜は明け、辺りは明るくなっていた。道路の両脇の緑がくぐもっているものの、すっかり朝だ。

奇妙な胸騒ぎを感じた。

読みに間違いはない。あんな時間に、これみよがしなタクシーを見送ってから、こそこそ出てきた女。見え透いた手で俺の裏をかこうとした女。それが今、前を行く車に乗っているはずなのだ。

突然、ヴァンのテールランプが点滅し、減速した。

この先のパーキングエリアに入ろうとしている。

すっかり市街地から離れた上に、時間も経ってしまった。

朝のパーキングエリアには、大型トラックが沢山止まっていた。

突如現れた雑踏に面食らう。

ヴァンは駐車場のいちばん奥に止まった。

葛城もヴァンの見えるところに止める。

車から男女が降りてきた。

帽子をかぶった女、首にタオルを巻いた男。

胸騒ぎは治まらない。

あれは実邦のはずだ。いつも俺に屈辱を与える女。思い出すたびに身体の中のどこかのかさぶたを剝がす、どこまでも忌々しい女。

いつのまにか車を降り、葛城はその男女に駆け寄っていた。

車の後ろのドアを開け、中から何かを運び出そうとしていた男女が、突然目の前に現れた隻眼の男にギョッとしたように立ち止まった。

「おい、おまえ、顔を見せろ」

葛城は鋭い声で叫んでいた。

「えっ？　えっ」

女は混乱した声を上げ、怯えた目で葛城を見た。

「何なの？」

帽子の下に、見たこともない、ショートカットの女の顔がある。

「誰だ？　俺らに何か用か？」

タオルを首に巻いた男が、声を荒らげた。

「そちらこそ何をしてる？　積荷はなんだ」

葛城の声のほうが迫力で勝っていた。

男は尻込みし、当惑した目で手に持った浅い段ボールを見下ろし、パーキングエリアのほうに顎をしゃくった。

「俺らは、うちの野菜をあそこに持ってきただけだ」

車の中には、浅い段ボール箱が沢山重ねてあった。しいたけやピーマン、不揃いのトマトが見える。

そして、車寄せの「野菜販売所」の看板には、野良着姿の男女が手にビニール袋を提げてぞろぞろ集まってきていた。

葛城は、頭に血が逆流するのを感じた。

まさか。

「おい、渋滞はどうだ」

思わずマイクに向かって叫んでいた。

『はい？　あ、今事故車両が運ばれていくところです』

少し遅れて、慌てた声が耳に飛び込んでくる。

「タクシーを見ろ」

葛城は、低い声で指示した。

『はい？』

「タクシーを見ろ、と言ってるんだ。今すぐその車を降りて、女が乗ってるタクシーまで歩いていけ。女を車から引きずり出せ」

『ハイッ』

部下はパニックに陥ったようだった。何か叫ぶ声が聞こえ、慌しく動く音がする。

葛城は、心臓の鼓動が速まるのを感じた。

まさか、あいつ。

葛城が棒立ちになって、何事か叫んでいるのを気味悪そうに見ながら、男と女は段ボール箱を販売所に向かって運んでいく。

『やられました』

悲鳴のような声が頭に響く。

やっぱり。

怒りと屈辱で、全身が冷たくなった。

『申し訳ありません、女はいませんでした。発信機だけが座席に残ってました。タクシーの運転手によると、渋滞で止まってすぐに、女は金を払って車から降り、歩いて出ていったそうです。申し訳ありませんっ、すぐに――すぐに、辺り一帯に検問を掛けますっ』

泣き出さんばかりの声を、葛城はもう聞いていなかった。

頭の中には、タヌキ顔の占部署長の顔が浮かんでいる。


パトカー。救急車。レッカー車。

あいつらはぐるだったのだ。わざと橋の上で事故を起こし、タクシーと部下の車を足止めさせておく。渋滞で、橋の上だから、逃げ出すとは思わない。警察車両でやってきて、あの女を拾っていく。どの車に移ったのかは分からない。俺がタクシーを疑って、更にホテルの周りで待機するのも承知の上。

「くそっ」

葛城は乱暴にマイクを切り、急いで車に戻ると、エンジンを掛けた。

恐ろしい勢いで走り去る豆腐屋の車を見ながら、みつきは大きく溜息をついた。

「あーあ、ほんと、難儀な男ねえ。あんな殺気出さずに黙ってりゃ、結構いい男なのに」

帽子でぱたぱたと顔を扇《あお》ぐ。

「すげえ剣幕だったな。ああいう上司を持つ部下も気の毒だねえ。ありゃあ、半殺しの目に遭わされるな」

隣の男はタオルで顔を拭き、肩をすくめた。

みつきは申し訳なさそうな顔で頭を下げた。

「ごめんね、アサちゃん。迷惑なこと頼んじゃって」

「いいってことよ。みつきと朝のドライブ、できたしな」

「本当にありがとう。助かったわ」

「野菜、持ってくか？　野菜不足だと、あの男みたいにカリカリするぞ」

みつきは声を出して笑った。

「買うわよ。しいたけと茄子と、トマトちょうだい」

「適当に小銭置いてってくれ」

男はひょこひょこと段ボールを運んでいく。

その背中を見送るみつきの肩をぽん、と叩く手があった。

「ありがとう、みつき」

「あんたのストーカー、大迷惑よ。命が縮んだわ」

みつきは恨めしそうに実邦を振り向いた。

「恩に着るって。あたしも野菜買おうかな、カリカリしないように」

「そうしましょう。お肌の曲がり角も過ぎたしね」

「とりあえず、これであたしがどこに行ったかあの男には分からないはず」

「まあ、ちっとは時間稼ぎになるんじゃない？」

二人は、実邦が運転してきたみつきの車に向かって歩いていく。

タクシーの運転手は善法だった。

実邦がホテルをチェックアウトして車に乗り込む時点で替え玉の婦警は車の中に身を潜めていた。実邦がタクシーを降りたのは、タクシーが発車してすぐ、黒いヴァンが動き始めるまでのほんの数秒、わずかな死角である。

実邦がホテルを出る三十分ほど前に、みつきは自分の車を運転してきて近所の駐車場に停め、駐車場の植え込みに車のキーを放り込んでからホテルに忍び込んでフロント近くのトイレに身を潜めており、実邦はそのキーを取り出したのだった。

善法の運転するタクシーをすぐに降りた実邦はみつきの車の中で待ち、みつきと友人の乗ったヴァンを追いかける葛城の車を、更に後ろから尾けていったのである。

「あいつ、あたしが尾けてるってこと、全然気がつかなかったわ。自分が追いかけている側だと思うと、追われていることが分からないものなのねえ」

みつきはのんびりと呟く実邦を睨みつけた。

「ほんと、あんたって人使い荒いわねえ。あたし、あんたが来てからというもの、フル回転で疲れちゃった」

「振込み金、チップも弾んどいたわ。それで勘弁して」

実邦はみつきの肩を何度も叩いた。

二人で車に乗り込む。

「さあ、お遊びはおしまい。これからが本番だわ」

実邦はシートベルトを締め、助手席にもたれかかると自分に言い聞かせるように呟いた。

みつきがチラリと実邦を見る。

「お願い、一服させて。年寄りの心臓に悪い朝だったわ」

みつきが煙草を取り出す。

「もちろん」

実邦は前を見たまま頷く。

「ありがとう、みつき。本当にありがとう」

みつきは顔をしかめた。

「やめてちょうだい。あんたに『本当に』なんて言われると、ロクなことがないから」

「でも、ありがとう。助かったわ」

みつきは無言で頷いた。

二人の間に、重い沈黙が広がっていく。

外では、野菜を売り買いする人々が、いつもと同じ朝のひとときを過ごしている。毎日繰り返される、日々のいとなみ。

次々と入ってきては出ていく大きなトラック。車にもたれて、長距離トラックの運転手が、缶コーヒーを飲んでいる。

明るい陽射しが、車のボンネットをなぞるように当たっていく。

小鳥の声が遠くから響いている。

声に出さなくても、これが今生の別れになるかもしれないことは互いに承知していた。

「ねえ」

みつきが溜息のように呟いた。

「あたし、これまで何も聞かなかったでしょ。ライフルも用意したし、車も用意した。下手な芝居まで引き受けたわ」

フロントガラスに向かって早口で囁く。

「だから、ひとつだけ、教えて。あんた、本当は何しに山に入るの？」

山に入る。

実邦は、無意識のうちに微笑んでいた。

あたしの目的はただひとつ。

潜入捜査なんて、口実だ。

その微笑みに気付いたのか、バックミラーの中のみつきの目が、訝しげに実邦のほうを見るのが分かる。

実邦もミラーの中に話しかけた。

「絶対誰にも言わないよね？」

「当然でしょ」

みつきはそっけなく答えたが、その声はかすれていた。どことなく怯えた様子なのが、なぜか愉快に感じられる。

「——あたしはね」

声を上げて笑い出したくなった。

なぜか、口元に笑みが浮かんでくるのを止められないのだ。

この笑みは何だろう。決意なのか、自嘲なのか、それとも緊張のあまり気が変になっているのか。

遠いところで、自分の声がどこか誇らしげに答えるのが聞こえた。

「かつてあたしの夫だった男を、殺しに行くのよ」

第二部　颪を拾う

夕暮れの風が山の斜面を吹き上げてくるような時間帯になった。

斜面を埋める熊笹の葉が一斉に翻《ひるがえ》り、裏返って波のように白い腹を見せる。

あと少しで、山全体が沈むように宵闇に溶け込むはずである。昼と夜との端境にある、ほんの短い時間。

がらんとした国道が、山の斜面にうねりながら続いていた。行く手は、大きなトンネルの中に消えていく。

トンネルの天井に、オレンジ色の照明が点々と灯っている。

車の姿は無かった。

アスファルトの道路中央の白い線だけが、地面の縫い目のようにくっきりと夕暮れの山の中に浮かび上がっている。

風が出てきたというものの、辺りは静まりかえっており、時折、カアカアと甲高い声を上げて鳥の群れが飛び去っていくだけだ。

淋しい、山間《やまあい》の日暮れである。

と、低い足音が聞こえてきた。

規則正しい足音が、暗いトンネルの奥から近づいてくる。

静かな山の中では、トンネルの壁に反響する足音はやけに大きかった。

人影が現れ、やがて一人の男となってトンネルから出てきた。

いささか奇妙なのは、男が手ぶらであり、しかもこんな山の中に出現するには似つかわしくないようなかっちりとしたスーツ姿であることだ。

中肉中背の、若い男である。いや、見かけよりは歳を取っているのかもしれないが、細身の、しかもかなりの高級品で洒落《しゃれ》っ気のあるスーツにネクタイ、という身なりは異様に感じられる。

生来のものと思われる柔らかそうな茶色の髪は短めで、穏やかな女顔だ。年齢は不詳だが、どこかに少年のあどけなさを残しているようにも見える。左の耳たぶには、小さな琥珀色の石のピアスが嵌《は》まっていた。

かすかに調子っぱずれのメロディ。

この男、ズボンのポケットに両手を突っ込み、鼻歌を歌っているのだ。

機嫌がいいらしい。とても、こんな人気《ひとけ》のない山奥を歩いているとは思えない風情である。

男は空を見上げ、初めて日没が近いことを確認したかのように「ああ」と声を上げた。

実際、幾重にも連なり、高く聳《そび》え立つ山々に囲まれた場所なので、日没は早く、きっとあと二十分もしないうちに辺りは真っ暗になることだろう。

男はぽりぽりと頬を掻いた。

「シー」

立ち止まって、きょろきょろと周囲を見回す。まるで、街角で一休みするカフェでも物色しているみたいに。

不意にガサガサ、と音がして、道路脇の斜面から二人の男が姿を現した。

屈強そうな、カーキ色のウインドブレーカーに身を包んだ男たちだ。

彼らは、足早に道路を横切ろうとした。

が、道路の真ん中に立っている男に気付き、ぎょっとしたように身体をこわばらせた。

「あれえ」

男はのんびりした声を上げた。

男たちはまじまじと男に見入り、ぽかんと口を開ける。

山奥の道路の真ん中で腕組みをし、にやにや笑っているスーツ姿の男。

後ろはトンネル、見上げれば鬱蒼と木々の繁る山の峰。

短めのズボンの下には、ぴかぴかに磨かれたウイングチップの革靴が覗き、周囲の風景からは、場違いどころか明らかに浮いている。

男たちは、目をぱちくりさせ、顔を見合わせた。

「なんだ、ありゃ？」

「あのふざけた野郎になんだ？」

「こんちはー」

突然、大声で話しかけられ、男たちは更に面くらった様子で顔を見合わせた。

「いや、もうこんばんは、かな。穏やかで素敵な夕暮れじゃないか」

男はにやにやしながら男たちに向かって歩いてくる。

カツ、カツ、カツ。

人形のような、どことなく不自然な奇妙な笑み。その目は大きく見開かれ、妖《あや》しい光を湛えている。

カツ、カツ、カツ。

足音がやけに大きく響きわたる。

初めて、男たちの顔に警戒心と憎悪が浮かぶ。

二人は素早くポケットに手を突っ込み、身構えた。

それぞれの手元に鈍く刃物が光る。

「おまえも、ウラか。そんなすかした格好しやがって、脳みそイカレてんじゃねえのか」

「ンー」

男は首をかしげ、またぽりぽりと頰を掻いた。

「脳みそがイカレてんのは君たちのほうだと思うなぁ」

男はにこやかに言い放った。

男たちがむっとして目を見開く。

「そんな道具を使うなんて信じられないよ。エレガントさに欠ける。まったくもって、なってない」

　男は眉をひそめ、いやいやをするように首を振った。

「いやだねえ、ほんとに。センスのカケラもありゃしない。君たちみたいなのが入り込むから、闇月が面白くなくなるんだ――いやだねえ」

　男は最後の「いやだねえ」を言いながら、下唇の内側を舐め回した。

　その顔からは笑みが消えていた。

　いつのまにか、上目づかいの冷たい視線が二人の男をねめつけている。

　三白眼、とはこういう目のことを指すのだろう。

　二人の男は一瞬たじろいだが、ひと呼吸おいて、同時に正面の男に向かってワッと襲いかかった。

　アーミーナイフの刃が鈍くきらめく。


　突然、二人が消えた。

　スーツ姿の男は、ズボンのポケットに手を突っ込んだままだ。表情も全く変わらず、道の真ん中に立ち止まっている。

　しかし、たった今、彼に襲いかかったはずの二人の屈強そうな男たちの姿はなかった。

　消えた、としか言いようがない。

がらんとした国道に立っているのは、彼一人きりである。

「ンー」

男は首をコキコキと回し、肩も回して「ふっ」と小さくため息をついた。

静寂。

彼の表情には、和《なご》やかさが戻っていた。

「そろそろ行こっかな。今夜のお宿を見つけないと」

そう口の中で呟くと、ぶらぶらと歩き始める。

カツ、カツ、カツ。

規則正しい革靴の立てる足音。

男の姿は、周囲の景色に溶け込みつつあった。

ふと、後ろの離れたところで、何か重いものがふたつ、どさっ、どさっと続けざまに落ちる音がした。

道路の上ではなく、斜面の熊笹の中に落ちたようである。

かなりの衝撃を受けたようだが、そのあとはしんと静まり返り、動き出す気配はない。

しかし、スーツ姿の男は、音のしたほうを一顧だにしなかった。


橋。

目の前には橋がある。

ごうごうと流れる水の音。

途鎖は川が多い。東西に長く、急峻な連峰を戴く国土を幾つもの川が流れている。長い石の橋。欄干がなく、沈下橋《ちんかばし》と呼ばれる途鎖独特のものだ。鉄砲水や台風で増水しても、水の力をやり過ごすようになっている。

石橋の長さは百メートルほど。橋の向こうは、もう山の入口だ。青くもやった山肌を背に深い碧《みどり》の川面に浮かぶ石橋は、風景に馴染んで美しい。

石橋の上を、白装束の遍路姿の老若男女が次々と渡っていく。ウチと呼ばれる墓参と巡礼を目的とした人々である。

今朝は薄い雲が多く、明るいもののうっすらとすべての輪郭がかすんでいた。のどかな風景。

しかし、実邦は全身を強張らせ、じっと一点を見つめていた。

白装束の巡礼者たちのあいだに、不吉な灰色の制服が見える。

橋の前に、入国管理官たちが検問所を設けているのである。

どうする。実邦は足を止め、土手の草の上に腰を下ろし、荷物を点検するふりをした。

警察の検問なら問題はなかったが、まさかこんなところに入国管理官が検問所を設けているとは思わなかった。天馬も善法もそんな話はしていなかったから、急に設けられたものに違いない。

辺りを行く巡礼者たちも、ひそひそと検問所を見ながら不安そうにしている。

今年はウラが多いからか。クスリを警戒しているのか。

見たところ、葛城はいないようだった。実邦を見失ったことに気付いたあと、どうしただろうか。むろん彼女の潜入捜査の目的が山に潜む広域指名手配犯だと気付いているだろうから山に入ることは予測していただろうが、まさか正面から堂々とウチに紛れて入るとは思うまいと裏を掻いたつもりだったのに、正々堂々と検問所を設けるとは。

ウチが入山を許可されている登山口はここ一か所のみ。登山口で入山名簿を記入する以外に手続きはないと聞いていたので、普通にハイキングスタイルでやってきた。

ヌキは問題ないだろうが、ＩＤとビザで引っかかってしまう。

善法とは登山口から中に入った入滅寺で落ち合うことになっている。

困った。やはりウチで入るのをあきらめ、迂回して入るべきだろうか。

水筒を取り出し、お茶をひと口飲む。

せっかく苦労して葛城をまいたのに、こんなところでつかまったら話にならない。

次々と石橋を渡っていく遍路たちを見ていると、焦りが込み上げた。

あの橋さえ渡れたら。登山口の門さえくぐってしまえば、入国管理官も誰も手を出せない世界だ。

実邦はじっと入国管理官たちの仕事ぶりを観察した。

見たところ、事務的に数をこなしている感じでそんなに厳しくない。鉄道や国境に配備されている管理官に比べると、こういうところに配される管理官は若手が多い。

どうする。急がなければ。そろそろ善法も気にしているに違いない。どうしてもみつきに挨拶がしたかったので、葛城をまいてこちらに直行しなかったのはやはりまずかったか。いや、どちらにしろ検問のところで足止めをくらっていたはずだ――

堂々巡りで、気ばかり焦る。

飛んでいければ。

橋の向こうの登山口を恨めしそうに見つめる。


ほんのひとっとびであそこまで行けたら。


その時、後ろのほうで何やらざわざわする気配を感じた。

うん？

振り向くと、やってくる人々が左右によけて道を開けている。

向こうから、何か異様なものがやってくる――

のそのそと歩いてくるのは、大きな犬だった。

全身が赤みがかった、途鎖犬《とさけん》である。それが、一匹、二匹、三匹、やってくる。

「飼い主は？」

「首輪はしてるもんなあ」

「どしてこんなとこに」

それは奇妙な眺めだった。

飼い主らしき人物は見当たらないのに、三匹の犬たちは、つかず離れずの位置を保って、のそのそと歩いてくる。

途鎖犬は闘犬として知られ、闘うために何代にも亘って品種改良を繰り返してきた。首の周りの皮が、ギャザーを寄せたようになっているのは、そこを噛ませるためと、噛まれてもダメージを少なくするためだ。

戦闘のために生まれた犬だが、生来おとなしい犬で、闘う時だけ猛然としたファイトを見せる。

が、見た目は恐ろしげで獰猛な部分があるのは確かだから、鎖を放して自由に歩かせることなど有り得ない。

しかし、三匹もの途鎖犬が、鎖なしでやってくる。どれも、かなりの大型犬だ。みんなが遠巻きにするのも無理はない。

実邦はそっと立ち上がり、他の巡礼者たちと一緒に、離れて犬のあとに続いた。

何かが起こりかけている。

誰もがそんな気がして、固唾《かたず》を呑んで犬の行方を見つめていた。

犬たちはじりじりと検問所に近づいていく。人々が遠巻きにしているので、検問所の周りがぽっかりと空いた。

入国管理官たちも、そのことに気付いた。

「おい」

「なんだ」

「飼い主は？」

犬たちは、獲物を追い詰めるように、互いに距離を取ってじりじりと管理官に近づいていく。

「おい、飼い主はどこだ？ この犬は誰のだ」

管理官の一人が叫んだが、その声にはかすかに怯えが窺えた。

犬たちは、身体を低くして、唸り始めた。尖った歯の隙間から唾液が垂れ、三対の赤い目が、管理官を見据えている。

「飼い主はどこだ！ 答えろ！」

もはや、それは悲鳴に近かった。

その悲鳴に重なるように、突然、犬が吠えた。

実邦は、びくっとして、全身が打たれたようになる。

犬が、吠えている。吠えている。凄まじい遠吠え／三匹の声がぴったりと重なりあって／
一瞬、実邦は犬の顔の中に、鬼神のような、憤怒の表情を見たような気がした。
目をカッと見開いた老人の顔／何かが乗り移ったような／
この犬は憑《つ》かれている／何者かに／

凄まじい遠吠えの中で、実邦は奇妙な静寂を感じた。

たっ、と足元を走り抜ける小さな影がある。

「あっ」と顔を上げると、幼い女の子がパタパタと走っていくのが見えた。見覚えのある顔。どこで見たのだろう？

「危ない」

思わず女の子の後を追いかける。

犬は吠え続け、管理官たちは動けず、検問所は混乱した。

女の子は迷わず石橋を渡り始める。

ワッ、と声がして、他の巡礼者たちも石橋の上に飛び出し、橋を渡り始めた。実邦もその中にいる。

何が起きているの？

橋の上を全速力で走りながら、ちらっと振り向くと、慌てた管理官たちが押し寄せる人々を押しとどめているのが目に入った。犬はその周りを右に左に駆け回り、激しく吠え続けている。

早く渡り切れ。

橋の上は、川風が横殴りに吹き付けてくる。その風が背中を押してくれているような気がした。

橋の上の一団は、怒濤《どとう》のように橋を通り抜け、登山口に殺到した。

実邦もいつのまにか息を切らして、山門の内側にいた。

入山の方は、記帳してください、と誰かが叫ぶ声がする。

そこは既に鬱蒼とした山の気配があり、杉や松の木が山の匂いを発していた。

助かった。

実邦は汗を拭い、辺りをきょろきょろと見回した。

あの女の子は？

しかし、遍路たちでごったがえす登山口に、幼い子供の姿はない。

橋のほうを振り返ると、橋の向こうで管理官たちが人々と揉めているのが見えた。犬たちの姿は影も形もない。

誰かが犬をけしかけて、検問所を突破しようとした——

犬の顔の中に見えた、憤怒の表情が目に焼き付いている。

何が起きたのかはともかく、ラッキーだった。

実邦は胸を撫でおろし、記帳の列に並んだ。


はっきりしない天気だった。

時折雲の色が濃くなるが、雨を落とすほどではなく、しばらくするとまたふっと明るくなる。

山の麓に里芋畑が広がっていて、かすかに夕暮れの光が注いでいた。

青々した葉が地面を埋め尽くしているが、山と畑の間に小高い丘があって、古びた緩やかな石段が茂みの中にひっそりと伸びている。黒い瓦屋根が木々のあいだに覗いているのは、古刹《こさつ》がある印だ。

車の音がした。

「回送」という表示の出た、緑色のタクシー。スピードを落とし、ゴトゴトと狭い道路をやってきて、石段の手前の空き地に停まった。

帽子を目深にかぶった男が降り立つ。

善法である。

ウチの入山口一帯に車は入れない。彼は危険な裏ルートを飛ばしてここまで辿り着いた。

善法は、周囲を見回し、足早に石段を上り始めた。

と、そこにもう一台、車のエンジン音が響いた。

足を止め、道をやってくる車を見る。

それは、古ぼけた軽トラックで、カーキ色の幌《ほろ》が掛かっていた。やってきたのは、山のほうからである。

善法は、なぜかその軽トラックから目を離せなかった。どこにでもある軽トラックなのだが、何かが違う。

理由はない。彼の勘がそう告げるのだ。

そっと運転席を窺うと、二人の男が乗っていた。奇妙なのは、二人とも大きなマスクをしていることである。鼻まですっぽりと覆うマスクで、ほとんど表情が見えない。

顔を隠しているのだろうか。

更に運転席を覗きこもうとするが、車はゆっくりと向きを変え、善法がいる石段の脇の、茂みの中にある狭い道を登り始めた。

あれ。こんなところにも道が。

善法は、素早く石段を駆け下り、車のあとを追うことにした。

怪しい。

相変わらず彼の勘は説明のつかない警報を発しており、こんな時は逆らわず、身体の動くままに従うことにしている。

軽トラックの荷台には、かなりの荷物が載っているようだった。

石を乗り越える時の重たげな動きや、小枝を轢《ひ》き跳ね上げる音がそれを語っている。

何が載っているんだろう。

善法は、少し離れたところからそっと後を追っていった。舗装されず、あまり手入れもなされていない道は左右から雑草の茂みが張り出しているし、でこぼこしていて車のスピードも出せないことから、追うのは簡単だった。

それに、どうやら終点は近そうだ。

軽トラックは、生垣の切れ目にある粗末な二本の木の柱の間を通り、殺風景な空き地に入っていく。

おや。ここは、入滅寺の裏に当たるのか。

善法は、周囲を注意深く見回した。

離れたところに、大きな黒い瓦屋根が見える。どうやらここも、入滅寺の敷地内らしい。寺全体の敷地はかなり広いようだ。

どこからともなく鴉の群れが現れ、甲高い声でギャアギャアと鳴き、上空を旋回している。

その不吉な鳴き声が気にかかり、空を見上げる。

車が止まった。ばたん、ばたん、と車の両側のドアの開閉する音がし、男たちが降りてくる気配があった。

善法はそっと生垣に近寄り、隙間から中を覗き見る。

そこは、奇妙な空き地だった。ぽっかりと開けた、殺風景な空間。なだらかな窪地になっていて、いちばん低い部分は大きな石が並べてある。

辺りは雑草だらけだったが、そこここに無秩序に小さな地蔵が並んでいた。いや、並んでいるというよりも、ぼこぼこ無造作に生えている、といった趣なのだ。その地蔵も、傾いていたり、欠けていたりと、決して手入れが為されているわけではない。まさに「野ざらし」という言葉がぴったりだった。

見ると、いつのまにか天馬が現れていた。

住職のなりに着替えているため、コンベンションセンターで見た元刑事の面影はかけらもない。もはやこちらが第二の天職であることは間違いないようである。

怪しい男たちと天馬は知り合いのようだった。

天馬は数珠《じゆず》を掛けた手を合わせると一礼した。

男たちも天馬に向かって深々と一礼すると、小走りに軽トラックに向かい、後ろの幌を開けた。一人が中に飛び乗り、重そうな何かを運び出す。

善法は次の瞬間、大きく目を見開いた。

男たちが人間の死体を運びだしたのだ。

動物？　いや、それとも、眠っているのか？

善法は自分の目を疑い、慌てて目を凝らしたが、明らかに彼らが運んでいるのは死体だった。投げ出された腕。虚ろに開いた目。それも、せいぜい半日から一日前に亡くなったものに見える。

死臭が漂ってきたような気がして、思わず鼻を押さえた。

ショックを受けながらも合点がいった。

運んでいたものは死体。あの異様さ、あのマスクはそういうわけか。俺が惹きつけられたのは死体の気配だったわけだ。

いったい誰なのだろう、あれは？

男たちは淡々と死体を天馬の前に並べていった。

四体、五体、六体。

皆、男だ。二十代らしき若者や五十くらいの男もいたが、みな身体はがっちりしていて、病死したとは思えない。

結局、八体の遺体を並べ、男たちは再び天馬に一礼をして車に乗り込むと、もと来た道をゴトゴトと走り、何事もなかったかのように生垣のあいだの門を通って坂を下りていった。

車が去り、遺体を前に念仏を唱えている天馬を見ても、善法はまだ実感が湧かなかった。

ほんとうに、あれは人間の死体なのだろうか。

その時、彼の耳はカチリという音を拾った。

遠く離れたところのほんのかすかな音だが、聞き間違えようのない、ある特定の道具をいじる音だ。宙を切り裂くような殺気。

一瞬にして、全身が目覚める。

反射的に、胸に手をやっていた。

「おい、善法、そんなところに隠れて何やっとる。さっさと入ってこい」

拳銃をつかむのと同時に、天馬に手招きされていた。

殺気も消えた。

「ご存知だったんですか」

善法は拳銃から手を離して溜息をつくと、帽子を軽くあげて中に入っていった。

「まあな。というよりも、警部補が先に気付いただけです」

天馬はくいっと顎を後ろに向けた。

そこには古びた離れのような建物があり、小さな縁側に実邦が腰かけていた。

「えっ」

見ると、彼女はその場所でライフルを構えてこちらを狙っていた。

ぎょっとして目が合った瞬間、射抜かれたような気がした。

「ごめんなさい。つい、反射的に」

実邦は表情を和らげると、すっとライフルを下げた。

銃口を向けられていたことにヒヤリとするのと同時に、彼女の構えがあまりにも自然だったことに善法は感心していた。

どこにも力が入っておらず、ぴたりと静止していた。バイアスロンの代表選手に選ばれるくらいなのだからかなりの腕なのだろうと予想はしていたが、実際に構えたところを目にして、「かなり」どころではないと確信した。

「いえ。こちらこそ、こそこそした真似をして。すみません、遅くなりました」

「心配したわ」

「道が混んでて、全然進まなかったんです。あちこちで検問があって」

「あら、やっぱり主要道路はみんな検問してたのね」

善法は天馬の隣に歩いていくと、一緒に死体の群れを見下ろした。

「これは、いったい――それに、ここはいったい」

のろのろと周囲の景色を見回す。

天馬はそっけなく口を開く。

「平たく言えば、無縁仏を弔うところだ」

「もう少しなんとかすればいいものを」

善法は、苔むして地面にめりこんでいる地蔵に目をやる。

「ええの、これで。お地蔵さんも、誰かが勝手に建てていったものだし。無縁仏は無縁仏だし」

「お寺なのに」

善法はあきれた。

「それより、おまえ、このホトケさんたち、どう思う」

天馬はちらりと足元に並んだ遺体に目をやった。その声は元刑事のものだったので、善法は気持ちを切り替えて一緒に遺体を眺める。

「死因はなんですかね――目立つ外傷はないように思いますが」

善法は、鼻と口を手で覆うとしゃがみこんで死体を観察した。

「顔色が悪い――といっても、顔色のいい死体なんてほとんどお目に掛かったことはありませんが――みな何か所も鬱血《うっけつ》が見られます――なんとなく、どれも同じ死因に思えますね。窒息でしょうか？　でも、絞殺の跡はないですね。かといって、中毒症状も見られないし。この方たちは、同じ場所で見つかったんですか」

天馬を見上げると、彼は左右に首を振る。

「いや。バラバラの場所から運ばれてきた」

「あれ」

善法は、何気なく死体の腕に触れ、その感触に驚きの声を上げた。

「なんだ、これは――まさか、みんな？」

次々に他の死体の手や足にも触れてみて、信じられないという表情で天馬を見上げる。

「ぐずぐずだ。骨がみな砕けている」

天馬は実邦と顔を見合わせた。

二人とも無表情だったが、その一瞬の一瞥で、何か暗い確信を一致させたことが分かった。

「ひょっとして、お二人は死因をご存知なので？」

善法は立ち上がり、二人の顔を交互に見る。

「似たような死体を、入国した日に見たわ。駅のホームで」

「あのクーデター騒ぎの時に？　じゃあ、これは葛城が？」

「いえ。葛城じゃない」

実邦はゆるゆると首を振った。

「けれど、葛城クラス——もしくはそれ以上のクラスの在色者のしわざでしょうね。骨を砕いた箇所が共通しているし、もしかすると同一人物かも」

「たった一人で、この八人、全員を殺したと？」

善法は目を剝いて実邦を見た。

「ええ、たぶん」

実邦はそっけなく頷く。

「恐らく、こいつらは、力自慢のチンピラどもだな」

天馬はポケットを探り、刃の飛び出したアーミーナイフを引っ張りだした。

そのナイフは、奇妙な形にねじれていた——ちょうど、クエスチョン・マークのような形をしている。

「これも、そいつがやったんですか」

善法は天馬を見た。

「ジョークと、怒りと両方からだろう。道具なんぞ使うな、とな」

「それは、つまり」

天馬は疑問を投げかける善法の視線を避けるようにすると、実邦を振り返った。

「誰か、掃除してる奴がおるな」

彼の声は飄々としていたが、彼を見た実邦の目はひどく憂鬱そうだった。

「そのようですね」

渋々認めて、彼女は横たえられた死体を暗い顔で見た。

「世間は広い、と言うべきなんでしょうね。葛城クラスの人間が他にもいるわけですから」

「このホトケさんたちはどうするんです？」

善法が尋ねる。

天馬は自分のほっぺたをぴしゃりと叩いた。

「そりゃ、焼かにゃ。この鬱陶しい季節、そんなに置いとけん。念仏唱えて、遺品整理したら、焼いてもらう。昔はな、この裏に窯《かま》があってな、闇月に出るホトケさんを焼いて茶碗を造っとったらしいぞ」

「はあ？」

あっけらかんとした天馬を、善法はまじまじと見入る。

「嘘じゃない。ほれ、そこにある井戸茶碗」

天馬は、実邦が座っている縁側の後ろにある小さな座敷の違い棚を指差した。

「井戸茶碗って──そもそも、この離れは何の建物ですか」

善法が怪訝そうに座敷を覗きこむ。

「茶室や」

「茶室？　無縁墓地の真ん前に？」

「そや。この場所くらい、一期一会を実感できるところもなかろうが」

「そりゃそうですがね。悪趣味というか、なんというか」

善法は口の中でぶつぶつ言って文句を飲み込んだ。

実邦がその小ぶりな茶碗を手に取り、ふと思いついたように尋ねた。

「この茶碗、銘はあるんですか？」

天馬はそっけなく頷いた。

「空と書いて、ただ、『くう』と」

「『くう』、ですか」

実邦はぼんやりと呟いた。

なんとなく三人は同じところに目をやった。そこにはもの言わぬ死体が並んで横たわっている。

確かに、すべてのものは移り変わり失われる。物体としてそこにいた彼らも、もはや人としてこの世にはいない。既に人ではない彼らの肉体を焼いてできたものが「空」。

この茶碗を残した住職は、相当に皮肉を解する人間だったに違いない。

善法は苦笑を口の中で嚙み殺し、無表情を装った。

「掃除、というのはどういうことですか。在色者がそうでない者を狩っているということですね？」

「まあ、そういうことだ」

天馬が認めた。

「そもそも、闇月に山に入れるのは、在色者だけだった。というか、昔はこの辺は在色者しか棲んどらんかったからな」

「ところで、この件を、警察には？」

おもむろに、善法がその問いを口にした。

天馬と実邦は、冷めた目で善法を見る。

善法も、冷めた目で二人を見返す。

「あほなこと言うな、今は闇月」

天馬があっさりと言った。

「なんのために、若い衆がマスクして、毎朝見回りしてホトケさん連れてきてくれると思っとる。ボランティアだぞ」

「では、このままなんですね。この先も」

善法は念を押すようにきいた。

「それが嫌なら、元々おまえは呼ばれておらんのやから、帰ったらよろし」

天馬が突き放すと、善法は肩をすくめた。

「ただ、確認しただけです」

「ならいい」

天馬は実邦を振り返った。

「今日はもう動かんほうがいい。でも明日は夜が明けたらすぐに出発しないと、明日じゅうに滝のところに辿り着けんぞ」

実邦はこっくりとうなずく。

「ええ。今夜はゆっくり休ませてもらいます」


翌日は、長い一日になりそうだったので、善法は夕食を摂ると茶室の隅で横にならせてもらった。

しかし、いつでもどこでも休息を取れるはずなのに、今日に限っては頭の中に夜明け前からの情景が繰り返し流れ、妙に眠りは浅く、彼は夢を見た。

久しぶりに見る夢だった。

彼は幼く、母と縁側に座って寛いでいる。

穏やかな午後。母は何か針仕事をしていて、善法はスケッチブックにクレヨンで絵を描いていた。母が、時折手を休め、目を細めて善法の描いている絵を覗きこむ。

彼は、冬瓜《とうがん》とカボチャの絵を描いていた。表の畑で採れる、馴染みのものだったので、その題材を選んだのだ。彼は、昔から絵が得意だった。

母は彼の絵を褒め、また針仕事に戻った。

突然、さざなみが聞こえた。海がやってくる。彼はそう思った。

しかし、それは錯覚で、本当のところは、近所の人々が集まってきてひそひそ母の悪口を言っているのが聞こえてくるのだった。

なぜか、母は近隣の人々に疎《うと》まれていた。彼にはその理由が分からなかった。性格は温厚で優しく、物静かで美しい母を見ると、みんながかすかに顔を強張らせ、中には露骨に避ける人もいたのだ。

その理由を聞ける相手はいなかった。父は留守がちでやがて母と別れたし、祖父母や親戚も母子を遠巻きにしていたからだ。

近所の人々のひそひそ話に、彼は敏感だった。それは潮騒に似ていて、心をざわめかし、不穏な波を連れてくるのだ。母子はいつもその波に洗われた。

さざなみは、いつのまにか罵声になり、二人を声高に攻撃する。彼は母の腕の中で震えている。

ここからだ。ここから、いちばん恐ろしい場面になる。

夢の中で、善法は身構えた。ここで夢から覚めたいのに、いつも次の場面がやってくるのはなぜなのだろう。

空が暗くなり、母は恐ろしげに空を見上げ、彼はいよいよ強く母にしがみつく。

天気が悪くなったのではない。何か大きな生き物が空を飛んできたのだ。大きくて、獰猛な、とても恐ろしい生き物が。

身体に強い衝撃があって、何かが潰れたような嫌な音がする。

思わず目をつむってしまった彼は、頭上が明るくなったのに気付いて、恐る恐る目を開ける。どんよりとした空。彼は相変わらず母の腕に抱かれている。しかし、そこに見慣れた美しい母の顔はない。母は、首ごとむしり取られてしまったのだ。

悲鳴を上げようとするが、抱きしめたままの母の腕はほどけない。母の腕の重さが、じわじわと身体にしみこんでいく――

善法は、目を覚ました。

暗い木目の天井。

一瞬、自分がどこにいるのか分からず混乱する。

が、違い棚の黒い茶碗を見てこれまでのことがいっぺんに蘇った。

ふと、肌に静電気のようなものを感じた。

障子の向こうに、かすかに影が動いたような気がしたのだ。

考えるより先に、跳ね起きていた。同時に、枕の下の銃を構える。

静寂。

殺気は感じられなかった。

呼吸を整え、窓の外の気配を探る。

善法は静かに起き上がり、身なりを整えた。すっかり身体は覚醒している。

そっと障子を開けると、俯きながら寺の裏庭を歩いている人影が見えた。

有元警部補だ。彼女も少しは眠ったのだろうか。

実邦はひどく憂鬱そうに見えた。まだ若いのに、時折見せるあの殺伐とした表情はなんだろう。

善法は、実邦に凄味と危うさとを感じていた。ふてぶてしいほどの冷静さと度胸の持ち主なのに、刹那的で破滅的なところもある。投げやりだとか、捨て鉢というのとは異なるが、ちょっと目を離すと、いつのまにかするすると抵抗せずに破滅に引き寄せられていってしまいそうな感じがするのだ。

目を離してはいけない。守らなければならない。そして、お互いの目的を達成しなければならない。

善法は、無縁仏の間をゆらゆらと亡霊のように歩きまわる実邦の姿をじっと見つめていた。


乳白色の霧の中を進んでいくと、すぐにじっとりとシャツが湿ってきた。

歩き始めて身体が上気するのと対照的に、どんどんシャツは冷たくなってゆく。

チリチリ、と素朴な鈴の音が胸元に響く。

霧が出ている。

山あいに発生する霧は、霧というよりも雲のようで、次々と山から里に向かって雪崩《なだ》れ落ちてくるように見える。

実邦は重くなった前髪を掻き上げた。

呼吸をすると、喉の奥まで霧が入ってきて冷たくなる。

「すごい霧だ。視界が全然きかない」

「この道を外れない限り、迷うことはないわ」

すぐ後ろで善法の声がするが、霧のせいかおかしな方向から聞こえてくるように感じる。自分の声も、くぐもってしまって他人の声のように聞こえる。

辺りは静かだ。

絵に描いたような山里。霧に包まれた畑の中に、細い一本道が続いている。

朝早く寺を出た。

天馬が弁当を持たせてくれ、見送ってくれた。幾つか武器をリュックに収め、残りは天馬に運ぶのを頼んだ。この先また世話になることになりそうだ。


生き延びていればの話だが。


ふと、その言葉が冷たい響きで迫ってくる。

ウチと一緒に巡礼ルートをたどるのがいちばん安全なので、遠回りではあるが、滝まではウチで行く。

実邦は自分がすっかり怖気《おじけ》づいているのに気付いていた。

むろん、最初から楽しいピクニックになるはずもないことは承知していたが、改めて自分が飛びこもうとしている遊泳禁止区域がどれほど危険か思い知らされたような気がした。

霧に包まれた山里は、モノクロームで色彩がない。

肌に霧がまとわりつく。

脳裏には、土気色の弛緩した顔が浮かんだままだ。

入滅寺に運びこまれてきた八人の遺体。

寺の裏庭に並べられた死体に触れた時の感触が消えない。骨を砕かれ、くたくたのゴム人形みたいになっていた。

思い出すだけで背筋がぞくりとする。葛城並み。いや、それ以上かもしれない。しかも、相手は明確な意志を持って殺している。一日にあんな死体をいくつも造りだせる人間が、自分たちに優しくしてくれるとは到底考えられない。

天馬は、あの遺体を淡々と焼くのだろう。闇月のあいだ、その作業は毎日続く。彼にあの寺の住職は向いている。自分にはとてもじゃないが、あんな作業はできない。「空」の銘を持つ井戸茶碗のずしりとした感触が手に蘇る。まさか、茶碗まで焼いてはいないだろうが。

「静かなところですね」

善法の声は子供のように無邪気だ。彼の杖の鈴が、彼の声を追うようにチリチリと鳴る。

「ええ。死者が眠るのにふさわしいところだわ」

実邦は、後ろを振り向こうとするとポニーテールの髪が首筋に当たる感触にくすぐったさを覚えた。

ふと、背中に違和感を覚えた。

同時に、善法が周囲を見回すのが分かった。

なんとなく二人で顔を見合わせる。

「何か感じなかった？」

「ええ、ちょっと」

反射的に声を潜める。

思わず腰をかがめ、息を殺していた。善法の手がポケットに伸びるのが分かる。銃を探しているのだ。

辺りはしんと静まりかえって、鳥の声すら聞こえない。

風景全体がまだ眠っていて、重い霧だけがゆっくりとその上を流れていく。

人気はないけれど、この霧だ。誰かがついてきても分からない。茂みや斜面の陰など、隠れるところはいくらでもある。

葛城の顔が浮かび、頬がひきつる。

どこに誰が潜んでいるものか分かったものではない。もしあたしが葛城なら、霧が晴れるまでの間に仕留めたいと考えるだろう。

不意に、霧が恐ろしくなった。自分たちの無防備さも。

チリ、チリ、と鈴の音が前方から重なりあって近づいてくる。

道はゆるやかな坂になっていて、向こうから巡礼者がやってくるようだ。帰り道なのだろう。善法は、かがめていた背筋を伸ばしていた。

霧の中に、小柄な老人と子供らしき影が見えた。

実邦はデジャ・ビュを覚える。この影、どこかで見たような。

そう考えたのは一瞬で、善法に向き直っていた。

「あたしたちの設定については、打ち合わせた通りでね」

「はい、警部補——ではなくて、姉ちゃん」

善法の口調に、一瞬ためらいと恥じらいが混じったので実邦は苦笑した。

「頼んだよ、正治《まさはる》」

そうぞんざいに言うと、今度は善法が苦笑する。

巡礼をするからには、それなりの理由が必要だ。

二人は姉と弟ということにした（実際、驚いたことに善法は実邦よりも年下だった）。しかも、幼い時に両親が離婚して、別々に育ったという設定である。二人が会うのは、せいぜい年に一、二回。今回は、母親の新盆なので母に会いにきた。実際、善法は最近母親を亡くしているので、設定にリアリティが出ると思ったのだ。

善法というのは母親の姓で、実家は大きな寺らしいが、「善き法を正しく治める」とは、これはまたずいぶん立派な名前である。実邦は彼の母親の写真を見て、彼女の人となりの予備知識を仕入れた。優しそうな、とても綺麗な人だった。しかも母一人、子一人で育ったのだから、マザコンになるのは必至である。

「見た目は全く似とらんが、どことなく雰囲気は似とるから、きょうだいで通じるだろ。警察官という共通点はでかいな」

天馬が言った台詞《せりふ》を思い出す。もっと正確に言えば、地獄を見て、自分の手で誰かの命を失わせた経験を持つ者どうしが持つ雰囲気が似ているのだろう。

当初は裏ルートを念頭に置いていたので、森林保安員の制服なども用意していたが、若者の巡礼ということで、装束ではなく、普通の格好にした。Tシャツの上に長袖のシャツ、綿のパンツ、トレッキングシューズに巡礼のシンボルである、土鈴《どれい》の付いた杖。土鈴は伝統的な松ぼっくりの形をしたものだ。

笠を頭にかぶり、白い装束に杖を持った老人と、笠をかぶっただけの子供がゆっくりと歩いてくる。

「かなえー」

「おめもじ、かなえー」

すれ違いざまに、そう低く呟いて会釈を送る。

巡礼者どうしは、巡礼のあいだはこれ以外の言葉を交わさない。視線も合わさず、静かにすれ違う。

「かなえ」は、「おめもじかないますように」が省略されたもので、会いたい人に会えますように、の意味である。

すれ違った時、老人がぴくりと反応したような気がして、実邦はとっさに振り返った。が、老人と子供の小さな背中が遠ざかっていくだけである。その姿は、すぐに霧で掻き消された。

実邦はつかのま彼らを見送っていたが、また正面を向いて歩き出した。

濃密な霧の中の道。

足元に、小さな野仏が浮かび上がってくる。

道沿いに点々と浮かび上がるそれは、巡礼路の徴《しるし》でもあり、見る人が見れば、巡礼者に向けたさまざまなサインも読み取れるという。

「必ずしもお墓があるわけではないんですね」

善法が野仏に目をやりながら尋ねた。

「ないわけでもないわ。でも、巡ること自体が目的の人が圧倒的に多い」

「のようですね」

道の向こうに、笠をかぶった人影が見えた。鈴の音が重なりあって近づいてくる。

巡礼の一団。六十代くらいの女性ばかり、四人いる。

霧はあとからあとから湧き出てきて、いっこうに薄れる気配がない。その中を四人の女性が一列になって進んでくるさまは、雲の中に浮かんでいるようで、この世ならぬ光景に思える。

実邦は、奇妙な浮遊感を覚えた。

もしかして、もう自分は死んでいるのではないか。既にどこかで生と死の境界線を乗り越え、彼岸に足を踏み入れているのではないか。

すれ違いざまに囁く声が繰り返される。それはまるで、霧の中から小さなさざなみが寄せてくるようである。

なんだ、これは。

善法は、奇妙な感覚を味わった。

今朝見た夢の中に引き戻されるような気分になったのだ。

まさか、そんなはずはない。連想しただけだ。今朝の夢の記憶が残っているだけ。

霧の中から、ぽっかりと黒い闇が現れた。

あまりにもだしぬけだったので、思わずぎょっとして立ち止まる。

古いトンネル。トンネルというより、隧道《すいどう》というほうが当たっている。

楕円形のトンネルは誰かがあんぐりと口を開け、入ってくる者を飲み込もうとしているように見えた。

実邦がその中に入っていくのを見てためらったが、善法は後に続いた。

トンネルは、そんなに長くなかった。正面に、ひとまわり小さい楕円形をした、明るい出口が見えている。

善法は、あの囁き声が聞こえなくなったのでホッとした。

やはり、夢の残滓《ざんし》を引きずっていただけなのだ。

突然、実邦が立ち止まった。

その背中にぶつかりそうになって、善法は慌てて足を止める。

「何、あれ」

実邦の呟きが聞こえる。

「え？」

「誰か、来る」

実邦の声の緊迫した響きに、善法は思わず銃を構えていた。

「待って、違うの」

実邦が善法を押しとどめたので、彼は怪訝な面持ちで正面を見る。


白い楕円形の中に、黒い影が見えた。


誰かが走ってくる。

パタパタパタ。澄んだ足音。着物の袖が左右に揺れて浮かんでいる。どうやら、草履《ぞうり》で駆けてくるらしい。

白い楕円の中に浮かんだ黒い影は、人形の影絵のようだった。パタパタパタパタ。

黒い影はどんどん近付いてくる。影になっているが、着物姿の女らしかった。

何を急いでいるのか。どうしてこんなところを走っているのか。

だが、何かがおかしかった。

善法は目を凝らした。

あのシルエットは変だ。だって、あれではまるで。

影が近づいてくる。左右に浮かぶ着物の袖。

「あれは」

次の瞬間、善法は思わず悲鳴を上げ、トンネルの壁に激しく背中を打ちつけていた。

着物を着た女が彼の脇を駆け抜けてゆく。

パタパタと草履の音を弾ませて、通り過ぎてゆく。

しかし、その女には頭がなかった。

首から上がなく、頭のない女が足音を残して走り抜けていった。


「撃たないで！」


実邦の鋭い声にビシッと顔を張られたように感じたのち、彼は走り抜けた女に銃を向けていたことに気付いた。

「落ち着いて！　もういなくなったわ」

実邦の冷たい手が、彼の手を包みこむようにしてしっかり銃を押さえこんでいる。

「だいじょうぶ。あなたに危害を加えるようなモノじゃない」

トンネルの中は、二人以外に誰もいなかった。

左右のトンネルの出口を見ても、人っ子ひとり、影も形もない。

「あ――あ――あれは」

善法は、完全に気が動転していた。

実邦に押さえられた手は汗ばみ、がくがくと震えている。

「――お母ちゃん」

走り抜けていった。すぐそこを。自分のすぐ脇を。駆け抜けた時、あのモノが起こした風まで感じ、着物の輪郭がかすかに光に照らされているところまで見たのだ。

そう。あれは、母だった。

あれは、彼の母親だったのだ。

「落ち着いて。このトンネル、出ましょう」

善法が何か言おうとするのを制して、実邦はさっさと先に立って歩き出した。

善法は口を手の甲で拭い、のろのろと銃をしまうと、実邦のあとを追った。


トンネルを出ると、霧が晴れ始めていた。

空に青空の断片がのぞき、みるみるうちにその領域が広がっていく。

善法は、気味が悪そうに後ろのトンネルを振り返った。

こうして、明るい朝の日差しが降り注ぎ始めた場所で見ると、ただの古ぼけたトンネルに過ぎなかった。

青空を見たとたん、善法は落ち着きを取り戻していた。トンネルの中で感じた、全身が粟立つような恐怖がたちまち全身から抜けていく。

霧が晴れていくと、明るい山里の風景が現れた。粗末な茶屋の屋根が見える。

巡礼者たちが固まって、お茶を淹れ、菓子をつまんでいるのが目に入った。助かった。そんな気がした。

「あたしたちも、お弁当にしましょう」

実邦は近くの木陰に入り、枯れた倒木に腰かけた。

陰は少しずつ色を濃くしていく。霧がどんどん晴れていくのだ。

「暑くなりそうだわ」

実邦は、天馬の作った握り飯を善法に渡し、自分の分にかぶりついた。

善法も、握り飯にかぶりつく。米を飲み込もうとすると、つっかえた。喉がカラカラになっていたのだ。

「――おめもじ、かなったらしいわね。あまり楽しい形じゃなかったようだけど」

実邦がお茶を寄越しながら呟いた。

その冷静な声がありがたく、善法は、今更ながらにさっきのうろたえた自分の姿を思い出して赤面した。

「すみません、銃まで構えて。あれじゃあ、びびってやたらと銃をぶっぱなすチンピラと変わらないですね」

「仕方ないわよ。あれには、あたしもびっくりした」

実邦はゆるゆると首を振った。

「――で、本当に、お母さんだったの？」

善法はこっくりと頷いた。

「はい。あの着物、見覚えがあります。背格好にも」

「でも、首がなかった」

実邦はちらっと善法を見た。

「はい。よく夢に見ます。ああいう姿になってしまった母親の夢を」

「別に、あなたのお母さんは変死だったわけじゃないわよね？」

「ええ。病死です。誰かに首を切られたわけじゃありません。ずっと心臓を患っていたので、ここ数年は入退院を繰り返していました」

「じゃあ、なぜ」

「それが、よく分からないんです。昔から、母が空から飛んできた大きな鳥獣のようなものに首をむしり取られる夢を見ます。ここしばらくは見なかったんですが、実は、今朝、久しぶりに見ました」

実邦は怪訝そうな目で善法を振り返った。

「まさか、あなたのお母さんは」

「はい。在色者でした。私には全く伝わっていませんが――それで、嫁ぎ先ではひどく疎まれていたことを覚えています。離婚といっても、ほとんど離縁されたというのが本当のところで」

善法は口ごもった。

「なんでも、悪い予言ばかりしていたとか」

実邦は善法の横顔を見た。

彼女は息子のこんな未来を知っていたのだろうか、という目つきで。

長い廊下がまっすぐに続いている。

地下ではないはずなのに、窓は一切ない。

照明は低く落としてあり、リノリウムの床がかすかに波打って、白い壁に歪《ゆが》んだ光を反射させている。

無機質だが、どこかうっすらと不吉なものを隠し持っている静寂。

厳格な秩序の支配下にあるものの、拭い切れない酷薄さと残虐さの気配が漂っていて、通る者の気持ちを逆なでする。

白衣を着た職員の後ろを歩きながら、黒塚弦は色の付いた眼鏡の下からじっと周囲を観察していた。

この長い廊下は、隔離病棟の患者をいかにスタッフが恐れているかを示している。

途中、天井に深い切れ目があるのは、「いざという時に」四重にもなるシャッターが下りて、隔離病棟の患者が中から「出てこられない」ようにするためだ。

目立たない照明の脇には、催涙ガスの噴き出し口もある。「いざとなったら」こっそり神経ガスを使い、患者を廃人もしくは死者にすることも可能だろう。

在色者をこのように扱うこと自体既に許されておらず、同じく精神衛生を謳う施設はあっても開放型が常識だ。

だが、ここ途鎖ではそんなことを訴えても聞く耳はない。実際、ここにいる在色者のレベルは半端ではないし、今彼が向かっている病棟は最も高いレベルの患者を「収容」しているエリアなのである。

ぺたぺたというスリッパの音が、なんとも浅薄で不快だが、筆記用具をはじめ、腕時計にネクタイ、靴まで取り上げられたので仕方がない。なんでも、かつてそれらが不幸な事故の原因になったためだという。

彼の後ろには、防護服に近いような格好で武装した警備員までついてくる。

「二人きりで話をさせていただけるんでしょうね」

黒塚は前を行く職員に話しかけた。

職員は、自分が話しかけられたこと――いや、よもやこんなところで自分に話しかけてくる人間がいることなど思いもよらなかったようで、たっぷり一分近く経ってから「何かおっしゃいました？」と振り返る始末だった。

「二人きりで話をさせていただけるんでしょうか」

黒塚はもう一度、ゆっくりと噛んで含めるようにその質問を発した。

無表情な職員は、不思議なものを見るような目で彼を振り返る。

年齢不詳ののっぺりした顔の男は、昔話に出てくる「むじな」を連想させた。もっとも、「むじな」の現物を見たことがあるわけではない。話の印象と、振り向いた男の顔の印象が重なったためだ。

「二人きり？」

男はぼんやりと繰り返した。顔の筋肉はぴくりとも動かず、どんよりした眼にはなんの表情も浮かんでいない。

まるで言葉の通じない国に来たようだ。いや、ある意味、本当に言葉が通じていないのだ。

「はい。患者さんと二人で話したいのですが」

「窓越しに話をすることはできますよ——患者にその気があれば、ですが。病室に入ることはできません」

職員はのろのろと答えた。視線は壁のほうを向いている。

「そうですか。分かりました」

黒塚は短く答えた。

病室に着いてから質問するほうが効率的だろうと気づいたのだ。

窓のない廊下は、少しずつ下がっているような気がした。きっと、なだらかな下り坂がそのまま地下のシェルターのような病棟に続いているのだろう。

天井にもう一枚、シャッターの線が見えたところで、前方に大きな扉が見えた。左右に小さな部屋があり、警備員と職員が詰めている。

先頭を行く職員が管理室に頷いてみせ、少し間を置いてからゆっくりと扉が左右に開き始めた。

水槽？

黒塚は一瞬、自分の目を疑った。

薄暗い病棟の中に、夜の水族館のような光景がうっすらと浮かび上がっていた。

幾つかの窓があって、その中にぼんやりと患者たちの姿が見える。

うずくまる女。ベッドに腰かけている男。部屋の隅で丸まっている子供。

窓は、どうやら各病室の映像を映し出しているようだった。ここは、モニタールームなのに違いない。ゆらゆらした映像が水槽のように見えたのだ。

どの窓も、違った速度で揺れていた。映像がぶれ、波打つように見える。刻一刻と表情を変えていく水面を眺めているようで、ほんの少しの間、眩暈《めまい》を覚えた。

気を取り直し、尋ねる。

「なぜこんなに映像が揺れてるんです？」

「皆さん、そう聞かれるんですがね。詳しい原因は不明です。おそらくは、彼らの発する精神波が影響しているんじゃないかと」

職員は相変わらずボソボソと気のない返事を寄越した。

「屋島風塵の病室は？」

我慢しきれず、黒塚は職員の返事を遮った。

「あれです」

職員は、話を遮られたことにも全く頓着せず、窓のひとつを指差した。

が、その窓は真っ白で何も見えない。

「え？」

黒塚はその窓を覗きこんだ。

真っ白というよりも、細かい白い線がチラチラと走っていて、放送の終わったTVのようだ。

「壊れてるんですか？　このモニター」

「いえ、正常です」

職員はあっさりと否定した。

黒塚はあきれた。

「でも、何も見えないじゃないですか」

「幾ら機材を取り換えてもそうなるんです」

職員は、そこで初めて肩をすくめ、表情らしきものを見せた。

「つまり、屋島風塵がそうしていると？」

「たぶん」

職員はつまらなそうに頷いた。

「病室に行けますか？」

「こちらです」

職員はおもむろに向きを変え、薄暗い廊下を歩き出した。更に下り坂が続くが、やがて平らなところに出た。廊下に、間をおいて革張りの茶色い扉が並んでいる。それは、豪勢な録音スタジオを連想させた。

実際、二つの鍵を使って開いたその扉は分厚い防音の扉で、その向こうに小さなミキシングルームのような部屋があり、分厚い長方形のガラス窓が見えた。おそらく、マジックミラーになっていて、向こう側からは見えないのだろう。

がらんとした白い部屋。かなり広い。

照明はそんなに明るくないが、目が慣れてくると柔らかい。壁が白いので、これでじゅうぶんなのだろう。

床に敷かれた灰色のマットレス。めくられた布団。

灰色のクッション。プラスチックの茶碗や湯飲みが置かれた盆。

数冊の古い本。

しかし、無人だった。誰もいない。

「患者はどこにいるんです？」

黒塚は怪訝そうに職員を見た。

職員は、無表情のまま、顎で上のほうを示した。

「え？」

黒塚は窓に近寄り、天井を見上げる。

そこに黒い影を見て、彼はぎょっとした。思わず、一歩後ずさる。

「あれは？」

「三十七番――屋島風塵ですよ。一日に何時間もああしているんです。丸一日動かずじっとしていることもある」

天井に、老人がひとり座っていた。

黒塚は再び窓に近寄り、しげしげとその奇妙な景色を見た。

天井はかなり高く、窓に顔をくっつけるようにしなければ姿が見えない。

「ずいぶん天井が高いんですね。監視には不便では？」

職員は乾いた笑い声を発した。

「なるべく圧迫感がないようにと、患者の環境を考慮した結果ですよ——天井が低いとね、時々激しい閉所恐怖症に陥る患者がいるんでね」

さかさまの映像を見せられているかのようだ。

文字通り、ぺたりと正座して小柄な老人が「天井に」座っている。これが上下逆の映像だったら、なんの違和感もないのだが、やはりどうみても、重力の法則に反している。ちょうど、コウモリのように天井からぶらさがっている状態なのである。

痩せて縮んだ身体だが、背筋はぴしりと伸びている。

真っ白でもじゃもじゃの髪が頭に張り付いている。目は閉じられ、うつらうつらしているように見える。紺地の色褪《あ》せた着物をまとい、膝の上に手を置いて、日がな夢を見ている、といった風情である。

「眠っているんですか？」

「さあね。そうかもしれません」

「話しかけてみてもらえますか？」

「やってみますが、返事はないと思いますよ」

「お願いします」

職員は投げやりな態度で、机に並んでいるスイッチのひとつを押した。

「屋島風塵さん、屋島風塵さん、お客様がみえています。屋島風塵さん、聞こえますか」

なんとも陰気な声が、白い病室の中に響いた。

こんな声でモーニングコールをされるのはたまったもんじゃないな。

黒塚は思わず苦笑する。

天井に座った老人は、微動だにしない。

そもそも、聞こえているのかいないのかも分からない。マイクの声は、かなりの音量で部屋に響いているようだから、無視しているのか、それとも本当に聞こえていないのか。

「ほらね。ここひと月、全く呼びかけに応じないんです」

職員はそう言って黒塚を見た。

「私が話しかけてみてもいいですか」

「どうぞ」

職員は慇懃な手振りでマイクのスイッチを示す。

黒塚はマイクのスイッチを入れた。

すうっと息を吸い込む。

感慨に似たものが身体の中にこみ上げる。

この男と言葉を交わすのは、いったい何年ぶりになるのか。正直いって、見た目は当時とそれほど変わっていない。子供の頃から、既に「枯れた老人」というイメージがあったからかもしれない。

「屋島先生、おはようございます」

低く、ゆっくりとそう話しかける。

屋島風塵は、黒塚の子供の頃の声しか知らない。まさか、第二次性徴以降の声を聞き分けることはできまい。しかも、思春期に英語やドイツ語の習得に手間を取られてしまったため、日本語のイントネーションが極めてフラットになってしまい、彼の会話から出身地を聞きとることはむつかしいはずだ。

それに、職員の前で、彼の門下生であったことを気取られるのは得策ではない。

「お聞き及びかとは思いますが、私は欧州連合及び国際警察から外務省、法務省、警察庁、そして厚生省を通じてお目にかかる許可をいただいた者です。少しお時間をいただければと思います。思索中のところお邪魔かとは存じますが、よろしいですか？」

黒塚は、語尾に力を込めた。

しばし、反応を見る。

やはり、天井の影は動かない。

膝の上に手が置かれ、目も閉じられたままだ。

「率直に、用件を申し上げます」

黒塚は続けた。

聞いている、という直感があった。このべたべたした職員の悪声をいつも聞かされているのならば、来訪者の声は珍しいはずだ。

「ここ数年、欧州で起きた幾つかの事件について、私たちはあなたに司法取引を申し出たい。手続きはかなり煩雑《はんざつ》になることが予想されますし、話も複雑ですが、もしこの提案が受け入れられたあかつきには、あなたはここを出ることができます」

えっ、と隣で職員が引きつった叫び声を上げるのが分かった。

この慇懃無礼で反応のない男にようやく人間的な声を上げさせたことに、黒塚は少しだけ溜飲を下げた。

彼程度の地位では、むろんこの内容を知らされているはずもない。途鎖の警察も知らないし、入国管理局も知らない。知っているのは政府のごく一部のみ。

「そんな話、聞いてない」

職員がかすかに青ざめた顔で黒塚に詰め寄った。

が、黒塚は無視する。

「いかがでしょう。藪から棒にこんなことを持ちかけられてもお困りでしょうから、もう少し詳しく説明させていただきたいと思うのですが」

馬鹿丁寧に話しかけ続ける。

聞いているはずだ。彼には確信があった。

突然、ヒュッと目の前が暗くなった。

「げっ」

隣の職員が、カエルのような声を上げ、反射的に飛びのいた。

ガラス窓のすぐ向こうに、屋島風塵が立っていた。

うっすらと目を開け、静かにこちらを見ている。呼吸は全く乱れておらず、地蔵のようにその場にいる。

ほんの一瞬で、天井からここまで移動してきたのだ。

黒塚は、思わずひやりとした。

「わわ、わ」

職員はへっぴり腰で窓から離れていく。

全然衰えてなんかいない。

黒塚は感嘆した。

それに、目を見た瞬間に分かった。彼は、ここに立っているのが、かつて彼の下にいた黒塚弦だと承知しているのだ。

黒塚の心に、畏怖と喜悦に似た奇妙な感情がじわじわと染みだしてくる。

向こうからは鏡にしか見えないはずなのに、風塵の小さな青みがかった目は、ぴたりとこちら側の黒塚の顔を見据えていた。

天野《あまの》タミは、急いでいた。

実家のほうの法事の準備が長引いて、藤代《ふじしろ》家に寄るのがすっかり遅くなってしまったのだ。

長年通い慣れた家とはいえ、日が傾いてから無人の家に入るのはあまり気持ちのいいものではなかった。鬱蒼とした庭に囲まれた古い家で、それなりの広さがあるのでなおさらである。物盗りにでも出くわしたらと、いつも気が気ではない。なるべく明るいうちに、大きな音を立てて家を開けに来たということが分かるようにするのが習慣になってしまっている。

いつもどおり静かな住宅街であるが、タミはそこここに不穏な空気を感じていた。

先日途鎖駅のほうで大掛かりな造反行為があったことは、市民のほとんどが漏れ聞いており、相当な死傷者が出たという情報もあった。

造反行為の対象が葛城晃であることも周知の話だ。市民にとって今や入国管理局の制服は恐怖の同義語であり、中でも絶大な権力を握っている葛城晃の名前は、畏怖の象徴を通り越して伝説の色すら帯び始めていた。

タミは、その葛城晃を養子とした藤代家に仕えていることに忸怩《じくじ》たる思いを隠しきれないが、代々藤代家に仕え、多くの親類縁者も藤代家のおかげでたつきを得ていることを思うと、それを大っぴらにし、仕事を放り出すわけにもいかないのだった。

しかし、今朝見た光景を思うと、やはりこの家に入ることが後ろめたい。

あれは見せしめに近い行為だった。

朝早く、凄まじい音を立てて入国管理局のトラックがやってきたと思ったら、降りてきた男たちがいきなり家に押し入り、中のものを運び出し始めたのだ。

近所の人々が寝惚けまなこで出ていくと、叩き起こされた老夫婦がおろおろと家の前で寄り添い、立ち尽くしていた。

造反を起こした入国管理官の捜査で家宅捜索を行う、と若い管理官が声高に叫び、ドカドカと土足で家に押し入り、机の引き出しの中身や、アルバムや、押入の中の段ボール箱などをどんどん運び出していく。

老夫婦は呆然とし、突然の嵐をなすすべもなく眺めていることしかできなかった。それを遠巻きにしている人々も同じである。

見る間に、家はめちゃめちゃになった。入口の引き戸は打ち壊され、玄関口には泥の跡が積み重なっていく。

あらかた荷物が運び出されたあと、老夫婦も連れていかれた。

トラックに乗るよう促された二人は、自分たちは関係がないと必死に訴えていたが、屈強な管理官に囲まれたら逃げようがない。荷物のようにトラックに押し込まれ、恐怖に満ちた目に見送られて、けたたましくトラックは発車した。

トラックが消えたあとも、人々は青ざめた顔を見合わせ、聞いた噂を口にした。

いったん連れていかれたら、息子や娘の造反の証拠を口にするまで帰してもらえないのが暗黙の事実である。

別の町の造反者の家族は、家に帰された時、父親は元の倍近くに腫れ上がった顔に目が完全に埋もれてしまい、眼鏡を掛けることができず、同じく歯のほとんどを折られた妻に手を引かれて戻ってきたという。

また、別の家では、小料理屋を営んでいた家の中に野犬を放され、汚物を撒かれたとか。

タミは人々の後ろに隠れるようにしてそんな話を聞いていたが、誰にも見とがめられないうちに、逃げるようにしてその場を離れたのだった。

実邦お嬢さんは今どこにいるのだろう。

タミは暗い目で考えた。

記憶の中の華奢な娘が、しっかりした美しい大人の女性になって帰ってきたのを見た時は、涙が出るほど嬉しかった。

タミは長年、後悔していた。実邦が、あの日タミがこの家にいなかったことで「裏切られた」と感じたのではないかと思っていたのだ。長年の懸念が払拭されたのには安堵したが、そうすると今度は、いくら仕事とはいえ、彼女がこの途鎖に戻ってきたことが今さらながらに心配になってきた。

早く仕事を終えて、途鎖を出てほしい。ここは、彼女にとって安全ではない。屋島風塵の屋敷に行って、ホテルに戻った時にも電話をくれたが、彼女が途鎖を出るまでは気が気ではない。

ましてや、あの男に見つかりでもしたら。

タミは身震いしながら、藤代家の門をくぐった。

実邦のことで頭がいっぱいだったせいで、一瞬、異状に気付くのが遅れた。

鍵が掛かっているはずの玄関が僅かに開いていることを気にも留めず、いつも通りがらりと大きく引き戸を開けてしまったのだ。

開けた瞬間、ぎょっとして全身が固まった。

玄関に並んだ革靴。

男性のものばかり、四人分。

家の中で、殺気にも似た閃光が走ったのが分かる。

「誰だ!」

タミは、その声の主を瞬時に判断し、頭の中が真っ白になった。慌てて逃げ出そうとしたが、バラバラと中から猟犬のような男たちが駆け出してきて、取り囲まれる。

今朝見た光景が頭の中で蘇り、足がすくんで動けなくなる。

家の奥の暗がりで、何かが動いた。まるで、闇が動きだしたかのように。

静かな足音がして、あの悪夢のような男が闇からぬっと現れた。

こんなに大きな男だったのか。タミは、ぼんやりとその男を見上げた。

「おお、これはこれは。天野さんじゃないですか。お久しぶりです。今日は、こちらには何の御用で」

葛城晃は、静かな声で丁寧に言った。

その声の持つ白々しい響きに、タミはゾッとした。そのことを気取られないように、わざと明るい声を出そうと努めた。

「あらまあ、珍しい。こちらこそ、ご無沙汰しております。いえね、三日に一度は、こちらに寄って風を通しているんです。ほら、誰もいない家は不思議とすぐに傷みますからね。郵便受けも、すぐに満杯になってしまいますんで。お庭も掃除しないと、どんどん草も伸びますし」

「そうですか、それはご苦労様です」

葛城は慇懃に頭を下げた。

タミは、若い管理官をチラッと見回した。

「こちらの方は、お友達で？」

「ええ、そうです」

葛城は、タミの嫌味を真正面から受けると、にっこりと微笑んでみせた。手に持った鍵をこれみよがしにじゃらん、と鳴らしてみせる。

「たまには、自分の家に部下を招待しようと思いまして」

管理官たちはニコリともせずにタミを囲んでいる。

よくもまあ、しゃあしゃあとそんな嘘を。

タミは、顔が熱くなるのを感じた。彼らが、家探しをしていたことは確かだった。廊下の戸棚がどこも開けられているのが見える。

皆が留守なのをいいことに、上がり込むなんて。

「そうですか、お邪魔してしまって申し訳ございません。また明日にでも出直してまいります」

タミはそう言って目礼すると、玄関に身体を向けた。

が、無表情な管理官が立ちふさがる。タミはたじろいだ。

「そうそう、天野さん、ちょうどいいところにいらしたので、ひとつお聞きしたいことがあるんですが、よろしいですか？」

ひんやりとした声が背中に降ってくる。

渋々振り向いた。

「なんでしょうか？　あまりお役にたてるとは——」

「有元実邦がここに来ましたね？」

ねっとりとした声が返事を遮る。

タミはぎくっとした。が、必死に動揺したことを気付かれまいとし、驚きの表情を造ろうと努力する。

「え？　実邦お嬢さんが？　まさか。もう十年以上も見てませんよ。そんなことは先刻ご存知じゃありませんか」

ご冗談を、というように手を振ってみせる。

葛城はうっすらと笑みを浮かべて、タミの顔をじっと見つめていた。

すべてを見透かしているような、見られているだけで落ち着かなくなる目。

ふと、タミは「来ましたか？」ではなく、「来ましたね？」と聞かれたことに気付いた。

まさか、この男、知っているのだろうか？

葛城は、じっとタミを見ていたが、やがて靴を履き始めた。彼が合図したのか、タミを囲んでいた男たちがぞろぞろと外に出ていく。

タミはホッとした。

「お帰りですか?」

「まあね。とりあえず、この家からは」

とりあえず、この家からは。タミは、その意味をつかみかねた。

「じゃあ、あたしは、家の中を見てから出ますんで、鍵は開けておいていただいて結構ですよ」

家に上がろうとするタミの肩を、大きな手がゆっくり、そしてじわりと力を込めて押しとどめた。

タミは動揺して葛城の顔を見る。葛城はにっこりと笑った。

「あなたも一緒にこの家を出るんです」

「え?」

「そして、あなたの家に行きましょう」

「あたしの? どうして」

タミの声はかすれていた。

「久しぶりに、ご近所の人たちにご挨拶をしました」

葛城は平然と、「ご挨拶」に力を込めて言った。

「せっかくご縁があって、こちらの養子にしていただいたというのに、なかなか家に来る機会もなく、すっかりご無沙汰してしまってましたからねえ」

葛城の手に肩を押されて、タミは上り口から地面に押し戻された。

「そうしたら、親切な方が教えてくれたんですよ。何日か前に、あなたが自分の家のほうに、若い娘を連れて歩いて行ったと。それはどうやら、十数年ほど前にこの家にいて、傷害事件を起こして行方をくらませた娘によく似ていたとね」

語尾に怒りが含まれていることに気付き、タミは慌てて叫んだ。

「違います。人違いですよ。道を聞かれたから、教えてあげただけです。その人は、見間違えたんですよ。十年以上も会ってないのに、見分けられますか？　全然知らない人です。仕事でこの辺りに来たって。知人の家を探してるって」

「ほう。誰の家を？」

タミは頭をフル回転させる。

「知らない人でした。結局、その人の勘違いで。その先で別れました」

「なるほど」

葛城は、タミの肩を再びつかみ、玄関の外に有無を言わせず押し出した。玄関の引き戸を閉め、鍵を掛ける。

「さ、まいりましょうか。一度お邪魔したいと思っていたんですよ」

葛城はにこやかに言った。

タミは首を振る。

「本当です。勘違いですよ、誰がそんなことを教えたのか分かりませんが。あんな薄情な娘が、こんなところに戻ってくるもんですか」

葛城はくくっ、と笑った。

「いやあ、あなたは立派ですよ、天野さん。『あんな薄情な娘』にそこまで忠義立てするなんてね」

タミは再び顔がカッと熱くなるのが分かった。嘘を見抜かれていると気付いたからだ。

「ご心配なく。本当か、勘違いかは、あなたの家に行けばすぐに分かります」

葛城は、自分の上着の胸ポケットをぽんと叩いてみせた。

「なにしろ、我々は、市内のホテルから、泊まっていた有元実邦の指紋を採取していますのでねえ――あなたのお宅に行けば、すぐに調べられます。ドアのノブとか、テーブルとか――茶碗とか」

葛城はゆっくりと「茶碗とか」に力を込めた。

タミは頭の中が真っ白になった。

いったい誰が見ていたのか？　誰にも見られていないと思ったのに。きっと、台所でご飯を食べていた時だ。いつも一人でご飯を食べている家から若い娘の声がするのに、誰かが気付いたに違いない。

タミは観念した。

外にいるうちに、騒いでおいたほうがいい。

「――すみません、嘘をつくつもりは」

恐る恐る申し出ると、葛城は鷹揚に手を振る。

「いいんですよ、あなたのせいじゃありません。悪いのはあの薄情な性悪女です。いやはや、まさか、舞い戻ってくるとはね。私も驚きましたが、あなたもさぞかし当惑されたんじゃありませんか」

葛城に顔を覗きこまれ、タミはぐっと詰まった。

「ご協力いただけますよねえ。あの娘には、文書偽造などの容疑が掛かっておるんです。これね、重罪なんですよ。どこに行ったかご存知じゃないですか？」

タミは、今度こそ必死に否定した。

「知りません。本当に、知りません。市内に泊まる、と聞いただけで、どこに泊まるとも聞いてません」

「そうですか」

葛城はゆるゆると頷くと、冷ややかな笑みを浮かべた。

「じゃあ、いったいどこに行ったのか、一緒に考えようじゃありませんか。これから、あなたのお宅でね」


店に入る前に、立ったまま店の前できっちり一本の煙草を吸う。

そして、その煙草をアスファルトに落とし、足でしっかり踏み潰す。この瞬間、何に対してか分からぬ——あるいはこの世のすべてのものに対する——言葉にならない悪態をつく。

闇月のお守りである、扉の白いヒトガタを確認してからドアを開ける。むろん、その煙草は店内の掃除をひととおり終えたあと、最後に回収する。

それが軍勇司の儀式であった。

晴れてはいるものの、一枚ベールをかぶったようで、はっきりしない空である。

飲み屋街というのは、巷でよく言われているように、白日の下で見るとまさに厚化粧《おしろい》を剝がされた年増の肌のごとく無残なものだ。深く刻まれた皺の中に昔日の白粉《おしろい》が残り、周囲の褪せた色を目立たせる。

小さな飲み屋が肩を寄せ合うように集まったこのこぢんまりした路地も、夜のネオンを通してならばなんとか愛らしく宝石箱のように見えるものを、今はささやかな魔法が解けて、無防備な舞台裏を晒している。

どんよりした雨の日など、昼間この路地に入ると陰鬱な気分に襲われる。愛着を覚えているのと同じくらい、うんざりしていることを思い知らされるのだ。正直に打ち明けると、最も憂鬱になるのは晴天の日だ。高く青い空を見ていると、自分が世界から見捨てられた人間のような気がしてきてしまう。

それでも、軍は早い時間に自分の店に来るのが好きだった。店は年中無休で、特定の休日はない。毎日、遅くとも三時には店に来ている。いや、もっと正確に言うと、家にいるのが嫌なのだ。

家は、市内の外れにある、日当たりの悪いワンルームのマンションだ。店からは、ゆっくり歩いても二十分くらいしかかからないので、歩いて通勤している。

がらんとした何もない部屋。かつては、よく半年近く家を留守にしていたので、短期で貸し出していたこともある。今もその名残りで、必要最低限のものしかない。

部屋の中で目立つのは、ほとんどコンテナのような鉄の箱に近い、頑丈で巨大なスーツケースである。傷だらけであちこちへこみ、ベタベタとステッカーが貼ってある。かつて中には自分の生命維持と他人の生命維持を確保するものが納められていたが、今はただの衣類ケースと化している。

家には明け方寝に帰り、起きてシャワーを浴びるだけ。朝昼兼用の飯は、近所の喫茶店で摂る。誰かが置いていった小さなTVがあるもののほとんど見ないし、オーディオもないし、趣味もない。家にいると早く出なければ、という強迫観念に襲われるのだ。もっとも、彼の場合、バーだけでなく、裏の楽屋で秘密の貸し倉庫業を営んでいるため、そちらに常に注意を払わなければならないせいもある。

実は、店の前に捨てた煙草は、自分への戒めでもあった。あちこち開け放して掃除をする時間というのは、一人きりだし周囲に人気もなく、結構無防備な時間帯である。

同業者で、後ろ暗いところのある知り合いが、やはりひとりきりになる掃除の時間を狙われ、殺されたことがあった。常連客が来る深夜まで、カウンターの裏の死体は発見されなかった。

人だかりのしている現場を覗きこんだ時、壁に立てかけられたモップが血を吸って、赤くなっていたのが目に焼き付いている。

いつか自分もああなるのではないか、と彼は思う。掃除中に誰かが店の中に入ってくるのではないか、という恐れが常にある。

だから、店に入る前に簡単な儀式が必要になった。

店の前に始末しなければならない煙草の吸殻がある。そう意識しているだけで、吸殻が店を守ってくれているような気がするのだ。

ドアを開けると、真っ先に猫のギンナンが飛び出してくる。

「オハヨ」と呟き、頭を撫でてやる。彼女はここに棲んでいる。軍も店にいる時間のほうが長いので、トイレと餌さえキチンとしておいてやれば、ここに閉じ込めておいて大丈夫なのだ。

カウンターの脇の水を替えてやり、キャットフードを追加する。どうせ、店を開けたら客のつまみをせがんでかすめとるのだから、キャットフードはよほど空腹でもないと口にしない。

手順よく店内の掃除を進めながらも、幾つかのチェック・ポイントで貸し倉庫に異状がないか確かめる。

今日も大丈夫。今日も変わりない。

そう自分に言い聞かせて一応安堵するが、いっぽうで、いつかこの闇商売がバレて破滅する日が来るであろうことも予感しているのだった。

それは、そう遠くない未来のような気がした。自分が年寄りになるまで生き延びて、店をやっているところがどうしても想像できないのだ。

店の内装も黒、猫も黒、カウンターも黒、服も黒。店の暗がりに溶け込んでいる時が、いちばん心が休まる。

紛争地で外科医として過ごしたと聞くと、皆一様に感心したり、不思議がったりする。そして、誰もが今の稼業への転身について好奇心を覗かせ、戦場でのトラウマについて聞きたがる。

軍にとっては、紛争地も店もあまり変わらない。

弾に当たるのを避け、暗がりに引っこんでいる点では同じだ。

強《し》いていえば、明るい場所は昔から苦手だったが、更に苦手になった。紛争地において、照明というのは、すなわち攻撃の標的だったからである。中には外国からの医療者に露骨な憎悪を向けてくる連中も少なくなかったから、医療関係者ばかりが狙われることも日常茶飯事だった。一日に一人ずつ、三人立て続けに看護師を殺されたこともある。地元の人間から向けられるその凄まじい憎悪に、青くさい使命感など吹き飛ばされそうになることもしばしばだった。使命に燃えてやってきた青年医師が、最初の戦場で文字通り使命感ごと木端微塵《こっぱみじん》に飛ばされてしまった。

夜間は、照明を布で覆い、テントを目張りして、光が漏れるのを防ぐ。もちろん通気性や快適さを犠牲にしているので、凄まじい暑さ、もしくは凄まじい寒さの中で徹夜で手術をした。灯火管制は、今も身体に染み込んでいる。

開店準備を一通り終えると、軍は再び煙草に火を点ける。

だが、あの場所とこの途鎖はどこが違うというのか？

扉に飾られたヒトガタ。

闇月の今、どれだけの死体が山に転がっていることか。

唐突に、ギンナンが、毛を逆立てた。

今日はまだ、店の外で最初に吸った煙草を片づけていないことに気付いた。


誰かが来ている。


軍は身構えた。このあいだの晩のことを思い出す。

みつきがあの不吉な美人を連れてきた時のこと。異様な殺気が店の外に感じられ、やがて消えたこと。魔除けのヒトガタが裂かれていたこと。

どうする。

軍は短い時間、考えた。護身用の武器は、多少は用意してある。その使い方も、善良な市民の平均よりはうまいはずだ。そっと手を伸ばしかける。

が、急に面倒臭くなった。ここで誰かにメッタ刺しにされて終わるのも、それはそれでいいかもしれない。

軍は箒と塵取りを手にすたすたと歩いていき、ドアをパッと開けた。

「あらっ」

そこにいたのは予想外の人物だった。

黒い眼帯が目に入る。

最近、巷でよく聞く名前。

かつての同窓生、葛城晃が、店の前の路地でかがみこんでいた。ただの、がたいのいい青年に見える。

葛城は彼に気付き、無表情にこちらを見た。

軍は、店のドアにもたれかかり、ちっ、ちっ、と舌を鳴らした。

「あんた、何してんのよ、そんなところで」

葛城は、不意を突かれたらしくもごもごと口の中で呟く。

「そこがおまえの店だったのか」

「あらあ、あたしに会いに来てくれたの？」

はしゃいだ声で近づいた軍には目もくれず、葛城は足元を注視していた。

「これは、おまえの吸った吸殻だな」

軍が回収しようとしていた吸殻をつまみ上げる。

先を越された軍は、口を尖らせる。

「そうよ。今片づけようと思ってたとこ」

葛城は、ゆっくりと、しかし隙のない身のこなしで立ちあがった。

「吸殻の投げ捨てはよしたほうがいい」

「わざと残してるの。マーキングってやつ？」

軽口を叩きながらも、軍は目の前に立っている男の迫力に、今さらながらに圧倒されていた。

しばらく見ないうちに、大きくなったわねえ。

親戚の小母さんのような感想に、我ながら苦笑した。

「こっちにちょうだい」

軍は塵取りを差しだす。

葛城は、煙草を指で弾いて塵取りに投げ入れた。

奇妙な気分だった。こんな小さな路地で、こんな中途半端な時間に、塵取りを挟《はさ》んで働き盛りの大の男が二人、向かい合ってるなんて。

ギンナンが、弱々しく鳴いた。葛城が猫に目を留める。

「おまえの猫か？」

「店猫よ。おいで、ギンちゃん」

軍は踵《きびす》を返して店に入った。

「どうぞ、入って」

「いいのか」

「一杯くらい奢るわよ。ところで、あんたの素敵な制服はどうしたの」

いつも制服を見慣れているので、青いシャツとコットンのパンツという姿に一瞬葛城と気付かなかったのだ。

「ああ、これか」

葛城は、自分のシャツを見下ろし、呟いた。

「これしか着替えを持ってなくてな。予想外に汚れてしまって」

何気なく振り向いた軍は、背筋が凍りついた。

葛城の首筋に赤黒い染みが点々と飛んでいるのに気付いたのである。服は着替えても、そちらには気付かなかったのだろう。

返り血。

「誰か殺してきたの？」

軍は笑みを絶やさず、しかしどこか引きつった声で尋ねた。

「いいや。殺してはいない」

さらりと答えた葛城はぼそりと小さく呟いた。

「――『あの年寄りがあんなに多くの血を持っていると誰が想像しただろうか』」

「シェイクスピアね」

葛城は不思議そうに顔を上げる。

「どこかで聞いたことがあると思った」

軍はあきれた。

「あんたって、そのまんま、地でその台詞を使えるほど、悲劇の中を生きてるってことね」

「誉めてるのか？」

「たぶん」

店に入ると、大柄な葛城はいっそう大きく見え、しげしげと珍しそうに店内を見回したあとで、確かめるようにカウンターのスツールに身体を沈めた。

軍は、カウンターの中で彼の正面に立つ。

「なんにする」

「一応職務中なのでね」

「お堅いのねえ」

「ギネスがあれば」

「そうこなくっちゃ」

グラスに黒い液体を注ぎながらも、軍は葛城の表情を探った。

葛城は、こういう店は慣れていないとみえ、しきりに店の中を見ている。

演技なのかもしれない、としばらく見ていたが、それは単純な好奇心に思えた。

本当に、ここに来るのは初めてらしい。となると、こないだの夜、扉の外に来たのは誰だったのだろう。

軍は、内心首をひねっていた。

葛城は一口飲んでから、口を開いた。

「店を持ったとは聞いていたが、こういうところだったのか」

「そうよ。気に入ってもらえた？　今後、ごひいきにね」

軍はしなをつくってお愛想を言った。

「おまえ――本当に、そうなのか」

葛城は、奇妙な間を置いた。

軍はムッとする。

「あんた、自分が捨てた相手に対してずいぶんな口をきくわねえ——忘れたとは言わせないわよ」

かつて彼を狂おしい気分にさせた灰色がかった目が、ひとつだけになったものの、同じ色でそこにある。

葛城は微動だにせず、とりあわない。

「冗談だと思ってた」

「ひどいわねえ。だからもてないのよ」

軍は鼻を鳴らし、それからニヤリと笑うと、カウンターの上に身を乗り出した。

「今からでも遅くないわよ。あんた、凄味が増した分、色気も増したわ。耳たぶでも舐めてあげようか？」

葛城は、無表情にそんな軍を一瞥し、彼の媚態《びたい》を無視すると、ポケットから写真を取り出した。

「人を探してる」

軍はひやりとする。

みつきが連れてきた、あの女。触れれば切れそうな、破滅的な雰囲気があった。まだ若いのに、どんな人生を送ってきたというのか。

この子、タチの悪いストーカーがついてるんだよ。

みつきの声が脳裡に蘇る。

なるほど、あのクールビューティを探しに来たのか。ふうん、ああいうのが好みなんだ。意外に引きずるからねえ、この男は。

心の底に、かすかに嫉妬がくすぶる。

ふん。この店に来たこと、教えてやろうかしら。

が、葛城の差し出した写真を目にしたとたん、そんな考えは消しとんだ。

写真は、あの女ではなかった。

軍は息を呑んだ。


こいつは。


軍の顔色が変わったことを、葛城はもちろん見逃さなかった。

もはや、知人であることは隠しようがない。軍はしばらくくいいるように写真を見つめていたが、率直に尋ねた。

「なんで、こいつの写真をあんたが？　こいつ、なんかしたの？」

「今、しつつある」

葛城の返事も同じく率直である。

「なんであたしがこいつを知ってると思ったの？」

「おまえの経歴は知ってた。こいつの活躍してた場所と重なってたから、かなりの確率で面識があると踏んだ」

そこにあるのは、洒落たスーツを着て、端正な顔をした男の上半身だった。

細面の女顔。都会的な雰囲気。知的で冷静な目。髪の色や肌の色を見るに、欧米人とのハーフのようだ。

「青柳淳一《あおやぎじゅんいち》。そうだな？」

葛城が念を押した。軍は頷く。

「またの名は、ルカスよ。向こうじゃルカスと呼ばれてたわ。母親は日本人だけど、父親はフランス人だから——母親似だったわね。プライベートじゃ、いつも上から下までびしっと決めて、イタリアスーツ着てた。特に、靴には目のない男でねえ。顔が映るくらい、病的に磨いてた」

ルカス。

端正な、すっきりした横顔が目に浮かんだ。

その名は、かなりの皮肉だった。聖人の名前。

「両親は何してる？」

「さあね、そこまでは知らない。父親の兄は確か政治家で、国内では右派の大物よ。いっときは彼を後継者にしようと目論んでたみたい。でも、彼は全くその気がなかったようだけどね」

「どこで見た？」

葛城が僅かに身を乗り出す。

「スーダンとアフガン。他にもチラッとだけなら、何カ国かで」

「医者仲間なのか？」

「違うわ」

軍はゆるゆると首を振り、暗い目で葛城をちらりと見る。

「こいつは傭兵よ。凄いカネ取って、複数のところと契約してた。あたしが見た時は、相当医師団を運営するＮＰＯが雇った警備会社から派遣されてたの。傭兵の世界では、相当有名だったわ」

「らしいな」

葛城も、ある程度調べているらしい。

「こいつは——控え目に言っても、殺人鬼よ」

軍は吐き捨てるように言った。

「傭兵としては一流だけどね。見た目はそんなにマッチョじゃないのに、あの持久力といったら、化け物だったわ。奴の倍くらいある大男だってかなわなかったのよ。アルバイトで賞金稼ぎもやってたみたい。世界一時給の高い男よ」

「しかも、強力なイロを持ってるんだろ？」

葛城が聞きたいのはその点のようだった。

二人の視線が合う。この話題は、かなりのタブーに触れる。在色者どうしでもあまり口にしない、デリケートな部分なのだ。

軍は先に目を逸らした。

「ええ、隠すのはうまかったけどね。こっそりイロを使って敵を倒してた。公然の秘密だけど、フランスには彼みたいなのを集めた部隊があったし」

「奴はどんな手段を得意としていた？」

「聞いた限りでは、窒息と、墜落ね。どちらも戦場では、バレにくい死に方だわ」

「実際に、奴がイロで手を下すところを見たことがあるか？」

軍は首をひねった。

「山岳地方であれば、足を滑らせて落ちることは多いし、戦場でパニックになって過呼吸を起こす新兵はいくらでもいる」

そう答えながらも、軍は頭の中に幾つかの場面が鮮明に蘇るのを感じた――

喉の奥から奇妙な声を出し、首を押さえて倒れ込む兵士たち。

手足をバタバタさせ、地面の上を回るようにのたうつ。

眼球が充血し、やがて飛び出る。顔が赤くなり、次に青くなり、次第に土気色になる。

最初、神経ガスをまかれたのかと思い、医師たちはパニックに陥ったが、そうではなかった。絶命した兵士をどんなに調べても、化学物質の痕跡はなかった――

やはり、あれは、そうだったのだ。あいつが、兵士たちを窒息させたのだ。

軍は戦慄を新たにする。

また、別の場面では、空高く兵士が飛ばされている。

みんな、ぽかんとして空を見上げていた。鳥だと思った者もいたくらいだ。

兵士が空を舞い、飛び上がり、そして谷底へと落ちていった。何が自分の身体に起きたのか、みんな分からないうちに絶命しただろう。もしかすると、既に自分は死んでいて、昇天する最中だと思っていたのかもしれない――

イロを使ってる奴がいる、と疑ったことは覚えている。そうは思ったものの、当時はまだあいつとは結びつけて考えなかった。窒息や転落は、故意に為されたものか見分けにくいし、あまりにも「死」が日常的になり、いちいちその理由を考えなくなっていたからだ。それに、敵が倒されている分には構わない、とどこかで思っていたのだろう。今にしてみれば、どこかが麻痺していた。

畜生、あいつ。

軍は、忘れていた怒りがひしひしとこみあげてくるのを感じた。

あいつ、絶対、味方も殺している。気に食わない人間、彼を批判する人間、彼を崇《あが》めない人間を、それこそ虫ケラみたいに殺したのだ。

あの看護師だって――

「見たのか」

醒めた声に、軍は我に返った。

「はっきりとは見てない。でも、今にして考えると、あいつの仕業だったんじゃないかと思えるのが何度かあったわ」

顔を真っ青にし、舌と目を突き出して、あえぐ男／

腕を振り回し、足で宙を蹴り、地面に身体を打ち付ける／

真っ赤に充血した、震える眼球／唇から溢れ出す泡／

「残酷な奴よ。あいつ、時々、自分の楽しみのためだけに殺してた。味方だって、何人も」

「かなりのイロだな」

「それはもう」

軍は怒りを込めて頷いた。

「瞬時に窒息させたり、身体を宙に浮かせて地面に叩きつけるなんて、聞いたことがないでしょ。今だって、どこかでまさかと思うわ。あんな力を使えるなんて。屈強な看護師の首を絞めるなんて、両手を使っても大変なのに」

葛城は無表情を崩さない。

その顔を見ているうちに、軍はだんだん不安になってきた。自分はこの男を相手に、喋りすぎたのではないか。

いけない。もっと用心しなくては。

軍は声を低めた。

「で、もう一度聞くけど、なんであんたがこいつの写真を？」

「こいつが途鎖に潜入してる」

「え？」

軍は耳を疑った。

「なんで？」

「闇月さ」

軍は絶句した。

葛城は淡々と続ける。

「もちろん、密入国だ。かなり荒っぽいやり方で入ってる。顔を見られた奴は有無を言わせず皆殺し。奴《やっこ》さん、ピレネー越えにも慣れてるらしい。毎年挫折者が多数出るルートで、易々《やすやす》と山に入った」

軍は舌うちした。

「山岳地帯でも一緒に仕事したことがあるわ。マラソンランナー並みの肺の持ち主よ。ヒマラヤだって無酸素で登りかねないわ」

「そいつは素晴らしい。わが国の入国管理官にスカウトしたいな。最近、人手不足だし」

軍はひやりとした。それが、先日の部下の造反のことを指すと気付いたからだ。

葛城は乾いた笑い声を上げた。

「まさか、こいつ」

葛城は頷いた。

「奴も祭りにエントリーしてきたのさ」

「ゼロ・サム・ゲームは得意科目だからね」

「そう。祭りのテーマを聞いて狂喜乱舞してることだろう」

「賞金稼ぎもうまいしね」

「いや、奴の狙いは麻薬のほうだ」

「まさか、わざわざこんなところまで来て？」

「ここ数年、闇月に山から出るクスリの量はうなぎのぼり。そいつを自分の家に持ち帰りたいんだろうさ。もしかすると、自分のルートが欲しいのかもしれない」

「あいつ、また金持ちになっちまうわね」

「ついでに言うと、こいつは日本のＨＰＵを憎悪してる。ヨーロッパでも、ＨＰＵと同じような組織に壊滅的な打撃を与えて問題になったが、奴は尻尾をつかませなかった」

その話は、紛争地でも聞いたことがあった。市場競争が激化し、経済が低迷した結果、ヨーロッパでは過去の亡霊のような極右勢力が現れていた。中でも、その存在が自分たちを脅かすと主張する、過激な在色者排斥主義者が後を絶たない。その逆もしかりで、我々こそが次の人類であり、滅びゆく人類に足をすくわれるなと訴える者たちも、ごく少数であるが存在する。

ルカスがそうだ。彼は、排斥主義者たちを、身の毛もよだつようなやりくちで始末した。それがまた、在色者とそうでない者たちの間に溝を産んだのは言うまでもない。

「去年、ソクは交代したわ」

「ソク」

葛城は繰り返した。その目に、珍しく嫌悪と軽蔑の色が浮かぶ。

「――あいつがソクになるとはな。いったいどんな手を使ったのか」

「まだ若いらしいわね」

その噂は、昨年の闇月の終わりとともに途鎖を駆け巡った。

葛城の目から、表情が消えた。

「そこが狙い目だと思ったんだろう。考えることは同じだ。新しいソクはまだ慣れてない。今のうちに叩けばチャンスはあると思って山に入った馬鹿が今年は大勢いる」

「こいつが、わざわざ途鎖に」

軍はしばらく絶句したが、吐きだすように呟いた。

「こんな狂犬、よく日本に入国できたわね」

あてつけのように葛城を睨みつける。

葛城は、涼しい顔だ。

「入国させたのは日本政府であって、途鎖国じゃない。こいつは、もう傭兵は引退して、今の肩書は世界的なコーヒー豆供給会社の執行役員だ。コーヒー豆ってのはひとにぎりのコングロマリットが流通から価格決定まで押さえてる。奴はそれまでの華麗なる経歴をしっかり活用して、コーヒー豆のルートを逆に使って、確実に紛争地に武器だの麻薬だのを運んでる。平たくいえば、経済界ではＶＩＰなのさ」

「嫌な話」

「下手すると、訪問者たちが皆殺しだ」

「あいつなら、やりかねないわ」

「いっぽうで、日本のＨＰＵが奴を入国させたという噂がある」

「なんですって」

軍は聞き咎めた。

「奴がＨＰＵを嫌ってるのに？」

「それを利用しようとして、日本政府が手を回したのさ。日本政府は途鎖が目の上のたんこぶだからな。闇月の客を根こそぎ始末してくれれば、奴らは自分の手を汚さずに済む。奴は奴で、その思惑を利用して、あえてHPUの助けを借りて途鎖に入ったとか。あくまでも噂だがね。ことの真相は分からないが」

軍は写真をカウンターの上に投げ出した。

「とにかく、今も山では血の雨が降ってるってわけね」

軍は不意に胸騒ぎを覚えた。

あのクールビューティ。まさか山に入ったのでは。

「で、どうするの？」

葛城は、カウンターの上で指を組み、じっと考えこんだ。

「闇月はアンタッチャブル。常識だ」

「野放しってこと？」

「だが、今年は少々問題がある――呼んでもいない客が多すぎる上に、悪いウサギまで入り込んだ。その上こんな奴をのさばらせるわけにはいかない」

葛城は、薄く笑った。

軍は怪訝そうな顔で彼を見た。

「こんな奴って――あんた、こいつを直《じか》に知ってるの？」

「ああ」

葛城は、こともなげに頷いた。

その時、軍の頭にふと何かが浮かんだ。

誰かが言っていなかったっけ――そうよ、このカウンターで。屋島先生の門下生でもない彼が、どこでその能力を磨いたのか。

言ったのはあたしだ。昔、どこかで聞いたことがある――

彼は元々山に住んでいた。山からやってきたのだと――

目の前で、葛城の口が動いている。

そこから聞こえてくる声はこう言っていた。

「俺とこいつは、子供の頃、一緒に山にいたことがあるからな」


男は目を閉じて暗がりの中に座っていた。

風のない静かな夜だ。

それでも、じっと耳を澄ましていると、遠く山を吹きぬける空気の流れが感じられる。

男が座っているのは、古い木造の建物の中だ。八角形のお堂のような形をしていて、やや天井が高い。入口はひとつ。明かり採りの小さな窓が四か所開いているが、月の光もここまでは届かず、四角く切り取られているのは重い漆黒の闇である。

八角形の床の真ん中には簡素な囲炉裏《いろり》が切ってある。

ずいぶん前に煮炊きしたと思しき跡があるが、今は欠けた磁器の皿に乗った一本の蠟燭に火が点《とも》っているだけだ。

男はぴくりとも動かなかったが、腹だけがゆっくりと動いていた。

深い腹式呼吸。

長く糸を引くような呼吸を静かに繰り返しているのだ。

男は白いランニングシャツにトランクスという姿で、背筋を伸ばして仏像のように座っている。外の気温はずいぶん下がっているのに、男はうっすらと汗を掻いていた。

脇には、きちんと綺麗に畳んだシャツとスラックス、上着が並べられている。その隣には、入念に磨かれ、シューキーパーを入れた革靴が揃えて置かれ、その表面がかすかに蠟燭の光を反射して輝いていた。

吸って吐く。昏睡と覚醒。

男の意識は、そんなことを身体の片隅で考えていた。深く眠っている状態と、完全に目覚めている状態は、実は同じである——誰かがそんなことを言っていたっけ。誰の台詞だったろう。

今俺は目を閉じている——瞑想状態に入り、深く潜ろうとしている。

けれど、蠟燭の炎は見える。炎がそこで燃えていることを「本当に」理解しているのだ。

男は薄く眼を開けた。

と、蠟燭の炎の形が風に煽られたように揺れた。

懐かしい。懐かしいこの山の空気。

男はかすかに眉を上げた。

炎は丸く膨らみ、キラキラ輝き出す。

が、男が再び目を閉じると、炎は元の細い形に戻った。

男は再び身体のどこかで考えた。

俺はどこかであの感触を求めているだけなのだ。

ゆらり、と蠟燭の炎が大きく揺れた。

あれに触れた時の感覚。どこまでも落ちていく——どこまでも浮かび上がっていく。

墜落と上昇。そして、心弾む高揚。

俺は歩いている。闇の中を歩いている。

目の前を誰かが歩いている。痩せっぽちで色の浅黒い、灰色っぽい瞳をした少年。迷うことなく、まっすぐに進んでいく。

手に握っているのは何だろう。銀色の——いや、それとも何か重い球体に似たものをぶら下げているようにも見える。

知っている背中なのに、声を掛けられない。誰だろう、かつてよく知っていた背中の気がするのに。

男はいつのまにかゆらゆらと前後に身体を揺らしていた。

それに合わせて、蠟燭の炎も揺れる。

堕《お》ちる。堕ちていく——どこまでも落ちてゆき、どこまでも浮き上がっていく。

その次に空から降ってくるのは、
凄まじいばかりの／殺気。

男はカッと目を見開き、反射的に蠟燭の炎を吹き消した。

小動物のように闇の中で身構え、周囲の気配を探る。

しかし、やはり静かな夜だった。遠いところで弱々しい風が、木々を吹きぬけていくのが聞こえるだけ。

男は目を見開き、辺りを「見た」。

覚醒と昏睡。見えているはずだ。

次に目を閉じて、辺りの存在を「見た」。

誰もいない。だが、あの圧倒的な、凍るような殺気はどこから？

男は静かに座り直すと、もう一度背筋を伸ばし、ふと明かり採りの窓の切り取られた闇を見ながら呟いた。

「――アキラ？」


霧はすっかり晴れて、明るい空が山の上に現れた。

善法は拍子抜けしたように辺りを見回している。

「これじゃあ、ただのピクニックですね――もっとおどろおどろしくて、暴力的なものを想像していたのに」

絵に描いたような山里。

道を行くのは年寄りや女たちが圧倒的に多い。

うねうねとした山あいの一本道を二人は歩く。

「あら、さっきおどろおどろしいものを見たんじゃなくて？」

実邦はちらっと善法を振り返る。

善法は黙りこんだ。

首のない母親がトンネルの中を走りぬけるのを見たはずなのに、この長閑《のどか》な景色を歩いているうちに、夢でも見たような心地になっているのだろう。

「思っていたのとは違ったから」

善法は言い訳のように呟いた。実邦は小さく笑う。

「大部分の人たちは毎年普通にここにやってくる。先祖を弔いに、懐かしい死者に会いに来る。ここにも日常がある。ウチの人たちにとっては、ここは聖地なんだもの」

「ウラとは違うと？」

「物事はなんでもそうでしょ。けものみちと幹線道路は違う。入滅寺で見たものを忘れた？」

骨を砕かれ、窒息した何体もの死体。

善法も真顔になる。あれだけの死体が一日で山から回収されたのだ。

「例えばそこ」

実邦はちらりと視線を道端に向ける。

一本道には、しばしば枝分かれした細い道がある。見過ごしてしまいそうな、申し訳程度の脇道だ。

しかし、その道の先には、縄で縛った石が置いてある。典型的な、禁忌のしるしである。

「あの先は——言わなくても分かるでしょう?」

「立入禁止」

「まともな人はね。あれもそう」

実邦は別のものに視線を向ける。

黒い幟《のぼり》の立った建物。

「あれは?」

「ちょっと待って」

実邦は足を止めた。

「誰かいるわ」

さっき通り過ぎた、縄で縛った石の先。どことなく暗い感じのする、その細い道の先は小さな丘になっており、その向こうは斜面になっているようだった。

その丘を越えて、小さな影がこちらに向かって歩いてくる。

「子供ですね」

善法が目を凝らした。

「何か変」

小さな男の子は、足元が心もとなかった。ふらふらしている。

「怪我してるみたいです」

善法は、さすがに目がいい。男の子はよたよたして今にも倒れそうだ、と思った瞬間、地面の上にぱたりとくずおれた。

実邦はそちらに向かって駆け出した。善法もそれに続く。

二人は、縄に縛られた石を越えた。

ふっと空気が重くなったように思えたのは錯覚だろうか。

「だいじょうぶ？」

二人は男の子に駆け寄った。

力なく地面に倒れている男の子は、虚ろな目で二人を見上げた。

華奢な、小さな子だ。五、六歳だろうか。

利発そうな顔をしているが、顔色は真っ青だ。見ると、こめかみから血を流しているし、足も腫れていた。

「頭、打ってるんじゃないでしょうね」

善法がちらっと実邦を見る。

「脳震盪《のうしんとう》起こしてるかも」

ここにみつきがいれば、と実邦は思ったが、仕方ない。

静かに抱き起こして、膝にもたせかける。

男の子はかすかに瞬きをした。

その瞬間、実邦の頭に何かの映像が浮かんだ。

ぐちゃぐちゃの赤や黄色の色彩が、花火のように飛び散っているフラッシュ。

思わず実邦も瞬きをする。

この子は。


実邦は膝の上の顔を覗きこんだ。この顔、見覚えがある。

列車の中。入国管理官。のけぞる女。割れた窓ガラス。

あの時、頭が痛いと言って泣いていた子だ。祖父と一緒に窓から飛び降りた子。

「知ってるんですか？」

善法が実邦の顔色を見て声を掛けた。

「ええ。来る時、列車の中で一緒だったわ」

「でも、この子、あの奥から来ましたよ――巡礼者ではない？」

「変ね、おじいちゃんと一緒にいたのに」

男の子は、「おじいちゃん」という言葉に反応した。

「おじい――おじい」

見る見るうちに、目から涙が溢れだす。

「どうしたの？　おじいちゃんは？」

実邦にしがみついてわんわん泣き出す。祖父の居場所はともかく、これだけ元気に泣いているところを見ると、頭のほうはだいじょうぶらしい。こめかみの髪を掻きあげてみると、幾つか擦り傷があり、そこから血が流れているようだが、表情はしっかりしている。

「おじいちゃんはどこ？」

「あっち——しらないおじさん」

男の子は、奥に続く道を指差した。

薄暗い森に入る道。あんなところで二人は何をしていたのか。

善法と実邦は顔を見合わせた。

「どうします？」

「とにかく、おじいちゃんを探さなきゃならないようね」

実邦は少年を抱き上げ、その前に善法が立って道を進む。

鬱蒼とした森の中に入ると、急に気温が低くなった。

「なんだか、いかにも『裏』街道って感じですね」

「実際、そうだもの」

少年と祖父は、どこを目指しているのか？　まさか、こんな少年が山頂を目指すなんてはずは。いくらこの子が強い在色者だからとはいえ。

実邦は、しっかりと体重を預けてくる子供の体温を感じながら、じわじわと不安が込み上げてくるのを感じた。

「うっ」

善法が足を止めた。

「なに？」

「乱闘の跡があります」

草と土が乱れていて、血の痕がある。少なからぬ鮮血である。

「こっちに引きずっていった」

善法は土の上の痕跡を観察し、慎重に森の中を進んでいった。手は、いつでも銃を取れるよう腰の辺りに添えたままだ。なるべく、少年の前では拳銃を抜きたくないと思っているのが分かる。

だが、ここから先はアンタッチャブルだ。

いきなり、入滅寺で見た死体のようにならない保証はないし、すぐその道の先に、昨日の死体の製造者が潜んでいるのかもしれない。

「気をつけて」

なんの足しにもならないと分かっていたが、声を掛けずにはいられなかった。

「足跡がある――小さいサイズだな」

善法は地面の痕跡を辛抱強く探していた。

少年は泣き止んでおり、ぴったりと実邦にしがみついて森の中をきょろきょろ見回している。

「おじいちゃんが知らない人に連れていかれたのはここ?」

「はなび」

「え?」

「ひかり」

少年は、実邦の顔を見てそう言った。

この子はどことなく言葉遣いが独特だ。このくらいの歳なら、もっとお喋りなはずだし、脈絡のある文章になっているはずだ。言葉が遅いというのとも違う。独特。

頭の中に、また小さなフラッシュが起きる。何かが瞬くイメージ。火花が散っているような、何かが弾けているような映像。

少年は、目をぱちくりさせ、実邦を見ている。実邦が、彼の送ったイメージを受け取っていることを承知している様子だ。

どうやら、イメージが大きすぎて、それを言葉にする機能が追い付いていないらしい。確かに、この子が見ているあれを言葉にするのは難しい。

「ここで途切れてる」

善法が少し離れたところで呟いた。

実邦も近寄ってみる。

小さな崖になっていて、そこの草が潰れていた。踵《かかと》の足跡が少しだけ残っている。

「落ちたらしい」

覗き込むと、切り立った崖の下の奥に流れが見えた。岩がごろごろしているのが見えるが、それらしい人影はない。

「落ちてないのかもしれないわ」

「ええ。ここで争って、逃れたのかも」

「落ちたのは誰？　この子のおじいさん？」

「分かりません。しかし、困りましたね。この子を連れて巡礼をするわけにはいきませんよ」

善法は実邦の腕の中の少年に目をやった。

「そうね——でも、この子のおじいさんは？」

「もう少し探してみますか」

「子供はどこかで預かってくれると思うけれど、おじいさんがどこに行ったか気になるわ」

「いったん戻ったほうがいいのでは？　子供を連れてこの奥に行くわけには」

善法の申し出はもっともだった。

しかし、この子はここから出てきたのだ。いったいなぜ？　なぜこの子の祖父はこんな危険なところを子供を連れて旅していたのか？

が、その時二人は同時に同じところに視線を向けた。

かすかに頷き合う。

実邦は少年に静かに話しかけた。

「あのね、ちょっとそこのお地蔵さんの陰に隠れててくれる？　お姉ちゃんがいいって言うまで出てきちゃだめ。じっとしてるの。いいわね？」

実邦の声の調子に、男の子もただならぬものを感じたのか、素直に頷く。

実邦はそうっと子供を地面に下ろし、苔むした石像の後ろに入らせた。

善法がもう一度頷いた。

近くに隠れている奴がいる。

それも、五メートルほど離れた木の向こう。草の茂みの、あの後ろに。

実邦と善法は静かに銃を構えた。とても自然な、滑らかな動きで。この瞬間、プロどうしの連帯感が湧く。

二人はそっとその茂みに近づいていく。

罠かもしれない。とんでもない在色者が潜んでいて、獲物が近づいてくるのをにやにやしながら待ち受けているのかもしれない。

二度目はない。一発で仕留めないと。

二人とも同じことを考えていたはずだ。

草が揺れた。

二人は同時に足を止めた。

影が動いた。やはりそこにいた。


「まっ、待って、撃たないでよ」


突然、甲高い声が響いた。

がさがさと草を掻き分けて、若い男が飛び出してきた。

実邦と善法は面くらった。それでも、銃口の焦点は合わせたままだ。

「何も持ってない。武器、持ってないよ」

男は万歳をして大きく手を振った。

「なっ」

善法が絶句した。

男は、ランニングシャツにトランクスという格好だった。足は裸足《はだし》で、あちこち泥だらけ。肩からは血を流している。

「なんでそんな格好してるんだ？」

善法はまじまじと男の格好を見つめた。

「えっ？　その、あそこで寝てたから」

男はもじもじしながら、森の奥のほうにあるお堂に似た建物を指差した。

「寝てた？」

「うん。泊まってもいいんでしょ、あそこなら」

「それは分かるが、なんでそんなとこにそんな格好で？」

「お、襲われたんだ」

「はあ？」

「何度も言わせんなよ、カマ掘られそうになったんだ」

男はカッとしたように蓮っぱな口調で言った。善法はますます面くらう。

「びっくりしたよ、まさかここでそんな目に遭うと思わなかったし、やっとのことで逃げ出したら、真っ暗だったから、そこで足踏み外しちゃって、あいつらがいなくなるまで、ここに隠れてたんだ」

男は不貞腐《ふてくさ》れたように呟いた。

「じゃあ、ここで人が争う音を聞かなかったか？」

男は一瞬言葉に詰まり、目を泳がせた。

「うん。聞いた」

「お年寄りを見なかった？　小柄なおじいさんなんだけど、誰かに連れていかれなかった？」

「なんか、殴る音がしたよ。金目のものを盗ろうとしてたみたいだった」

男は、悪いことをした小学生のように上目づかいで善法と実邦を見た。

「どっちに行った？」

善法は畳みかけるように尋ねる。

「あっち。向こうに引きずっていったみたい。俺、隠れてたからよく見えなかったんだけど、男が二人して、挟むように連れてくのがちらっと見えた」

男は、お堂に似た建物を指差した。

「ね、俺、服取ってくるからさ、お願いだから、一緒に行ってくんない？」

男はおどおどした目で二人に懇願する。

おかしな男だわ。

実邦はあきれた。こんな途鎖の山奥で、こんな能天気な男に出くわすなんて。

「あなた、いったい何しにこんなところに来ているの？」

男はへっぴり腰でひょこひょこ歩き出した。

「すっごい怖いところなんだね、ここ。久しぶりに日本に帰ってきて、スクープとろうと思っただけなのにさ」

実邦は男の子を呼び、手を引いて歩き出した。痛みは感じるらしいが、とりあえず歩けるようだ。

「ほーんと、びっくりしたよ」

男はもう一度、間延びした声で呟き、ちらっと男の子を振り向いた。

薄暗い部屋で、カタカタというキーボードを叩く音が響いている。

天井の高い石造りの部屋は、古色蒼然として、かなりの歳月を経た建物であることが窺える。それでも、どっしりとした机の上のパーソナルコンピューターは最新式のものであり、机の後ろの壁一面の書棚も整然と片付けられており、一切の無駄を省くという部屋の主の性格を主張している。

大きく採ってある窓の外は漆黒の闇で、既に夜も深い。

遠くにネオンの明かりが漁火《いさりび》のように浮かび、その赤い漁火の中に大きな棕櫚《しゅろ》の木の影がシルエットになって、闇の重さを際立たせる。

外のねっとりした闇と窓一枚隔てて、中には乾いた緊張感が漂っていた。

それが、くだけたシャツとパンツ姿ではあっても、軍勇司の店からまっすぐここに戻ってきた隻眼の男のせいであることは間違いなかった。

葛城晃は、集中力を途切れさせることなく、青白い光を放つ画面に無表情に見入っていた。

画面には、次々と老若男女の横顔と正面の顔写真が現れ、データが読み出されていく。葛城は、時折データを止め、何かを打ち込み、更に検索を掛ける。

今動いているソフトは、葛城が独自に開発させたものだ。

ここにAという人物がいる。常識的に言えば、傍から見ただけでは交友関係など分からない。しかし、このソフトはこの人物と接点がある可能性の高い人物を、あらゆる市民の個人データから勝手に洗い出してくるというものなのだ。出身地、出身校、職場、趣味、嗜好、親戚の住所など、むろん違法な手段で集められたデータを分析し、いろいろな意味での共通点や蓋然性を独自に計算し、接点があるかもしれない、あってもおかしくない、可能性の高い人物をリストアップする。

現実には、データの分析結果ほどには接点がなかったりもするが、そのいっぽうで全く思いもよらぬ人物どうしが接点を持っていることが浮かび上がることもあり、葛城は当てにするほどではないが、参考として時折このソフトを起動して「眺めて」いた。

軍勇司から青柳淳一の話を聞き、なぜか居てもたってもいられず、駆け込むようにして自分のオフィスに戻り、久しぶりにこのソフトを立ち上げた。

何に駆り立てられているのかは自分でも分からなかった。

青柳淳一、そして軍勇司を起点として接触のありそうな人物を検索する。

指示を与えたり、ストップを掛けたりしない限り、ソフトは可能性の高い人物から順番にひたすらえんえんと分析した個人のデータを画面に呼び出し続けるのだった。

データを流しっぱなしにしてじっと画面に見入っているうちに、何かに気付いたらしく葛城の眼がわずかに見開かれた。

何度か同じ人物の写真が現れている。

葛城の目が、更に見開かれた。

若い女だ。切れ長の目、表情に乏しい面長の顔。

間違いない。同じ顔だ。この目の光に見覚えがある。さっきから三度、この顔を見ている。ストレートのロングヘア、パーマ、ポニーテールと髪型は異なるが、長い首と耳の形、頬骨のラインは同一人物のもの。

画面を止め、データをじっくりと読む。

女は医師だった。軍勇司と同じ団体に所属したこともあり、彼と一緒に青柳淳一もいた戦地にも赴いている。軍が医師を辞めたあとも、彼女は途鎖市内の医療機関で働いている。

更に検索を続ける。

葛城の肩がぴくっと動いた。

忘れようにも忘れられない顔が画面に現れた。この女医は、葛城がよく知っている女のデータをも引っ張ってきたのだ。

その写真は、彼が見知っていた、高校生の頃の写真のまま更新されていなかった。その顔を一瞥してから、もう一度、さっきの女のデータを画面に呼び出す。

たん、という、葛城の指が強くキーを叩く音が高い天井に響き渡った。

めまぐるしく窓を開き続けていた画面がぴたりと固定され、写真がアップになる。

葛城は更に大きく目を見開き、画面の顔に見入った。

この顔——見覚えがある。画面の中で何度も見たせいではない。しかも、最近のことだ。この長い首のラインを、ごく最近どこかで目にしたことがある。どこで?

葛城はゆっくりとこめかみを揉みながら天井に目をやった。

記憶力には自信があるが、このところめまぐるしく動き回っていることもあり、あまりにも多くの顔が浮かんで、頭の中に霧が掛かったように思い出せない。

もどかしさに口の中で小さく悪態をつき、葛城は席を立った。軍のところで黒ビールを飲んだせいか、歯がべたつくような気がする。お茶でも飲もうかと何気なく窓に目をやった時、暗い窓硝子に、自分の顔が映っていることに気付いた。

何かが彼の動きを止めた。

クルーカットのごつごつした男がじっとこちらを見つめている。

その男のシャツの襟から伸びた太い首の輪郭に目を留めた瞬間、フラッシュのように見覚えのある女の首のラインが頭に蘇った。


そうだ、あいつだ。

たちまち、頭に血が昇るのを感じた。

忘れもしない、煮え湯を呑まされたあの朝。ウサギを巣から狩り出したと思ったのもつかのま、裏を掻かれたことに気付いた瞬間が鮮明に浮かび、屈辱に顔が熱くなる。

あの女、あそこにいた——あの車に乗っていた。

帽子をかぶっていて、ショートカットで——「野菜を売りに来た」と言っていた、葛城の視線を避けるように俯き加減だった女。

葛城は、大きく息を吸い込んだ。呼吸を整えようと、わざとゆっくり深呼吸する。

なるほど、そういうことか。悪いウサギには、古い巣穴の奥に潜り込んでたお友達がいたってわけだ。

葛城はデスクトップの前に手を突くと食い入るように画面を見つめ、その女のデータを頭に刻み込むと、忌々しげにソフトを終了させた。

が、何かを思いついたらしく、再び椅子に腰を下ろすと、じっと暗い画面を見つめている。

唐突に、ズボンのポケットの中の携帯電話が無機質な音を立てた。

葛城は身じろぎもせずに電話を取り出し、名前を確認すると訝しげな表情になり、「俺だ」と低い声で出た。

ボソボソと、聞き取れないほどの手短なやりとりが続く。

が、みるみるうちに葛城の表情は険悪になっていった。

「司法取引だと？　馬鹿な。どうして欧州連合がこんなところに出てくる。そいつは何者だ？　いつ途鎖に入った？」

灰色の瞳が、更に色を失っていく。

「何？　その日は確か――」

言い掛けて、葛城はハッとした。

「いや、なんでもない。そうか。分かった。そいつにも誰か付けろ。どこに行って誰に会っているか、逐一報告しろ。見逃すな」

細々とした指示を与えると、葛城は電話を切り、ゆっくりとデスクトップにもう一度向き直った。

「――ふうん」

葛城は小さく呟くと、もう一度デスクトップの電源を入れ、ソフトが立ち上がるのをじっと待ち始めた。


実邦はなんとか表情を繕おうとしたものの、善法は驚きを――いや、もっと正確に言えば、あきれた顔を隠そうともしなかった。

それでも、実邦は繰り返し自分に尋ねてみないわけにはいかなかった。

ええと、ここは途鎖の山の中で、しかも闇月よね。今は結構緊迫すべき場面よね。

なんとも奇妙な沈黙を破ったのは、二人の沈黙の原因である、今目の前に立っている若い男だった。

「なんだよ、その顔。俺、なんか変なカッコしてる？」

しゃあしゃあとした顔で、善法と実邦を交互に見る。

二人は絶句した。

「――別に、ここでなけりゃ変なカッコじゃないと思うけどさ」

善法は、ため息混じりに呟いた。

男は、自分の服装を見下ろした。

実邦は、自分の頬をつねりたい衝動に駆られる。

目の前の男は、とても闇月の途鎖でお目に掛かれるタイプの人間とは思えなかったのだ。というよりも、この状況ではおよそ正気とは思えなかった。

最初から、麗しい出会いとはいいがたかった。

現れた時はランニングシャツにトランクスという姿で、それはそれで驚いたものの、「服を着てくる」と言って戻ってきた男は、更に二人を驚かせた。

男は、スーツ姿で現れたのだ。それも、吊るしのビジネススーツではなく、明らかに金を掛けた洒落着といういでたちで。

実邦は、雑誌の撮影に立ちあっているスタッフのような気分になった。時折奇をてらい、自然の中にビジネススーツを着たモデルを配置してみたりする、とんがったファッション雑誌のグラビアの撮影。

「俺、キチンとした格好が好きなの。どんな時でも、ビシッと決めてたいし、カジュアルって、大嫌いなわけよ」

男はその場でくるりと回ってみせた。ピンストライプのスーツの裾がふわりと浮く。シャツもステッチが凝っているし、ウイングチップの靴はピカピカに磨いてある。緑がかったネクタイの光沢は、明らかに正絹の高級品である。さすがに、鞄だけはアタッシェ・ケースではなく、丈夫そうな黒いリュックサックだったが、それもアウトドア仕様とは言い難かった。

実邦は眩暈を感じた。

なんなのだ、この男は？　今自分がどんな場所にいるのか分かっているのだろうか？

善法は、苛立ちも隠さなかった。

「もちろんどんな服着るかはあんたの自由だけど、あんた、それでこの山の中、ずっと歩いてきたのか。動きにくいだろう。汗も掻くし」

「そんなことないよ、ちゃんと作ったスーツなら」

男は全く意に介さない。

「一回、オーダーメイドで作ってみるといいよ。身体にぴったり馴染むし、生地を選べばきちんとスーツも呼吸する。これで不自由なんかしてないよ」

「そうか、分かった、次にスーツ買う時にそのアドバイスを思い出すようにするよ」

善法は実邦に目で「行こう」と合図し、歩きだした。

実邦は慌てて声を掛ける。

「この子のおじいさん、どうする？」

実邦にしがみついている少年をそっと見ると、彼は無表情にスーツ姿の男を眺めている。

その視線に気付いたのか、男は笑みを浮かべて少年に向かってかがみこんだ。

「なっ、お兄ちゃん、イケてるだろ？」


突然、風が吹いた。


「えっ」

実邦は思わず少年の肩をつかむ。

それは、奇妙な風だった。

熱を帯びた風が、まるで地面から空中に放たれたように、実邦や男の髪を揺らしたのだ。

実邦は、男の髪が一瞬逆立ち、スーツの襟が浮き上がるのを見た。

しかし、それはほんの一瞬で、すぐに風は消えた。

誰もが動きを止めていた。

男はあっけに取られ、善法は目を見開き、実邦は青ざめて少年の顔を覗き込む。

が、少年の表情に変化はなかった。目の前の男から興味を失ったかのように、周りをきょろきょろと見回している。

三人の大人たちは互いの表情を窺い、今起きたことを話題にするのを本能的に避けていた。

「少し探してみましょう。でも、深入りは禁物だし、この子を連れてこんなところをうろうろしてるのは危険だ。早く街道筋に戻ってどこかに預けたほうがいい」

「それはそうだけど」

実邦は口ごもった。

これからすることを考えると、善法の意見はもっともだったし、そうすべきであると頭では理解していた。しかし、入国する時から居合わせただけに、あの老人の行方も気にかかる。なんとなくこの子には因縁を感じるのだ。

少年は、善法と実邦が自分のことについて話しているのを気付いているのかいないのか、ぼんやりと周囲に目をやっている。さっき、祖父の消息について話題になった時は泣き出したが、疲れているのか、感情が弛緩しているようだ。もしかして具合が悪いのならば要注意だが、出血も止まっているし、視線もしっかりしており、特に異状は見られない。

「ねえねえ、おたくら、どういう関係？　恋人どうしにしちゃあよそよそしいね」

ズケズケと男が話に割り込んでくる。

善法は迷惑そうに男を振り向いた。

「そういうあんたは誰だ？　何しにこんなところに来てる？」

「おおっと、そういや名乗ってないじゃん、俺ってば」

男は自分の額をぴしゃりと叩くと、胸をあちこち叩き始めた。どうやら、名刺を探しているらしい。

名刺。途鎖の山奥で、名刺交換。

実邦はまたもや眩暈がした。笑いだしたいような心地すらする。

「チェッ、持ってないや。あんまり名乗る機会を想像してなかったもんだから」

男は呟いた。その機会を想像されていても困る。

「俺、ジュン。ジュンって呼んでよ。大体どこに行ってもそう呼ばれてるから」

更に驚いたことに、男は善法に向かって右手を差し出した。握手しようというつもりらしい。

善法は、不思議なものでも見るように男の手をまじまじと見た。

「あれえ、しないの、握手。まあ、ニッポンだもんね、ここ」

ジュンはあっさりと手を引っ込める。

「外国籍なのか。よく入国できたな」

善法は胡散臭《うさんくさ》そうに男を見た。

実邦は別のことが気に掛かっている。

「ねえ、さっき、スクープとかなんとか言ってたけど、あなた、ジャーナリストなの?」

ジュンは肩をすくめ、ちろりと舌を出した。

「あれ、よく覚えてたね。そう、一応、ジャーナリストのはしくれ。A通信の記者やってます。潜入ルポってやつかな」

潜入ルポ。

善法と実邦は思わず顔を見合わせた。

この男が使うと、デパートに買い物に行くという程度のニュアンスにしか感じられないのが不思議だ。

「で、二人は誰？」

男は目を見開き、再び二人の顔を交互に見る。答えさせずにおかない、という奇妙な迫力だけはジャーナリストっぽい。

「俺たちは、きょうだいだよ」

「えーっ。見えないなあ。なんでそんなによそよそしいわけ」

「両親が離婚して別々に育てられてたんだ。母親が死んだんで、会うのも久しぶりだよ。母親の供養で山に入った」

善法は淡々と答えた。

打ち合わせ通りの答えで、なかなか自然である。

「へーえ。いいなあ、こんな綺麗なお姉さんで。俺もこういう女きょうだい、欲しかったなあ」

ジュンはじろじろと実邦の顔を見る。

実邦はなんとなくその視線を避けた。誰かにここで顔を覚えられるのは得策ではない。

「この子のおじいさんを連れていった奴らは、確かに向こうの道を行ったんだな？」

善法は取り合わず、ジュンに念を押した。

彼の話では、二人組の男が老人をお堂に似た建物の向こうに続く山道に引きずっていったという話だった。

「うん。それは確かだよ。もう随分時間が経っちゃってるけど」

ジュンは小声になると真顔で頷き、少し後ろめたそうな顔になった。それを阻止できなかったことを内心恥じているらしい。

「潜入ルポだかなんだか知らないけど、命が惜しいんなら、向こうの巡礼路を行ったほうがいい。途鎖の霊場の神秘を取材したいんだろ？　きっと、いい話が聞けるよ」

善法は、実邦と一緒に辿ってきた道をスッと指さした。穏やかな口調であるが、彼とここで別れたい、というサインである。

ジュンは足を止め、上目遣いにじっと善法を見、それから実邦を見た。そして、最後にチラッと実邦の隣の少年にも目をやった。

ほんの短い、わずかな時間である。

しかし、実邦はなぜかその瞬間、ゾッとした。


今、ジュンは嗤《わら》った。


少年を一瞥した刹那、奇妙な笑みを浮かべたように見えたのだ。

何なの、この男？

実邦は肌寒さを拭い切れず、奇妙な若い男を観察した。

が、その男は実邦を見てニッコリと笑った。

内心、ひやりとする。

男はゆっくりと左右に首を振った。

「ううん、俺、しばらくおたくらについていきたいな」

「えっ」

善法が、今度こそ面くらったように大声を上げた。

ジュンは悠然とした表情で善法を見る。

「ダメ？」

「そんな、ダメとは言わないけど」

善法も口ごもる。

「だって、歳も近いし、いろいろ教えてもらいたいことがあるんだもの。それに、ちょっとは責任も感じてるし、俺もその子のおじいちゃんを探すの、手伝うよ。大人二人よりも三人のほうが頼りになるんじゃない？」

ジュンはきっぱりとそう言うと、少年に向かって「手をつなごう」とするように手を差し出した。

「ね」

ジュンは、改めて笑顔を造ると、少年の前に更に手を差し出す。

「ええと」

実邦はどう反応したらよいのか分からず、少年の顔を見た。

彼は、無表情に足元の地面を見つめているだけである。

その瀕死の女性が運び込まれてきたのは、もう夜も更けてからのことだった。

夜間の救急搬入口のほうが騒然とした空気に包まれたので、当直だった須藤みつきは顔を上げた。さっき一報があった患者だろう。重傷を負った六十代の女性を連れていく、という連絡は受けていたものの、どういう状況で怪我をしたのかは知らされていなかった。

既に身体に染み付いた、すっかり馴染みの殺気立った空気の廊下に出てみると、異様な雰囲気の中、血まみれの塊のようなものが運ばれてきた。連れてきた消防隊員も顔をひきつらせているのが分かる。

「顔面打撲、右上腕、左大腿骨骨折、たぶん肋骨も折れてます」

それは恐らく正確な情報なのであろうが、毛布の陰から覗いている顔は打撲などという生やさしいものではなかった。照明を落とした廊下でも、その惨状は明らかで、熟れすぎたベリー系の果実のごとく赤黒く膨れ上がり、恐らく、今の状態では家族が見ても誰だか分かるまい。みつきも看護師も絶句する。

「右目の上の出血がひどい。発見が遅れたせいでかなり失血しています」

「早く運んで」

みつきは一目見た瞬間から分かっていた。

リンチだ。

最近、こういう状態の人間をしばしば見る。他のスタッフも薄々気付いているだろう。こういう痛め付け方をする連中は、この辺りでは一種類しかいない。

入国管理官。中でも、あの男――

「この人は誰？　病歴とか分かる？」

ストレッチャーの音に負けないように声を張り上げる。

消防隊員も負けじと声を上げた。

「沓掛町三の三、天野タミ六十五歳。近所の人の話では、至って健康で通院歴もないとか」

ふと、既視感を覚える。

天野タミ。最近、どこかでこの名前を聞かなかっただろうか。

「おりょ――おり――」

どこからか、ひゅうひゅうという奇妙な音が聞こえてきた。

見ると、赤黒い塊の中に隙間が見えて、それがかすかに動いている。それが、口だと気づいてみつきはギョッとした。

「何？　何が言いたいの？」

みつきは耳を近づけ、声を聞き取ろうとするが、喉の奥でゴボッという不気味なくぐもった音が聞こえただけだった。まずい。どうやら、喉も潰れているようだ。このままでは、腫れて塞がった気道に血が逆流して窒息しかねない。

「気道切開するよ。輸血も。血液型調べて」

たちまち処置室は戦場と化し、文字通り、血と怒号が飛び交い始めた。

須藤みつきが、その名前をどこで聞いたのか思い出したのは、それから三時間後、タミが息を引き取ったあとでだった。


午前五時を回って、うっすらと外が明るくなってきた。

みつきは暗い廊下で煙草を吸っている。じき、勤務時間が明ける。昨夜は天野タミを最後に、ピタリと急患が止まった。彼女にかかりきりになったものの、結局助けることはできなかった。

これもまた、馴染みの無力感。こうして気持ちを切り替え、引きずらないようにするのも馴染みの習慣である。

しかし、みつきの表情は険しかった。

天野タミの家族にはとうとう連絡が取れなかった。二人の息子夫婦は東京と札幌に住んでいるらしく、自宅で倒れているところを発見した近所の人に連絡を頼んであるが、まだ返事がない。

明らかな変死であるため、検死に回されることになるが、一目で入国管理官の仕業と分かる遺体に対して、警察がどういう態度に出るかは微妙である。両者が犬猿の仲であるのは周知の事実だが、互いに勢力を張りあい、牽制しあい、庶民には分からぬ複雑な政治的駆け引きがあるので、あの可哀想な老女の死がどちらかの駆け引きの道具になるのか、それとも闇に葬り去られるのかは全く予想できない。

あの、喉を潰され目も見えない老女の口から漏れていたひゅうひゅうという音が頭から離れない。あの時、彼女はひょっとして、「おじょうさん」と言おうとしていたのではないか、とみつきは思い当たった。

実邦と接触した後にあんな目に遭わされたのだとすれば、その相手は葛城晃しか考えられない。

みつきは暗澹《あんたん》たる心地になった。

なんという執拗な男だろう。実邦に対するあの執着ぶりは異常だ。実邦は詳しくは語らないが、彼女が世話になっていた藤代家の長男の友人だった葛城は、一方的に彼女に横恋慕し、藤代家も彼の将来性を買って、いわば彼女を葛城に売ろうとしたのがあの家から逃げ出すきっかけになったらしい。それを根に持っている上に、まだ彼女に未練があるのだろう。

あいつは、実邦に接触した人間に次々と当たっている。

早晩、あたしのことも見つけだすだろう。

肩のあたりがぞくりとした。

野菜販売所で挑発なんかしなければよかった。まさか、あの時協力してくれた彼にまで危害は加えないでしょうね？

どす黒い不安がこみ上げてくる。

それにしても、実邦はいったいどんなヤバいものを背負いこんでいるというのか。夫に復讐しに行くと言っていたのは、本当のことなのか。結婚したのも離婚したのも知らなかったのに。あたしが知っていたのは警官になったということと、バイアスロンの選手もしていたということだけ。ずっと弓道部で一緒で、昔から確かに彼女の腕はよかったが、それだって、高校時代の華奢でおとなしいイメージしかなかったので、ずいぶん驚かされたものだ。

みつきはゆっくりと煙草を灰皿に押し付けた。

ナースセンターで患者の状態の申し送りをして、みつきは病院を出た。いわゆる拠点病院と呼ばれる、町の総合病院だ。忙しさはハンパではないが、彼女には合っていた。

静かだ。透き通る空の底に、まだ眠っている街が沈んでいる。

まだ新聞配達も始まらない、この静まり返った短い時間が好きだった。不思議な風景。空は白いのに、街の部分は紗が掛かったように暗い。

みつきは街の影に身を沈めるように家路に向かった。バスで十分ほどのところにマンションを借りている。むろん、この時間にバスはないので、夜勤明けはガス抜きにのんびり歩いて帰るのが気分転換の時間だった。

恐ろしいほど静かだ。履き込んだスニーカーは、足音がほとんどしない。

背後に、パタ、という音を聞いた。

素早く身体が反応する。

が、平静を装って歩き続けた。足を速めたら、気付いたことがバレてしまう。

背中がひりひりする。尾けられている。確かだ。

頭の中に、真っ赤に腫れ上がった老女の顔が浮かぶ。

まさか、あいつでは。

全身がひやりとした。

こんなに早くあたしまで辿りつくとは。やっぱり、とんでもない男だ。

思わず駆け出したくなるのを我慢する。

頭の中で、めまぐるしく検討する。

どうする。どう逃げる。あいつはハンパじゃない在色者。本気になられたら、あたしなんかじゃ太刀打ちできない。民家にでも駆け込むか？　いや、あいつはその家の人間を平気で巻き添えにするだろう。かといって、この時間じゃ大勢の人間がいるところはない。街は眠っている。まだ起きてはいない。

あまり時間がないことは確かだった。

不意を突くか。向こうはまだあたしが気付いたことを知らないはず。その一瞬ならば、あたしにもチャンスがあるかもしれない。

背中が焼けつくように感じられる。

やるならすぐに。あまり引っ張っても不意を突く意味がない。

さりげなく振り向こうとした時、

「待った」

すぐ耳元で醒めきった声がした。

びくっとして振り向いたみつきは、誰もいないのかと思った。

そこには、白い空の下に沈み込む影の街が広がっているだけだったからだ。

が、その影の一部が動いて、一人の男の姿になった。

予想していた隻眼の男ではなかったので、みつきは拍子抜けするのと同時に、安堵のあまり、どっと全身に冷や汗が噴き出た。

しかし、その男が前に進み出てきた時、みつきは再び警戒心を露《あらわ》にした。

軍勇司の店で会った男。実邦が不審がっていた男。

「あんた、見たことがあるわね」

「お友達の店でね」

黒塚弦はあっさり認めた。

「でも、あの時とは随分違うじゃないの」

「有元実邦は思い出してくれたよ。ま、無理もない。俺が屋島先生の下にいたのは短い期間だったしね」

「あんたも門下生だったの？」

みつきは警戒心を緩めなかった。彼が嘘を言っている可能性もある。

「とにかく、偶然ここにいるわけではなさそうね。何か用？」

「屋島先生の家に連れていってほしい」

黒塚は単刀直入に言った。

「なんですって？」

みつきは耳を疑った。

「昨日、屋島先生にお会いした」

「え」

みつきは絶句する。

「お元気だった。詳しくは説明してくださらなかったが、ご自分の意志であそこに入ってるのは確かだ」

「そうなの」

思わず反応してしまう。これまで屋島風塵に会った人間の話を聞いたことがなかったし、ずっと面会謝絶と聞かされていたのだ。それだけに、なぜこんな若い男が会えたのかという当然の疑問が湧く。

みつきは疑惑の念を剝き出しにして尋ねる。

「どうしてあんたは会えたわけ？」

「いわゆる超法規的手段というやつだな」

黒塚はそっけない。

「急いでるんだ。道々話すから、案内を頼む」

「夜勤明けの医師をこき使う気？」

「そっちに車を置いてある」

黒塚はみつきの文句には耳を貸さず、くるりと背を向けてすたすたと歩き出した。

無人の住宅街に溶け込むようにひっそりレンタカーが置いてある。

二人は無言で乗り込み、バタン、バタン、という車のドアの音が夜明けの街に響き渡った。

「車のドアの音って、結構他人の記憶に残るから嫌だな」

黒塚が独りごちた。

「そうね。大体殺人事件の証言だと、近くに怪しい車がいたってことになるから」

黒塚は恨めしそうにみつきをチラッと見た。

「君といい、有元実邦といい、人を思いっきり胡散臭げな眼で見るのはやめてくれないかな」

「そう思われるようなことをするからよ」

「返事まで同じだ」

「先の大通りまで出て」

車は滑るように走り出す。

白い空と沈んだ街の境目を縫うようにして、広い道に出る。

「この先、十七号線との合流地点まで道なりに」

「ＯＫ」

大通りでも、まだ車は少なかった。

「君が医師で、在色者ならば、均質化手術には二種類あるのを知ってるね？」

黒塚は当たり前のことのように切り出した。

バックミラーの中のみつきの目が鋭くなり、一瞬黒塚に目をやる。

「ええ。アッパー系とダウナー系でしょ」

「なるほど、君らはそう呼んでるんだ」

「日本ではダウナー系がそうだと思われてるわ。ヨーロッパでは、最近はむしろアッパー系のほうを指すようね」

「その通り。僕はヨーロッパでアッパー系の手術を受けた」

「へえ」

みつきの目に職業的な好奇心が覗く。

「脳手術なんでしょう？　どの程度のレベルの手術なの？」

黒塚の表情は、みつきの好奇心を撥ねのけるかのように無表情だ。

「手術そのものは簡単だ。扁桃体に発生する電気信号を安定させるように有機チップを埋める」

「扁桃体に？」

人間の脳の中の、文字通りアーモンドのような形をした器官。

「在色者の扁桃体が異様に発達してるのは知ってるだろう」

「ええ、個人差は大きいけどね」

「幼児期に極端に周囲とのコミュニケーションが乏しかったりすると、ここが活動しなくなり知覚や情緒に障害が出ることは昔から知られていた。レオナルド・ダ＝ヴィンチが、通常は知覚の発達段階の子供の筆記にしか現れない鏡文字を一生涯描いていたのは、そのせいだとも言われている。子供の在色者はここの発達のムラに苦しめられる。電気信号の量をコントロールできないからだ」

「潜在能力の高い子ほど苦しむ。あまりにムラがひどくて、自殺を図る子もいるわ」

みつきは自分の幼年時代を思い出して思わず顔をしかめた。みつきもその一人だった。自殺しようとしたという自覚はなかったが、ひたすら自分の頭から逃げようと試みた。

彼女は、自分の頭の中の、自分でも何を考えているのか分からない意識から逃げ出そうとして、頭を何度も鉄の柱に打ち付けたのである。二十針縫う大怪我だった。

あの頃の、自分が自分でないような、制御不能の化け物になってしまったかのような恐怖は今でもたまに夢で見る。

黒塚はその表情を盗み見ると、淡々と続けた。

「だから、常時同じ量を保てるよう、高いほうに電気信号を均《なら》すのさ」

「それって危険じゃない？　ずっとハイテンションでいるわけでしょ」

「もちろん。中途半端な在色者にはできない手術だ。扁桃体が相当に発達した在色者でないと」

「かなり楽になると聞いたわ。そうなの？」

「まあね」

黒塚は無表情に答えた。

「ただ、この手術が始まってまだ二十年あまり。有機チップが限りなく生物に近いとしても、今後何らかの副作用が出ないかどうかは誰にも分からない」

「何か副作用の症例の報告が？」

「まだ噂の域でしかないが、聞いたことはある」

「どんな？」

「幽霊を見るらしい」

「幽霊ですって？」

みつきはあきれた声を出した。

「それって何かのたとえなの？　幻覚症状が出るってことかしら。それとも、精神的な不安に陥るとか」

黒塚は運転しながらも肩をすくめた。

「分からん。でも、奇妙な話だが、皆同じ幽霊を見るという噂だ」

「同じ幽霊って、同じ人物って意味？」

「さあ。漠然とした噂だからな」

みつきはふと、この男もその「幽霊」を見ているのではないかという気がした。

それが果たしてどんなものなのかは分からないが、その体験がかなりおぞましい体験であろうことはなんとなく想像できた。なにしろ、実体のない、彼だけが見ている「幽霊」なのだ。

「ダウナーなほうの均質化手術が流行った頃、屋島先生とは別のグループが別のやり方で在色者の子供たちを指導しようとしたのは知ってる？」

黒塚は前を向いたまま尋ねた。

「別のグループ？　いいえ、知らないわ」

「子供を山に連れて行ったグループがあったんだ。神山というマニアックな研究者が指導していた。山の力を借りるというやつだな」

「山に」

山から降りてきた。

みつきは勇司の言葉を思い出す。葛城晃のことだ。山から降りてきたから、最初からイロが強くて反動もなかった。そう言っていたのではなかったか。

「そういえば、山から降りてきたという在色者の話を聞いたことがあるわ。あの葛城晃もそうだったって」

「葛城晃か」

黒塚は顔をしかめた。

「あら、あんたも知ってるの」

「あいつはことごとく仕事の邪魔をする」

「バイタリティがある男なのは確かかね」

みつきは、実邦の面倒を見てくれていた女性が昨夜、恐らくは葛城晃に殺されたことを言おうかどうか迷ったが、やめた。これまでの話はすべてこの男の自己申告で、一部、あるいは全部が偽りかもしれないのだ。

「でも、確かにあいつのイロは凄いわ。安定してるし、力も凄い。反動がある様子もない。それでいうなら、山に入ったグループのほうが正しかったと言えるんじゃなくて?」

「そこが問題なんだ」

黒塚は複雑な表情で頷いた。

「竹やぶって、元はひとつの細胞だって知ってる?」

みつきは目をぱちくりさせた。

「何よ、藪から棒に。知らないわ」

なぜ竹やぶが出てくるのか。

黒塚は前を見たまま続けた。

「竹の成長が早いのは知ってるだろ? なのに、花が咲くのは、一説には百年に一度だ。じゃあ、どうして増える? 竹はひとつの細胞をどんどん増やして、いわばクローンを造りながら増えていく。放っておけば、数年で竹山の山ひとつがひとつの細胞でできてるやぶになっちまうことも珍しくない」

「へえ、知らなかった」

「屋島先生は、あの山にはそれに似た、何かひとつの大きな磁場みたいなものがあるんじゃないかと言っておられた。ま、転地療養みたいなものだ。そいつの影響下で生活すると、確かに『無理なく』力は安定し、増幅される」

「そのようね」

通常、在色者は「反動」を恐れる。その苦しさを知っていることがイロを使うことへの大きな抑止力になっているのだ。しかし、反動がないとすれば、イロを使いたいという欲望は抑えがたいだろうし、実際その威力は葛城を見れば明らかだ。

「しかし、マズいのは、途鎖の山のその場所は、イロを安定させるのと同時に、影響者の嗜虐性《しぎゃくせい》を増幅するということなんだ」

「嗜虐性？」

「そう。もっと正確に言えば、他人を暴力で支配したい、殺したい、という欲望を強め、そのことに対する心理的な垣根を低くする傾向がある」

「まさか」

みつきは思わず黒塚の顔を見た。

黒塚は小さく鼻を鳴らす。

「僕たちの前に立派な見本があるだろ？」

「まあ、あの男は確かにそうだけど。じゃあ、他にも？」

黒塚はかすかに頷くにとどめた。

「そもそも、途鎖の山奥に暗殺者が綿々と育ったのも、そのせいだと先生は言うんだ。毎年の闇月のゼロ・サム・ゲームも、彼らの中に備わってしまった嗜虐性を満足させ、山の外に出ていかないように考え出された知恵なのではないかと」

みつきはゾッとした。

内なる欲望、残虐な嗜好を宥《なだ》めるための祝祭。それが闇月だというのか。

「ここ数年、ヨーロッパでは、在色者排斥主義者に対するむごたらしい『粛清』が問題になっている。その首謀者のグループに、どうやら神山博士のプログラムで山に入っていた子供が関与しているらしいことが分かってきた。今、同一首謀者によるものと思われる十一件の殺人事件の裁判が、ようやくジュネーブで始まろうとしている。そのことについて、途鎖の側から証言できる人間が欲しい」

「では、あなたは」

みつきはようやく、運転席に座っている得体の知れない男の正体について納得する回答を得た。黒塚は、彼女の質問には答えずに続ける。

「国際警察と欧州連合は、屋島先生をそのうちの一人に選び出した。僕は、屋島先生を連れ出しにきたのさ」

みつきは深くため息をついた。

ようやく話が腑に落ちたのと、その内容のあまりの無謀さに嘆息したのだ。

「目的は分かったけど、それが実現すると思っているの？」

「実現しなきゃ困る。空手で帰るわけにいかないしね」

「途鎖国がそんなことを許すと？」

「日本政府とは司法取引の話がついてるんだ」

「日本政府と途鎖は全く別の世界よ」

「知ってる」

みつきは座席に背中を押し付けた。

「屋島先生の家に、何しに行くの？」

「神山博士の論文を取りに行く」

「なぜ屋島先生の家にそんなものが？」

「当時、屋島先生と神山博士は、考え方や実践行動は異なっていたものの、別に敵対していたわけじゃない。在色者の子供をどうやって指導していくか、どのように彼らの苦痛を軽減した上で大人にするか、というのが目的なのはどちらも同じだったわけだし」

「そう言われればそうね」

「しかし、神山博士はプログラムを続けるうちに、子供たちの嗜虐性が育っていくことに気付いて、相当悩んでいたらしい。亡くなる前に、数年に及ぶ詳細な日誌と、そのことについてまとめた論文を屋島先生に送ってきていたそうだ」

　みつきは肌寒いものを感じた。

　子供たちの嗜虐性の高まる場所。そんなところで、日々怪物を育てていることに気付いた博士の心情はどういうものだったのだろう。ふと、疑問を覚えた。

「神山博士自身はどうなの？　博士は影響を受けなかったのかしら、子供たちと一緒に同じ場所にいて」

「既に成人していた博士は、それほど影響を受けなかったらしい。それでも、時々暴力的な衝動が高まることは感じていたようだ。日誌の最後のほうは、かなり混乱がみられると先生はおっしゃっていた」

　窓の外を後ろに流れていく標識を見ながら、みつきは暗澹たる気分になる。

が、頭の中で何かが引っ掛かった。

その理由に思い当たる。黒塚は、国道から逸れようとしているのだった。

みつきは慌てて黒塚の肩を叩いた。

「え？　どうしてこっちに戻るの？　十七号線との合流地点はまだ先よ」

「先生の家に行く前に寄るところを思い出した」

「どこ？　急ぐんじゃないの？」

「先生の家にあいつを連れていくわけにいかない」

「え？」

「あいつだ。追いかけてきてる。さっきまでいなかったのに」

黒塚がバックミラーに目を走らせるのを見て、みつきはゾッとした。

「葛城が？」

「うん」

「あいつ、実邦と接触してる人間を次々に襲ってるわ。やっぱり、次はあたしね。こんなに早く見つかるなんて」

みつきは唇を噛みしめながら、後続車に目をやった。

「いや、僕のほうだろう」

黒塚が小さく首を振った。

「僕が国立に行って屋島先生に会ったことはとっくに奴に伝わってるだろうし、あいつは僕のことも知ってるから、僕の借りたレンタカーのナンバーで張ってたに違いない。だから、急いで君に会いに来たんだ」

「え？」

「僕の行先が屋島先生の家で、目的が神山博士の論文だということをあいつに知られたくない。奴は、君が一緒だとまだ気付いてないと思うし、僕と君だったら、今は僕のほうについてくるだろう。僕はこの先で降りる。君はこの車で、僕の代わりに屋島先生の家に行って、日誌と論文を持ち出してほしいんだ。庭に隠したそうだ。隠した場所はここ」

黒塚は前を向いたまま、ポケットから畳んだ紙を取り出した。

みつきは呆然とした顔で紙を受け取る。

「また少ししたら、この車には別のお付きが来るだろう。その前に先生の家に着ければいいけど、尾行がついたら、まくかどうにかして、なるべく先生の家に行ったことが分からないようにしてほしい。車はどこかに乗り捨てていって構わないから」

「どこで降りる気？」

「君も知っている場所さ」

車は細い道に入り、静かな住宅街を抜け、野菜畑に入った。

少し離れて、黒い車がついてくる。ヘッドライトが、薄暗い畦道を照らしている。乗っているのは一人。中が暗くて見えないが、がっしりとした体型はもはや見間違えようがない。

「あ」

みつきは、黒塚がどこに向かう気なのか分かったようだ。

「学校ね。あたしたちが行ってた」

遠くに、古い校舎が見えてきた。

校舎を囲む銀杏《いちょう》の木が朝もやに沈んでいる。

「もう廃校になってるし、別の用途で使うにしても、こんな早朝は誰もいないだろう」

「まさか、あいつと対決するつもりなの」

みつきは怯えたような目で黒塚を見た。

「いいや。まさか」

黒塚は無表情に首を振った。

「ただ、この際、いろいろ聞いておきたいこともあるし、確かめたいこともあるしね。向こうだって、合法的に入国してる人間に対してそんなに無茶なことはできないだろう」

「そうかしら」

みつきは、赤黒い塊を思い浮かべていた。

が、慌てて首を振ってそのイメージを打ち消す。

「気を付けて、としか言えないわ。論文を見つけたら、どうすればいい？」

「申し訳ないが、とりあえず持っていてくれないか。嫌な頼みだとは分かってるが」

「分かった」

「そこの角で降りる。君はそのまま、左に曲がってまた国道に戻ってくれ」

「幸運を祈るわ」

「それはどうも」

「ねえ」

みつきが、不意に思い出したように尋ねた。

「何？」

「神山博士と、そのプログラムはどうなったの？」

黒塚は、ちらっと奇妙な表情でみつきを見た。

「博士はプログラムの途中で亡くなった」

「そうなの」

自分の死期を予期していたから、屋島風塵に論文を送ったのだろう。

「子供たちもだ」

「え？」

「詳しいことは分からない。だが、博士は殺された。恐らくは、子供たちの一人に。もっとも、数十人はいたらしいプログラムで、生き残った子供は三人だけだ。一人は葛城だろう。もう一人はヨーロッパへ。そしてもう一人は、神山博士の息子だ」


ゴトゴトと音を立てて車が狭い農道で止まり、黒塚がさっさと外に出てドアを閉めるのと同時に、助手席を乗り越えてきたみつきがハンドルを握る。

黒塚は、みつきが車を出すのを確認し、後続車の前に立ちはだかるように向き直った。

離れたところで車が停まる。

ヘッドライトが消えた。

早く行ってくれ、と黒塚は口の中で呟いた。

彼の背後で車が農道から学校の前のアスファルト道路に入り、遠ざかっていく気配を感じながら、薄暗い畦道に降り立った男を見つめる。

まだ太陽の光は出ていないが、男は逆光の位置にあり、その輪郭だけがかすかに白く、シルエットがこちらに近づいてきた。

黒塚は道の真ん中に立ったまま、近づいてくる葛城を見つめる。

葛城も無言のまま、落ち着いた足取りで向かってきた。

きっちり十メートルほどの位置で止まり、かすかに帽子を上げた。


「また会ったな」


生き残った子供。

黒塚の頭にそんな言葉が浮かんだ。

「おはようございます」

「いろいろ忙しく働いているようだ」

「歩きませんか。そろそろ日の出だ。できれば、知っている場所で話したい」

「知っている場所？」

「あそこですよ。僕は、あそこの小学校にいっとき通ってたんです」

黒塚が遠くを指差すと、葛城は怪訝そうな表情を見せた。

「あそこに？」

黒塚は返事を待たず、さっさと歩き出した。

みつきの車は国道に入って見えなくなったので、内心ホッとする。すぐに葛城の他の手下が付くだろうが、葛城本人が付くよりはずっといい。

少し間を置いて、葛城がついてくる気配がある。

土を踏みしめる音が、重なりあって続く。

がらんとした校庭に入る。

門は開いていた。もっとも、大人の腰くらいの高さの門で、越えようと思えばいくらでも越えられるような代物である。

太陽はまだ顔を出さない。砂を踏んで校庭の中央に向かって進んでいくと、空の白さと砂の白さで距離感が分からなくなる。

ザッ、という音がした。

後ろについてきた葛城が足を止めた音らしかった。

黒塚は、ゆっくりと葛城を振り返る。

凪はない。

夜明け前のだだっぴろい校庭で、二人の男は向かいあって立っていた。あいだはやはり十メートル。

西部劇の決闘シーンだな、と黒塚はぼんやり考えた。

つかのま、探り合いの沈黙が降りる。

「わざわざ人のいない場所を選んでくれるとはな。感謝する」

葛城はゆっくりと言った。

「こちらこそ」

感謝するのはこちらだ。黒塚は言葉を飲み込む。

須藤みつきの逃げる時間を与えてくれてありがとう。彼女が屋島風塵の家を探るあいだ、こちらに構ってくれてありがとう。

まさに、祈るような心地だった。

彼女が、無事に神山博士の論文と日誌を探し出してくれますように。

黒塚は静かに息を吐き出した。

「――ゆっくり話のできる機会を作ってくれてありがたい」

「そうだな。いろいろ聞きたいことがある」

葛城は眼帯を直した。

「君が神山プロジェクトの生き残りであることは知っている」

黒塚は先手を打つことにした。

葛城は「おや」という表情になる。

「なぜそんなことを知っている」

「生き残りの一人がヨーロッパにいたからだ」

「青柳淳一だな」

葛城は無表情に呟いた。黒塚は頷く。

「そのお陰で、僕は今ここに来ている」

葛城の表情に変化は見られなかった。

「あいつ、何をやった。麻薬がらみか。人殺しか」

「両方ともだ。少なくとも三つの殺人事件の実行犯と目されている」

「なるほど。あいつがね」

葛城はゆっくりと呟いた。記憶の中の少年を思い浮かべているのだろう。

「で、その事件を奴がやったという証拠はあるのか？」

黒塚は口ごもった。痛いところを衝かれた表情である。が、葛城は当然だ、という表情になった。

「ないだろう。あいつは絶対に尻尾を出したりしない。子供の頃からそうだった」

「神山プロジェクトは、具体的にどんなことをしたんだ？」

「別に。山奥での集団生活。それだけだ。規則正しい生活。自給自足。身体を鍛えて、勉強して、畑を耕して、助けあって自活。健康的だったな」

「じゃあ、どうしてプロジェクトは崩壊したんだ？　子供たちが大勢亡くなった。神山博士も」

「世間的には、変な噂が流れているのは知っている。子供たちが殺し合ったとか、集団パニックに陥ったとかな。だけど、実際のところは事故さ。大雨で崖崩れがあって、寝泊まりしていた小屋が流されたんだ」

「確かに、当時の新聞にはそう書かれていたがね」

新聞の大見出しを思い浮かべる。各紙の見出しはどれも在色者教育に対する偏見に満ちたもので、カルトまがいの猟奇的な大事件として多くの憶測を混ぜた記事が連日紙面を埋め、読んでいると胸が悪くなる代物だった。

「ほう、読んだのか。だったら、事実は書かれていた通りさ」

葛城の冷笑は、黒塚と同じ見出しを頭に思い浮かべている証拠だった。

「君ら三人はどうして助かった」

「当日、俺らは食事当番でね。少し離れた山の斜面に切り拓いた畑まで、食糧を調達に出かけてた。そのあいだに、崖が崩れたんだ」

「神山博士は？　博士も小屋にいたのか」

葛城はしばらくの間無言だった。

「いや」

「博士は、メッタ刺しにされていたと」

葛城は、また少し沈黙する。黒塚がどこまで知っているのか、その表情を探っているらしい。が、やがて口を開いた。

「博士は、いわゆる学者肌の人でね――いや、はっきり言おう、かなり繊細な人だった」

葛城は、全く表情を変えない。

「本当の話を聞きたいか？」

灰色の目が黒塚を見据えている。黒塚もその目を見返した。

「ぜひ聞きたいね」

葛城は微動だにせず、話を続ける。

「あのプロジェクトは博士には向いてなかった。子供たちを数十人引き連れて集団生活を指導するなんて、完璧主義で書斎派の彼には向いてなかった。一人、おうちで本でも読んでればよかったんだ。大勢の子供、不安定な在色者の子供の将来が掛かっているという責任の重大さに、博士は相当神経質になっていた。彼は、プロジェクトが二年目に入った頃には、明らかに精神に変調をきたしていた。ぶつぶつ何か言いながら、一人で山のなかをうろうろしていることが多くなった。あの日の朝もそうだった」

葛城は無表情だった。

「そこにあの大事故だ。子供が小屋ごと谷底に流されて、世間の非難が自分に向けられることに博士は耐えられなかった」

「それで」

「博士は錯乱した」

葛城は単刀直入に答えた。

「つまり？」

「自分が被害者になるよう、頭の中で話を造り変えたのさ。なぜか彼の中では、谷底に流された子供たち、土石流で死んだ子供たちは、彼ら自身が殺し合って死んだということになっていたらしい。集団生活でストレスが溜まり、淋しさを募らせて凶暴になった子供たちに、自分が恨まれている、そのうち襲われるとも思いこんでいた。そして、やられる前にやらなくては、という結論に達したんだろう。俺たち三人が避難していた納屋に夜中に忍び込むと、斧を持って俺たちに襲いかかってきたんだ。俺たちは抵抗した。逃げる間もなかった。無我夢中で戦った」

その地獄絵図が頭に浮かび、黒塚はゾッとした。

「——とどめは、青柳淳一が刺してくれたよ。あいつは昔から接近戦が得意でね。博士は苦しまなかったと思う」

「正当防衛というわけか」

葛城はそっけなく肩をすくめた。

「なんとでも言ってくれ。長いこと一緒に、思春期の子供たちが何もない閉鎖的な場所で生活していたんだ。当時の異様な雰囲気と閉塞感は、説明したところで他人には理解できまい。結果はどうであれ博士には世話になったし、いわば育ての親のようなものだ。あの時青柳淳一が反撃してくれなかったら、抵抗せずに殺されていたかもしれない。あの件に関しては、奴に感謝してる。博士の名誉にも関わる話だし、今さらなんと言われようと構わんがね」

黒塚は、何かを思いついたように顔を上げた。

「待てよ、博士が君たちを殺そうとしたというが、うち一人は自分の息子じゃないか。自分の息子まで、手に掛けようとしたというのか？」

葛城は無表情のまま、再び沈黙した。

が、黒塚がまだ返事を待っているので、ようやく口を開いた。

「そうだ。そもそも、博士が最初に殺そうとしたのは息子だった」

「まさか」

「本当だ。元々、あのプロジェクトは博士が自分の息子のために始めたものだ」

「息子のために?」

「息子はおとなしい子でね。身体も弱かったようだ。とても内向的で、外部に向けて感情を発散できないタイプだった。その手のタイプでイロが強いと、どんなに苦しむか見当はつくな? 博士はいろいろ試して、屋島風塵のような辛抱強い指導では息子には間に合わないと思ったんだろう。山を利用することを思いついて、他の子供たちは半ば息子の実験台代わりに連れていったのさ」

葛城の声は冷ややかだった。

実験台。帰らなかった少年たち。

間に合わない。風、そして炎／

黒塚は葛城の表情を読もうとしたが、その顔の下に何が隠されているのか見つけることはできなかった。

「それで、結局のところ、プロジェクトは成功だったのか、失敗だったのか、どっちだったんだ」

「成功さ」

葛城はきっぱりと言い放った。

「そう、博士にとっては大成功だったはずだ。なにしろ、奴の息子は生まれ変わったようになったんだ。身体は丈夫になり、精神的にも安定した。自分の力にも自信がついて、みるみる逞《たくま》しくなっていったよ。博士は大喜びだった」

山の威力。磁場の影響。

そんなに効果があるものなのか。

妬《ねた》ましい気持ちと、懐疑的な気持ちとが、同時に胸の中に湧き上がってきた。

「それなのに、どうしてせっかく生き残った息子を、自ら手に掛けようなんて思ったんだろう」

「さあね。博士は錯乱していた。責任追及されることを恐れていた。息子が、殺人者の子供になるのが不憫だったのかもしれん」

葛城の口調に、黒塚は苛立った。彼の質問に正直に答えているようでいて、何か重大なことを隠蔽しているような気がしてならなかった。

「もしくは、息子が制御不能の化け物になってしまったからか？」

葛城が、初めてピクリと反応し、じっと黒塚を見た。

「さあね。当時のことは忘れた」

「息子はどんな奴だった？」

葛城は、つ、と目を逸らした。

その目に、何か暗いものがよぎる。

「静かな奴だった――とても静かな。夜の湖みたいに」

　夜の湖みたいに。

　伝説の湖。それはフチの奥にある／

　葛城らしからぬ詩的な表現が妙に心に残ったが、黒塚は別のことを思いつき、苦笑いをした。

「確かに、プロジェクトは成功だったようだな」

「なぜ」

「生き残った三人は、皆大出世したじゃないか」

　揃いも揃って、殺人鬼だ。

　黒塚の言葉に込められた皮肉が伝わったらしく、葛城は冷ややかな目で彼をじっと見つめていた。

　不穏な気配。

　おもむろに葛城が口を開いた。

「司法取引、か。屋島風塵を証言台に上げるつもりなんだな？」

　その口調は、どこか気味が悪いほど優しげだ。

「そうだ」

　黒塚は吐き捨てるように答える。

　葛城は低く笑い出した。

「何がおかしい」

「屋島風塵を国際法廷の裁判の証言台に、だと？」

笑い声は大きくなる。

「ここは途鎖だ。屋島風塵をここから出すことなど考えられん。馬鹿な」

葛城は心底おかしそうに笑い続けた。そのひきつったような笑い声が、地面を伝わってきて黒塚の神経を逆撫でする。

思わずムッとして叫んだ。

「有元実邦だって逃げられた。屋島先生は、君らの茶番にあえてつきあってやっているだけだ。先生ならば、いつでも自力で途鎖から出ていける」

葛城の笑い声が止まった。

ゆっくりと顔を正面に向けると、灰色の目を黒塚に向け、やがて左右に視線を走らせて校庭を見回した。

「なるほど。あいつもこの学校に通っていたな」

すうっと気温が下がるのが分かった。

葛城の灰色の隻眼が見開かれる。

「いいことを教えてやろう」

その視線が、意味ありげに、町の向こうの青いシルエットとなった山々に向けられた。

「青柳淳一は、今、あそこに入っている」

「えっ」

黒塚は息を呑んだ。

葛城は嘲笑《あざわら》った。

「日本政府をあまり信用しないことだな。きっと、さんざんあちこちタライ回しにされた揚句、恩着せがましく司法取引だの超法規的手段だのなんだのと言われただろう？　その癖、お尋ね者の、渦中の人物を、金持ちだという理由だけでサッサと入国させちまってるんだからな。法務省や警察庁がなんと言おうと、カネには敵わないってことだ」

「いつだ？」

「日本に入ったのがいつかは知らん。だが、途鎖に入ったのは二、三日前だろう。もちろん密入国。重罪だ」

「いったいなんのために？」

「さあね。林間学校が懐かしくなったのかもしれん」

「これで、同窓生が三人途鎖に揃ったわけか」

葛城は、一瞬、意外そうな顔を見せた。

「なるほど、言われてみるとそうだな。二十年ぶりくらいか」

「懐かしいか？」

葛城は、ますます不思議そうな表情になった。

「懐かしい、だと？」

その言葉を反芻すると、冷たく笑う。

「懐かしくなんかないさ。なにしろ、あいつらのことを忘れたことがないからな」

なぜかその口調は、黒塚をゾッとさせた。

忘れたことがない。なぜ？

葛城は、おもむろに腕時計に目をやった。

「そろそろ、日の出だな。おまえの目的も分かったし、与太話につきあうのもここまでだ。残念だが、おまえの目的は果たされることはない」

「どうして」

「おまえはここから」

葛城はゆっくりと身体の前で手を組んだ。


「出られないからさ」


突然、バシン、と地面を巨大な手が叩いたような音がして、砂埃が漏斗《ろうと》状に宙に舞い上がった。

もうもうと舞い上がる砂。周囲の景色がかすれた。

葛城は、降り注ぐ白い砂の中で身動《みじろ》ぎもせずに立っている。

キラッ、と地平線の向こうに太陽が顔を覗かせた。

たちまち世界に光が射し込み、宙を舞う砂の粒にもきらきらと反射して奇妙に神々しい光景が立ち現れる。

静まり返る世界。

ゆっくりと砂の煙幕が薄れ、地面に蟻地獄のような穴が開いているのが見えてきた。

が、そこには何もない。

本来ならば倒れているはずの、黒塚の姿もない。

「うっ？」

葛城はたじろいだ。

きょろきょろと左右を見回す。白い校庭に、人影はない。

「おいおい、僕が途鎖駅で君たちの部下の、素敵なクーデターを見てたってこと、忘れたのか」

その声が宙から降ってきたので、葛城はハッとして空を見上げた。

黒塚は空に浮かんでいた。

寛《くつろ》いだポーズで、ジャケットのポケットに手を突っ込んでいる。

ひゅっ、と小さな颪が起きた。

次の瞬間、黒塚の向かい側に葛城が浮かんでいた。

二人の男が、空中に向かいあって立っているのは、奇妙な光景である。まるで、そこに巨大なガラスの床があるかのようだ。

「素晴らしい」

黒塚は思わず呟いていた。

一瞬にして同じ高さに飛んできた葛城を、畏敬の念を持って眺める。

曙光《しょこう》の中に、無数の砂が輝きながら踊っていた。

自然のままで、ここまで安定した力を発揮できるとは。

内心、自分が目の前の男に引け目を感じていることを自覚する。自分のイロが有機チップという、いわば「ずる」をして引き上げられているのに、この男は自然とこれだけの能力を開花させたというのだ。もしかして、彼の持つ残虐性そのものが「反動」なのかもしれないが、これだけ易々と空中浮遊をこなせるというのが信じられない。

好奇心を抑えきれず、黒塚は尋ねていた。

「神山プロジェクトでは、薬物は使用しなかったのか？」

葛城が不思議そうな顔で黒塚を見る。

「最初の頃は毎日薬を飲まされてたような気がするが、あとは何もなかった。もしかすると、博士が飲み水や茶に混ぜていた可能性もあるが」

「特殊な精神的訓練でも？」

葛城は考える表情になった。

「まあ、ストイックな生活だからな。精神的な鍛錬といえば鍛錬だ。毎日山の中をぐるぐる歩かされたよ。坊さんみたいなものだ」

本当にそれだけで、こんな力が得られるというのなら、是が非でもその場所に行ってみたいものだ、という欲望がちらりと胸をかすめた。

「崖崩れで死んだ他の子供たちも、皆これだけの力を身に着けたのか」

一瞬、葛城の目が泳いだような気がした。

「そうでもない。不安定なままの子が半数以上いた」

「これだけのことをしても、何の反動もないのか」

「ない」

信じられない強さだ。

「これじゃあ、躊躇なく誰でも殺せるわけだ」

「ああ。誰でも、な」

葛城の目が見開かれた。

再び、宙に電気のようなものが走った。

校庭の砂が波打ち、オーロラのような形で空に舞い上がる。

もうもうと立ちこめる砂。砂嵐が今しがたここを襲ったかのように。

しかし、葛城は目を凝らし、きょろきょろと辺りを見下ろしていた。

やはり、黒塚の姿はない。


「こっちだ」


声がしたほうを振り向くと、校庭の隅に、彼が立っていた。

今度は間を置かず、次々と衝撃波を送る。

バシッ、と音がして、黒塚が立っていたところに穴が開いた。

が、五メートルほど離れたところに黒塚は立っている。

バシッ、とその場所に穴が開く。

が、やはりその五メートル先に黒塚。

バシッ、バシッ、と等間隔を置いてかっきり同じ大きさの穴が開いていくが、黒塚は瞬時にその先に移動していく。

読みが早い。しかも、動きにもスピードが伴っている。

「くそっ」

葛城は忌々しげに舌打ちし、徐々にぶつける衝撃波の質量を上げ、穴の大きさを広げていった。

バシュッ、とひときわ巨大な穴が開き、さすがに沢山の砂をかぶって咳きこむ黒塚の姿がその穴の脇にある。

「思い出の校庭に埋めてやる」

ごうっ、という音がして、砂が穴に戻り始めた。

逆流する砂の中を、黒塚が走っている。

砂嵐の中に放り込まれたようだ。

ビシビシと大粒の砂が全身を打ち、呼吸が苦しくなった。校庭の砂が、彼に向かって集まってきているのだ。

「うっ」

目の前が見えない。耳に髪に砂がまとわりついてくる。

やがて砂は巨大な繭《まゆ》のようになって黒塚の全身を巻きこんでいく。

「砂で窒息しろ」

葛城は、校庭の隅から、黒塚を包んだ砂の繭が地面の上を転げまわるのをじっと見つめていた。大きな砂のラグビーボールが、ザアザアと音を立てて跳ねまわる。

が、その砂の塊が、突然葛城に向かって飛んできた。

瞬時に制御し、反対側に飛ばそうとするが、彼の意思に逆らってアッというまに彼の上に飛びかかってくる。

顔に砂の粒を感じた。

反射的に飛びのいたものの、凄まじい重量感を持った砂の塊が地面を直撃し、鈍い震動音が響きわたる。


馬鹿な。


葛城は、校庭の反対側に着地しながらも、かすかにショックを受けていた。

が、砂の塊は、彼のものではない意思を持って再びこちらに向かって跳ねてくる。

別の隅に飛びのこうとした瞬間を狙って、砂の塊は、進路を素早く変えた。

葛城が飛び降りようとした地点めがけて、巨大な重量を持つ砂の塊が飛びかかってくる。

葛城の身体に、凄まじい衝撃が走った。

頭の中が真っ白になる。

もろに砂の塊がぶつかったのだから、弾き飛ばされた時の衝撃も大きい。とっさに受け身で着地したものの、息が止まりそうな痛みに一瞬気が遠くなる。

もんどり打って地面に転がった。バラバラと降り注ぐ砂が、容赦なく目に喉に飛び込んでくる。

慌てて砂を吐き出し、ゴロゴロ転がって砂の雨を避けた。

腕で頭を覆い、降ってくる砂が収まるのを待つ。

砂にぶつかった衝撃で頭がクラクラするが、なんとか呼吸を整えて立ち上がる。

何度も唾を吐くが、喉にからみつく砂が取れない。残った砂が歯と舌のあいだでじゃりじゃりと不快な音を立てる。

もうもうと宙を舞う砂と、そこここに出来た小さな砂山で、辺りの景色はすっかり変わっていた。もはや、校庭というよりは、砂利採石場のような有様である。

どこに行った、あの野郎。

葛城は、屈辱と痛みとショックに苛《さい な》まれつつも、黒塚の姿を探した。

茶色の煙幕はなかなか収まりそうになく、黒塚の姿は見えない。

これが、均質化手術の効果か。

黒塚が、ヨーロッパ式の均質化手術を受けていることは確信したものの、実際にその力を目の当たりにするのは初めてのことである。いったいどのくらいの力があるのか、見当もつかなかった。

こんなやつが、向こうにはゴロゴロいるというのか。

首筋がヒヤリとする。

葛城は、うろうろせずにじっと砂が収まるのを待った。

久しぶりに畏怖と脅威を感じ、そのいっぽうで強い興味も覚えている。互角かそれ以上という在色者に会うのは随分久しぶりのことだ。

砂が、固まり始めた。

なんだ、これは。

葛城は、じっと辺りを注視する。

煙幕状になっていた砂が、少しずつ移動して、濃いところと薄いところを造っている。

やがて、それは丸い形になり、空中に三次元の水玉模様が現れた。

砂の球が空に無数に浮かんでいる。

葛城は、水玉模様の中に、黒塚の姿を探した。

しかし、やはりどこにも男の姿はない。

ひゅっ、と耳元を何かがかすめた。

次の瞬間、足元にびしゃっと砂の球がぶつかって潰れた。

殺気。

次々と、無数の砂の球が飛んでくる。

ぶつかればすぐに潰れるものの、勢いがついているので、ぶつかった瞬間はそれなりに痛い。手を振り回し、球を叩き落とすが、ぶつかってくる球は限りがなく、じわじわと痛みが全身に染みわたってくる。ボディブローのようなダメージ。あとで内出血するな、と葛城は頭の隅で考えた。

黒塚を探さなくては。砂を叩き落としていたって仕方ない、操っている張本人を押さえなくては。

と、思ったとたん、突然、砂つぶては止んだ。

ばしゃっ、という音がして、宙に浮かんでいた砂の球が一斉に地面に落ちる。

視界が良好になり、目が覚めたような心地になった。

校庭を見回す。

鉄棒の上に腰かけている黒塚が目に入った。

あんなところに。

葛城は棒立ちになった。

離れていても、目が合ったのが分かる。

黒塚の表情は寛いでいて、あれだけ大量の砂つぶてを動かしていたとは思えないほどだ。

「お遊びはやめだ」

頭の中に、黒塚の声が飛び込んできた。

鋭い痛みを覚え、葛城はかすかにうめき声を上げる。

「世界の流れは在色者にはない。イロは人類を不幸にするだけだ。恐怖での支配がなんになる？　誰も生き残らない」

葛城は、苦痛に顔をしかめながらも、クッ、と笑い声を洩らした。その次に、ふつふつと怒りが込み上げてきた。

「おまえは何も知らない。この途鎖を」

灰色の目が大きく見開かれる。

常に闇を背負い、闇と表裏一体で生きてきた国。

「闇月のある途鎖、屋島風塵が独房の天井からぶらさがっている途鎖を、恐怖以外で統治できると思っているのか」

葛城は咆哮《ほうこう》した。


「ここは黄泉《よみ》の国」


闇を背負った土地、おびただしい血が流されてきた土地、封印された歴史と死者を包みこんできた背景を持つこの土地。

「世界はここから始まった。よその奴らに口出しはさせん」

足元で砂が鳴った。

見下ろすと、引き潮のようにどんどん砂が引いていく。

流砂。テーブルクロスを引き抜くように、足元から砂が引いていく。

ふと、背後に異様な気配がある。

葛城は砂の行く手に目をやった。

校庭の隅に、巨大な球体が姿を現しつつあった。

砂の球体は、まだまだ育っていく。校庭中の砂を集め、どんどん大きくなっていくのだ。

そして、そのてっぺんには黒塚が座っていた。

人ごとのように、集まってくる砂を見下ろしている。

この世のものとも思われぬ眺めに、葛城は見入っていた。

球体の下に巨大な排水口があるかのように、砂がそこに流れ込んでいく。流れ込んでいくと見えて、実はそこからどんどん球体に砂が供給され、球体はじわじわと膨張していくのだ。

最初は軽トラックほどの大きさだった球体は、みるみるうちに五トントラックになり、すぐに十トントラックになった。いちばん高い鉄棒を越え、プラタナスの木を越え、銀杏の木のてっぺんに届こうとしている。

今や、葛城はぽかんとその球体を見上げていた。

どんどん砂が吸い取られているので、彼の立っている位置はどんどん低くなってゆく。古い校舎がせり上がっていくように見え、校庭全体が数メートル窪んだようになって、赤土が露呈していた。

球体全体の輪郭が太陽の光に輝いて、日蝕のように見えた。

唐突に、砂の流れが止まった。

葛城は、校庭に出現した巨大な球体をあっけに取られて見上げた。

もはや、彼の位置では球体のてっぺんにいる黒塚は見えない。

更に球体が大きくなった、と思いきや、いつのまにか球体が宙に浮かんでいることに気付く。

葛城は笑いだしたくなった。

が、確かに球体はゆっくりと空に浮かび、じっとこちらを窺っているかのように、じりじりと近づいてくる。

ふっ、と球体が小さくなる。

そう思ったのは、さらに球体が宙に浮かび上がったのだ。

そう気づいた瞬間、球体が落ちてきた。

葛城目がけ、天が落ちてくるかのように。

葛城は飛んだ。

球体の影から逃れ、プラタナスの木の陰に飛び込む。

何か重いものが近くをかすめたが、次に響くかと思った轟音はなく、再びその重いものが空中高く浮かびあがる気配がした。

あんなものを浮かせるなんて。

葛城は、信じられない心地で空を見上げた。

やはりそこに、球体はある。

圧倒的な存在感。

天から降臨した船のようだ。

しかし、眺めていると、球体は少しずつ形を変え始めた。

球だったものが、まるで上下から押さえられているように平たくなっていく。砂の板のような形になって、校庭の上に巨大な影を落とした。

いや、板ではない。これは――

下から見上げた時、それはてのひらの形をしていた。巨人のてのひら。

おもむろに、てのひらが落ちてきた。

大きく広げた指。

まるで、地面の上にいる小さな虫をつかもうとするかのように、こちら目指して巨大な土の手が降りてくる。

叩き潰す気なのだ。

葛城はカッとなった。

やられっぱなしではいられない。

葛城は、土色のてのひらを見据え、大きく目を見開いた。

いい気になるな。俺にはまだ余裕がある。これまではおまえの手の内を見ていただけで、すべての力を出しきったわけではない。

灰色の目が青白く輝き、憎悪の炎が迸《ほとばし》り出た。

おまえもろとも、ぶっとばしてやる。

落ちてくる天に向かって手を振り上げた。

何かが空中で激しくぶつかり、ズシーン、という不気味な地響きが轟いた。

それは、遠くから見たら、砂の塊が爆発したように見えたかもしれない。


土色の爆発。


ロケット弾のように、四方八方に土の柱が歪んだ軌道を描いて散っていく。

遠くで、爆発音が何かに反射するのが聞こえた。

バラバラと土くれが飛び散り、辺りに降り注いだ。

まるで、スコールが来たかのような、砂の雨だ。

空を覆わんばかりの土煙。

砂の雨はなかなか止まなかった。

少しずつ音が小さくなっていく。

そして、その雨の中で動く者の気配は全くなく、ザアザアと細かな砂の粒が落ちる音がしばらくのあいだ続いていた。


夜明けの庭で、須藤みつきは呆然と立ちすくんでいた。

目は落ちくぼみ、顔色は真っ青だ。

ふと我に返ると、来た時よりもずっと日が高くなっている。

ない。どこにも。論文も、日誌も。

なんとか次の追っ手に見つかる前に逃げられたようだが、みつきは用心深く、国道の脇の駐車場に車を乗り捨て、目立たぬように裏道を通って屋島風塵の屋敷にやってきた。

荒れ放題の屋敷は、書生たちも面倒を見ていないものと見え、その殺伐とした佇まいが哀しかった。

感傷を捨て、早速探し物に取りかかる。

それは、小さなメモリーのようなものに入っていたらしい。

黒塚にもらったメモの通り、まっすぐ庭に向かって指定の場所を探したが、いっこうに見つからない。幹にあった切れ込みは空っぽだった。

周囲の竹も根元や節のところを舐めるように見てみたが、やはり何も見つからなかった。

まだ探せばどこかにあるのかもしれないが、えんえんと続く竹林の中で、闇雲にあたってたったひとつの節を探しだすのは無理だ。

考えられる結論は、ひとつしかなかった。

最近、誰かがここにやってきて持っていったのだ。

しかも、門下生の誰かが。

みつきは素早くいろいろな顔を思い浮かべた。

誰だろう。実邦だろうか。それとも、他の誰か。先生の書生かもしれない。いや、書生に持って行かせるのならば、とっくに指示を出していただろう。

じっとりと脇の下に冷や汗がにじんでくる。

どのくらいここにいた？

みつきは腕時計を見た。

かれこれ二時間近くになる。

動揺して、長居をしてしまった。引き上げよう。これ以上ここにいても仕方がない。

みつきは身体を低くし、竹林の中を歩きだした。どっと全身に噴き出す疲労を感じる。

黒塚に何と言えばいい？

焦燥感が募る。

いや、もう一度黒塚に会うことはできるのだろうか。

そう考えてゾッとした。

あのあと、彼はどうなったのだろう。葛城と直に対決して、無事でいられるとは思えない。もし、彼が葛城にやられてしまったのだとすれば、たとえ論文と日誌を見つけたとしても、その先どうすればいいのか分からない。

竹林に射し込む澄んだ朝の光は、彼女の疲労と焦燥感をますます募らせるのだった。


かすかな地鳴りを聞いたような気がした。

地べたを這ってくる、獣の唸り声にも似た低い震動。

実邦は足を止め、耳を澄ませた。

辺りは静かだ。遠くで鳥の声がする。

気のせいだろうか。

実邦は再び歩き出す。

「どうかしました？」

善法が、そんな実邦の様子を見咎めて声を掛ける。

「なんでもないの。地鳴りみたいな音がしなかった？」

「えっ。気が付きませんでした」

「きっとあたしの気のせいだわ」

実邦はなんでもないことのように手を振ってみせる。しかし、胸の中はうっすらと嫌な予感に塗り潰されていた。

善法が何か言いたそうにこちらを見ているが、実邦は気付いていないふりをする。

雲は出てきていたが、まずまずの天気だった。暑くもなく寒くもなく、風もなく日射しも柔らかい。普通の巡礼にはじゅうぶんな気候である。

奇妙な一行は、谷間の道をほどよいペースで歩いていた。

俯き加減に歩く善法と実邦。

少し離れて後に続く二人は、小綺麗なスーツ姿の男と、幼い男の子である。

「どうします？」

善法が低く呟いた。

「どうするって？」

実邦はのろのろと聞き返した。

「あの二人ですよ。この先、連れていくわけにはいかないでしょう」

「そうね」

善法が言いたいことはよく分かっていた。

結局、彼らは通常の巡礼路に戻った。小さな子供を連れていては、裏道に入るわけにはいかない。しかも、子供とはぐれた老人は見つからずじまいだった。しばらく付近を捜索してみたが、どこに連れていかれたのか手掛かりもなく、はぐれてからかなりの時間が経っていることを考えると、追いつくことも難しいと判断したのだった。

実邦としては、途鎖に入る時に見かけたという因縁も感じるし、置いていくには忍びなかったが、かといってこの先のことを考えると連れていくのはもっと危険だ。

「あの子はどこかで預かってくれるでしょう」

お遍路に対して、土地の人々は厚いもてなしをしてくれる。祖父とはぐれた子供を預かり、探してくれる人はすぐに見つかるだろう。

しかし、あの子は密入国者なのだ。

実邦が気に掛かるのはむしろそちらのほうだった。ここにいれば山の中は治外法権だから入国管理官は手出しできないだろうが、もし誰かが町に照会したり、親切で町に連れていったりしたら。そちらのほうが恐ろしかった。誰かが、ここで預かってくれ、面倒をみてくれればいいのだが。

一歩正規の巡礼路を外れれば、闇月の途鎖は無法地帯だ。あの子の祖父が無事でいる可能性は低い。このまま見つからないかもしれないのだ。

実邦は入滅寺で見た遺体の山を思い浮かべた。

もしかすると、今頃あそこで荼毘《だび》に付されているかもしれない。

全身の骨を砕かれた遺体の感触を思い出し、ひやりとする。そう。あんなことのできる化け物が、今この山のどこかにいるのだ。

「それに、あの男。どうにも胡散臭い。あいつと一緒にいるのは危険です」

善法の声。むろん、実邦も彼の意見に異論はなかった。そっと後ろを振り返る。

山の中で洒落たスーツを着て、ピカピカに磨いた靴を履いて歩いている男。

能天気な、それでいてどこか不気味な男。

「何者なのかしら。外国から来たらしいけど、よく入れたわね」

「我々についてくるのは偶然なんでしょうか」

「えっ」

実邦は真顔の善法を見た。

「まさか。どう考えても偶然でしょ、あたしたちがあそこに行くことは予想できないもの」

「そうでしょうか」

善法は無表情な目で実邦を見る。

「例えば、あの子の祖父を連れていったのがあいつの仲間だとしたらどうでしょう。あいつの仲間が祖父を連れていき、子供を引き離す。子供を餌にして、我々をおびき寄せる」

「考えすぎよ。あたしたちがあそこを通ることは分からないでしょうし、あたしたちがあの子に気付くかどうかも分からなかったわ」

「ですね」

善法はあっさりと認め、肩をすくめた。

「でも、なんだかあいつ、我々のことを知っているような気がして」

後ろを見る善法の目には、かすかな敵意がある。

それは、実邦も同じだった。あの、じろじろと見透かすような視線。あれには警戒せずにはいられない。

「それも気になるけど、あたしが困るのは、本当にあいつが外国メディアの記者だった場合だわ。あたしたちの写真やあたしたちの記事を載せられるのはマズイでしょう。あたしたち、撮られてるかしら？」

「いや。俺は、あの自己紹介は怪しいと思いますね。あいつは記者なんかじゃない」

善法は確信があるようだった。

「じゃあ、なんなの？」

「さあね。外国から来たというのは本当だと思います。もしかすると本当に隠しカメラがあるのかもしれないけど、まだ撮られてないと思います。もしなんだったら、あいつの荷物を探ってみてもいい。それらしきものがあったら壊してしまいます」

「あまり関わらないほうがよさそうね。滝までは同行して、あそこは宿泊施設も多いし、人も多いから、同行してほしくないとはっきり言って断るか、それでもくっついてくるようだったらまいてしまいましょう」

「そうですね。余計なトラブルは禁物ですね」

二人はそっと頷きあった。


善法と実邦がそんな会話を交わしている後ろで、ジュンと名乗った青年は、隣を歩いている男の子に興味津々だった。

「ねえねえ」

青年は、あっけらかんとした声で話しかけた。

「さっきのもう一度、やって見せてよ。あのつむじ風みたいなやつ」

男の子は、全くその声が耳に入っていないようだ。足元をじっと見て、ちょこちょこと歩き続けている。

「ああいうのは見たことなかったな。どこから風を起こしたんだろな？　ちょっと珍しいタイプだよね」

青年のほうも、返事を期待していたわけではなく、独りごとのように喋り続けている。

「俺、知ってるよ、君みたいなタイプ。聞こえてるんだけど、聞こえてないんだよね、俺の声」

ちらりと男の子を見下ろす。

男の子は相変わらず足元の一点を見つめたまま、無言で歩き続けている。

「あまりにもいろいろなものが聞こえるから、自分に話しかけられてることも気付かないんだよね。いや、話しかけられてることには気付いてるんだけど、遠くのほうで何か言ってる、くらいにしか感じてないんじゃないかな。だって、忙しいもんね？　それ以外に優先すべき大量の情報が君の頭の中に詰まってるし、どんどん入ってくる。めまぐるしく、物凄いスピードでね。こーんなのんびりした声なんか、当然、優先順位低いよな。もしかすると、君には凄く間延びした声に聞こえてるのかもしれない。あまりにとろくて、文章として脳の中にイメージできないのかもしれない。知ってるよ、昔、俺の友達に、君とそっくりな奴がいたんだよ」

青年は、歌うような明るい声で呟き、喉元のネクタイに手をやり、ぱたぱたとその先を振ってみせる。滑稽な動き。

やはり、男の子は反応しない。

「んー」

青年はいやいやをするように首を振り、唸った。

「今、君の脳みその中じゃ、それこそスパコン並みの大量の情報が処理されているっていうのに、何も知らない大人どもや、周りの低能なガキどもは、君のことを馬鹿だのうすのろだのって言うんだよなあ。知ってるよ、そういう奴ら。あいつら、本当にどうしようもないよな。自分より下だと思える奴を見つけると、たちまち寄ってきて自分の優位さを確かめようとするんだ。そういう自分たちのほうがずっとずっと劣った生き物だってことに気付かないのさ」

青年の目がちょっとだけ見開かれた。

一見、男の子に話しかけているように見えるのだが、その目はどこも見ていない。彼にしか見えない、どこか遠いところを見ているのだった。

実際、彼の脳裏には、遠い日の光景が浮かんでいた――


急峻な山の中。斜面に造られた畑。かなりの標高らしい。壁のようにそそり立つ山肌の上のほうには真っ黒で重い雲が掛かり、膨らんだりちぎれたりしながら、次々と姿を変えていく。生暖かい風が吹いていて、雨の匂いがした。悪天候の前触れがそこここに感じられる。

その畑を、黙々と三人の少年たちが耕している。

粗末な綿のシャツに色あせた膝丈のズボン。

揃いの格好で、雑草を抜き、石を掘り出し、土を整える。

三人は日焼けして真っ黒だ。

がっしりした体格の少年と、ひょろりと背の高い少年、華奢な少年。体型は異なるものの、三人とも野生動物のような鋭い目と、鍛え上げられた筋肉を持っている。

ひどい天気になるな。

華奢な少年が手を休め、真っ黒な雲を見た。

気圧が相当低い。猛烈なのが来るぜ。こないだくじいた足首が痛むから、間違いない。

がっしりした、灰色の目をした少年も汗を拭う。

本当に、今日やるのか？

華奢な少年は、ひょろりとした少年を怪訝そうな目で見た。

ああ。今日しかない。

ひょろりとした少年は、無表情に頷いた。

華奢な少年は、その顔を覗き込む。

こいつは、本当にいつも落ち着いている。いや、寛いでいるといったほうが正しいか。

こいつは、この寛いだ表情で、とんでもないことを言い出したり、驚くようなことをしでかしたりするのだ。

あいつ、夜の湖みたいだな。

灰色の目をした少年がそう呟いたことがある。

彼は集められた少年たちの中でも図抜けて体格が良く、顔も彫りが深くて、日本人じゃないみたいだ、とみんなが噂していた。

無口で大人っぽく、ひときわ体力もあったが、彼もあのひょろりとした少年には一目置いていた。

夜の湖。

以来、華奢な少年は、彼を見るとその言葉を思い出すのだった。

底知れぬほど深くて、暗い。そして、静まり返っている。

その通りだ、と彼は今朝もその横顔を見て思った。

いいのか。おまえの親父なんだぞ。

灰色の目の少年が、ちらっと彼を見た。

ひょろりとした少年は、全く表情を変えない。黒眼がちの静かな目は、山の稜線を刻一刻と変えていく黒い雲に向けられたままだ。

あいつはもういかれている。

横顔が呟いた。

その口調があまりに静かなので、二人の少年は思わず顔を見合わせたほどだ。

今日やらなきゃ、こっちがやられる。何を言っても駄目だ。見ただろ、あのざまを？

俺は、もうこれ以上墓を増やすのは嫌だ。

不意に、静かな目が二人を見た。

二人は反射的にびくっと身体を震わせる。

この上なく静かで寛いだその目が怖かった。

三人の視線は、おのずと畑の上にある斜面に向けられた。

そこには、粗末な木の墓標が並んでいた。五つ、六つ、七つ。

陰鬱な空気が流れ、三人は手元に目を落とした。

あいつは俺がケリをつける。

夜の湖のように静かな目がそう言った。

生暖かい風が強くなり、遠くでゴロゴロと雷が鳴った。

無言で立ち尽くす少年たち。

ごうごうと風が吹きつける——嵐が来る——ひどい嵐が。忌まわしくおぞましいが、もはや避けることのできない殺戮《さつりく》の嵐が。


青年は、ハッと我に返り、目をぱちくりさせた。

今自分がどこにいるのかと、きょろきょろと周囲を見回す。

前を歩く男女。

足元を見下ろす。

お気に入りの、オーダーメイドのウイングチップの靴。

ふと、隣を見る。

彼はギョッとした。今、思い出していたあの目がそこにあるのだ。あの、夜の湖のような二つの黒眼が、こちらを見上げている。

「ああ、君か。びっくりした」

青年は、胸を撫でおろす仕草をした。

記憶の中のあの目の持ち主よりもずっと幼い。

「ま、君はあんなふうになっちゃ駄目だよ。せっかくの才能なんだから、もっといいことに使おうね」

青年は肩をすくめてみせた。

手が差し出される。

おや、と青年は思った。さっきまで全く存在を無視していたくせに、この手はなんだ？ 手をつなぎたいということか？

それにしては、手の形が妙だった。青年に向かって手のひらが向けられ、いわゆる「手かざし」のような感じなのだ。

青年は、無造作に手を差し出し、男の子の手のひらに自分の手を合わせた。

ばしん、と全身が震えたような気がした。

「うおっ」

青年は短く叫んでいた。

全身の毛が逆立ち、電流が走ったかのような衝撃が走ったのだ。

「ああん？」

青年は、大きく目を見開いた。

眩《まぶ》しい。なんだ、ここは？

青年は、自分が奇妙な風景の中に立っていることに気付いた。

緑色の光。いや、光というかなんというか。

きらきらと、輝く粉のようなものが降り注いでいた。

なんだ、こりゃ。

青年は瞬きをし、周囲を見回した。

水晶の谷？

見た目はそうだった。ここはどこだろう、山奥なのか。

よく見ると、遠くに赤い月が見える。夜なのだ。

夜なのに、谷間は緑の光に輝いていた。宙には、砕けた水晶の欠片《かけら》がきらきらと飛び散って、辺りを埋め、空間そのものを輝かせている。

そして、折り重なる鋭角の水晶がそこここに直線の風景を作っていた。

待てよ、何かいる。水晶の奥に。

半透明の水晶の奥に、人影のようなものが見えた。

仏像？

それは、日本の寺でよく見る、「ほとけ」の姿をしていた。手はいろいろな印《いん》をかたどっていて、半眼の目が不気味だ。しかも、それは生きているのだった。

金属じゃない。あいつら、生きてる。

青年は直感で悟った。

あいつらは、水晶の中に封印されているのだ。

しかし、空に散らばる水晶の破片はいよいよ増え、ますます光り輝いている。

あいつらは、中から出てこようとしている。

青年はゾッとした。

見る見るうちに、水晶に亀裂が入り、ぱらぱらと破片が落ちてくる。ぴしっぴしっという亀裂の音、破片の飛び散る音。無数の音が、水晶の谷に響いている。

なんだ、ここは？

青年は混乱した。

が、自分の手を握っている小さな手に気付く。

隣には、無言であの男の子が立っていて、しげしげと水晶の谷と、その中から出てこようとする「ほとけ」たちを眺めていた。

君が？

青年は、隣の男の子に向かって呼びかけた。

返事はない。青年は、改めて空恐ろしいような表情で目の前の光景を見上げた。

これは、この子が造り出した光景に違いない。このイメージはどこから？　誰かから受け取ったのか、それとも、この子がどこかで見た光景なのか？

どちらにしろ、あまりにも鮮明で、凄まじく神々しい光景だった。

ふうん、こんなことができる世代が出てきたんだ。面白いね。

青年は、男の子の顔を覗き込む。

綺麗じゃん。すっごい綺麗だよ。水晶の滑らかな質感、赤い月の色、半透明に重なりあう水晶の谷のグラデーション、色彩感覚も抜群じゃないか。へええ。いいじゃない、センスあるよ、君。

ふっと光が消え、周囲の空気が変わった。

二人は、長閑《のどか》な山の道を歩いていた。

青年は「ふうん」ともう一度呟き、何度も瞬きした。

「すごいね、君。こんなの初めてだよ。あれはどこの景色なんだろ？」

男の子は、再び無表情に足元を見て歩いていた。

「面白いイメージだ。君のおじいちゃんのかな？　実際にあんな場所があったらすごいね」

しきりに頷く。

「あいつに会わせてみたいな。君と同じ目をした奴が、あそこにいるんだよ」

青年は、山の上のほうを指差した。

「長いこと会ってないけどね。久しぶりだよ。子供の頃しか知らないけど、どんなになってるかな。なんでも、あそこのお山の大将なんだとさ。出世したと言うべきか、焼きが回ったと言うべきか、分かんないね。ねえ？　君だってあのくらい、今すぐにでもなれそうだよね」

青年は、山の峰の連なる青いところをじっと見つめていた。その向こうは、雲がかぶさっていてよく見えない。

男の子は、聞いているのかいないのか、足元に目をやったままだ。

（下巻につづく）

文春文庫

夜《よる》の底《そこ》は柔《やわ》らかな幻《まぼろし》　上

定価はカバーに表示してあります

2015年11月10日　第1刷
2020年3月25日　第2刷

著　者　恩《おん》田《だ》　陸《りく》

発行者　花田朋子
発行所　株式会社　文藝春秋

東京都千代田区紀尾井町 3-23　〒102-8008
TEL　03・3265・1211㈹
文藝春秋ホームページ　http://www.bunshun.co.jp

落丁、乱丁本は、お手数ですが小社製作部宛お送り下さい。送料小社負担でお取替致します。

印刷・凸版印刷　製本・加藤製本
Printed in Japan
ISBN978-4-16-790484-5